La rebelión del número

Paolo Zellini

La rebelión del número

Traducción de
Teresa Ramírez Badillo

sextopiso
editorial

Madrid 2007

Título de la versión original:
La ribellione del numero

Copyright © 1985 and 1997 by Adelphi Edizioni,
Milano/Italy

Este libro se negoció a través de la Agencia Literaria Ute Körner
Literary Agent, S.L., Barcelona

Primera edición en español: 2007

Traducción: Teresa Ramírez Badillo

Ilustración de portada: *Sin título*, Javier Arévalo, 1995.

© Editorial Sexto Piso S.A. de C.V., 2007
Sexto Piso España, S. L.
c/Monte Esquinza 13, 4o. Dcha.
28010, Madrid, España
www.sextopiso.com

ISBN-13: 978-84-935204-2-7
ISBN-10: 84-935204-2-X
Depósito legal: M-46.901-2006

Índice

Capítulo primero

i. El poder de crear

Se dice, por lo general, que las revoluciones de Heisenberg y de Gödel reflejan dos crisis paralelas de la ciencia, de la física y de las matemáticas, respectivamente. Las crisis tuvieron algunas afinidades, pero también se distinguieron por sus caracteres peculiares, que (sumariamente) se podrían contraponer así: «Los físicos se preocupaban por la relación recíproca entre pensamiento y realidad, mientras que los matemáticos se preocupaban por la relación recíproca entre pensamiento y fórmulas».[1]

A finales del siglo xix pensamiento y fórmula aún no estaban en conflicto recíproco, antes bien se estaba difundiendo la convicción de un nuevo, inédito pacto entre el matemático y sus símbolos. Muchos eran los síntomas del advenimiento de una especie de «libertad», de un modo de razonar libre de los vínculos impuestos por la observación de la naturaleza y los fenómenos *externos*. El matemático empezaba a estar solo con su «pensamiento puro», a pensar que podía fabricar abstracciones sin tener que someterse a la intuición ordinaria del espacio o del tiempo, sin tener que obedecer a los tradicionales *a priori* del conocimiento. De algún modo, empezaba a ser el portador de una οἴησις, de una presunción de ser el agente

---

[1] Yu. I. Manin, *Mathematics and Physics*, Boston, 1982, p. ix.

voluntario de sus propios pensamientos, *creando* conceptos (y símbolos correspondientes) con la única condición de que no estuvieran en contradicción recíproca.

A lo largo del siglo xix, con la geometría de Grassmann, Riemann y Lobachevski, se habían rebasado ampliamente los límites de la experiencia física, se había transgredido finalmente la vieja regla aristotélica que confinaba a la geometría a las tres dimensiones del espacio. La excepción se había infiltrado poco a poco. En un artículo de la *Enciclopedia* («Dimensión») D'Alembert había empezado a sugerir que se pensara el tiempo como una cuarta dimensión.[1] Cauchy había exaltado la idea de un espacio *n* dimensional como algo que habría favorecido el progreso de las matemáticas (de la teoría de los números en particular). Sin embargo, fue Grassmann quien desarrolló ampliamente la idea de una geometría de *n* dimensiones, y a raíz de ella profetizó una nueva «liberación». Así se lee en un escrito suyo de 1845: «Mi Cálculo de la Extensión construye el fundamento abstracto de la teoría del espacio; por lo tanto, está libre de toda intuición espacial, y es una ciencia puramente matemática; sólo la aplicación específica al espacio [físico] constituye la geometría. Sin embargo, los teoremas del Cálculo de la Extensión no son simples traducciones de resultados geométricos a un lenguaje abstracto; tienen un significado mucho más general, porque mientras la geometría ordinaria está vinculada a las tres dimensiones del espacio [físico], la ciencia abstracta está libre de esa limitación».[2]

Una señal de liberación y de apertura a una imaginación más «libre» estaba, por lo demás, implícita desde la tesis de habilitación de Riemann (1854): *Über die Hypothesen welche*

---

[1] *Cfr.* M. Kline, *Mathematical Thought from Ancient to Modern Times*, Nueva York, 1972, p. 1209; traducción al español, *El pensamiento matemático de la antigüedad a nuestros días*, Madrid, 1992.
[2] *Ibíd.*, p. 1030.

der Geometrie zu Grunde liegen. Es sabido, dice Riemann, que la geometría asume como *datos* la noción de espacio, así como los principios utilizados por toda construcción espacial. Pero no se pueden definir estos principios apropiadamente, sólo nombrándolos. La definición *nominal* implícita al decir «punto», «línea», «superficie» es incierta e imperfecta porque no capta las verdaderas *determinaciones*, que se traslucen con mucha más claridad que los *axiomas*. Para Riemann la primera razón de que persistiera esa ignorancia acerca de la naturaleza de los entes geométricos era haber descuidado una vasta área de posibilidades heurísticas en el ámbito de las magnitudes pluridimensionales. De un estudio semejante habría surgido de inmediato una noción más general y articulada de los entes geométricos, de los espacios posibles y las métricas posibles, y la aparente *necesidad* de ciertas relaciones espaciales de la teoría euclidiana (aunque se concibiera como verdad privilegiada) habría cedido el paso a un círculo más vasto de *hipótesis* equiposibles.

El pensar que la geometría habla de objetos cuyas propiedades se tienen que deducir principalmente de *axiomas* (después de Riemann así lo sentenció Hilbert en sus *Grundlagen der Geometrie*, 1899) seguramente ofreció una aportación ulterior a la idea de una matemática que elige *por sí misma*, fuera del imperativo de presuntas *esencias* preconstituidas, las bases de su propia edificación. Los «puntos» y las «líneas» empezaron a dejar de ser cosas claras en sí, para convertirse en objetos descritos por proposiciones capaces de especificar su *uso*, y por consiguiente, en buena medida, en productos de elecciones voluntarias, de axiomas revocables o de convenciones «libremente» preestablecidas. Por supuesto que la «realidad» natural aún estaba en condiciones de influir en las elecciones, pero no de condicionarlas del todo. En 1868 Hankel dijo que la matemática debe considerarse «puramente intelectual, una pura teoría de formas

13

que tiene como objeto propio no la combinación de cantidades o de sus imágenes, los números, sino de *entidades mentales* a las que podrían corresponder objetos efectivos o relaciones, si bien esta correspondencia no es necesaria».[1]

Señales de la misma especie venían de la propensión reciente a tratar los entes matemáticos como *clases* o *conjuntos*. A ella habían contribuido las grandes intuiciones de Weierstrass, de Cantor y de Dedekind, que ahora parecían fomentar la idea de una desprejuiciada e inaudita creatividad del «espíritu». En el prefacio a la primera edición de *Was sind und was sollen die Zahlen?*, Dedekind decía que consideraba los números-conceptos «completamente independientes de las nociones o de las intuiciones del espacio y del tiempo». Es preciso considerarlos, agregaba, «un resultado inmediato de las leyes del pensamiento [...]: los números son libres creaciones de la mente humana».[2] Las extensiones graduales del número, de los negativos a los racionales, hasta los irracionales y los complejos, debían corresponder a actos creativos de la mente, que confiada podía plantear como *existente* cualquier entidad concebida (con el vínculo, por supuesto, de la no contradicción). De ese modo para los números irracionales, definidos como *cortaduras* del cuerpo racional: «cuando estamos en relación con una cortadura [...] no producida por algún número racional, nosotros creamos un nuevo número *irracional* α, que consideramos completamente definido por esta cortadura [...]; diremos que el número α corresponde a tal cortadura, o que produce tal cortadura».[3]

[1] M. Kline, *óp. cit.*, p. 1031. La cursiva es mía.
[2] R. Dedekind, *Was sind und was sollen die Zahlen?*, Braunschweig, 1888; trad. ingl. «The Nature and Meaning of Numbers», en R. Dedekind, *Essays on the Theory of Numbers*, Nueva York, 1963, p. 31; traducción al español, *¿Qué son y para qué sirven los números?*, Madrid, 1998.
[3] R. Dedekind, *Stetigkeit und irrationale Zahlen*, Braunschweig, 1872; trad. ingl. «Continuity and Irrational Numbers», en R. Dedekind, *Essays on the Theory of Numbers*, *óp. cit.*, p. 15.

Dedekind decía que entendía *como una cosa todo objeto* del pensamiento, y esta *cosa*, agregaba, era completamente determinada por todo lo que se podía afirmar o pensar de ella.[1] Por ejemplo, las primeras consideraciones sobre la «naturaleza de los números» preveían la existencia de un «sistema» *S* (es decir, de un aglomerado, completamente general, de objetos *a, b, c…*) en el cual se delinearía de manera abstracta una estructura que comprende como caso específico aquélla universalmente conocida de los números. Ahora bien, escribía Dedekind en una pequeña nota, es *inútil* tener un procedimiento efectivo que diga *cómo* poder decidir, una vez puesto *S*, si un objeto pertenece o no a *S*. El sistema *S* está perfectamente determinado como puro ente *pensado*, sin ninguna otra precaución.

En una carta a Weber, de 1888, Dedekind resumía las facultades demiúrgicas del matemático escribiendo literalmente: «nosotros somos de raza divina y poseemos […] el poder de crear».[2] También de Dedekind era la paráfrasis del célebre lema pitagórico actualizado a la última evolución de la matemática: ἀεί ὁ ἄνθρωπος ἀριθμητίζει.

Dedekind pensaba, evidentemente, que los entes matemáticos más simples, los números enteros, se podían extraer de consideraciones lógicas referidas a *clases generales* de objetos. Se trataba de despojar a las propiedades de los números de su carácter *específicamente* aritmético, descubriéndolas por lo que eran: conceptos abstractos de tipo perfectamente general, modos de legislar del pensamiento puro, en ausencia de los cuales el pensar mismo era nada. Dedekind llamaba a esta «abstracción» (esto es, abstracción del carácter específicamente *aritmético* e inmersión en la esfera de lo lógico) «liberación»:[3] consideraba

[1] R. Dedekind, *Was sind und was sollen die Zahlen?*; trad. ingl., *óp. cit.*, p. 44.
[2] Citado en J. Cavaillès, *Le problème du fondement des mathématiques*, París, 1938, p. 57.
[3] R. Dedekind, *Was sind und was sollen die Zahlen?*, trad. ingl., *óp. cit.*, p. 68.

que en este reino de abstracciones el intelecto podía moverse con comodidad y seguridad, hasta colocar en su increíble simplicidad un fundamento estable de la matemática.

Dedekind, por ejemplo, empezaba a constatar que el conjunto N de los números naturales es un *sistema* de objetos individuales. Además, la relación entre un entero n y su «sucesor» $n + 1$ podía considerarse como el caso especial de una correspondencia $\emptyset$ de cualquier sistema S consigo mismo, en fórmulas $\emptyset$ $(S) \subset S$ (que se lee: la correspondencia $\emptyset$ asocia a un elemento de S otro elemento de S). Así, abstrayendo de las propiedades específicas de los números naturales, Dedekind llegaba a definir la noción de *cadena* (esto es: S es una *cadena* relativa a la correspondencia $\emptyset$ si $\emptyset$ $(S) \subset S$) y a construir sobre este concepto más abstracto y general la teoría de los números, las definiciones de las operaciones aritméticas ordinarias, el principio de inducción y un teorema de existencia de clases infinitas.

La misma noción de *cadena*, en el sentido que le atribuyó Dedekind, acentúa ese carácter de empresa idealista que caracterizó a la matemática de fines del siglo xix. La idea de *clausura* era connatural a esa noción. La *cadena* era un universo «cerrado» respecto a la ley de transformación $\emptyset$ definida en su interior: ninguno de sus elementos se transformaba en algo que no perteneciera al propio universo (por ejemplo, la multiplicación por un entero fijo, m, transforma todos los elementos de la *cadena* de los números naturales en el correspondiente «múltiplo» de m). De aquí la idea crucial de una «totalidad», de un ὅλον, dentro del cual se pudieran definir estructuras parciales: estructuras en las que el «todo» se pudiera pensar articulado en toda la riqueza de las posibilidades intrínsecas propias, *sin jamás salirse de sí mismo*. El sistema entero debía considerarse *infinito*, agregaba Dedekind, si la parte propia en la que se encontraba «reflejado» a causa de la transformación interna era suficientemente rica; es decir, si contenía «tantos

16

elementos» como contenía la totalidad, o sea, que podía ponerse en correspondencia biunívoca con ella. Y no había dudas de que el infinito *existía*, ya que el conjunto de los *pensamientos*, argumentaba Dedekind, es decir, de *todos* los objetos de nuestra atención mental, contenía una *cadena* que se construía con el mismo mecanismo de generación de la cadena de los naturales, mediante una ley que la ponía en correspondencia biunívoca con una parte suya.

Setenta años después Hao Wang[1] comentó que la demostración de la *existencia* del infinito quizá había estado dirigida bajo el influjo de un doble impulso: de un lado la evidencia de una solidaridad entre pensamiento y ser, de derivación parmenídea; del otro un mecanismo ya probado, utilizado en las *Paradojas del infinito* de Bolzano, para la generación automática de los pensamientos (o mejor, de las «proposiciones y verdades en sí»). Pero también hay algo que hace pensar en ciertas páginas de Hegel, o de Bradley. El concepto de cadena remite a una idea guía de la *Ciencia de la lógica* hegeliana: la definición de un marco suficientemente amplio del pensamiento que pueda contener dentro cualquier movimiento de aparente fuga hacia el exterior. Hegel escribía que el sistema de los conceptos debe construirse a sí mismo y completarse sin acoger nada de fuera, y el verdadero infinito es un ser vuelto en sí, una especie de «referencia de sí a sí mismo». Y, efectivamente, la *cadena* de Dedekind evoca, por su «referencia a sí misma» mediante la transformación interna que la define, algo similar al absoluto hegeliano, a su desarrollo siempre dentro de sí mismo, sin convertirse nunca en otra cosa de lo que es.

Hegel insistía en atribuir a su *absoluto* carácter de fundamento (*Ciencia de la lógica* I, libro II, sec. 3, cap. 1) porque todas

---

[1] H. Wang, «The Axiomatization of Arithmetic», en *Journal of Symbolic Logic*, 22, 1957, pp. 145-158.

las cosas encontraban allí su propia cualidad y transparencia. De manera similar, el sistema en el que Dedekind mantenía ligadas las verdades aritméticas constituía una *explicación* que era también su esencia. Los números eran lo que eran sólo en relación con la totalidad que los encerraba y con las múltiples relaciones entre subsistemas de esa totalidad. La suma y la multiplicación no eran mecanismos circunscritos, con una finalidad operativa inmediata y «local»; eran en cambio recorridos implícitos de una *totalidad*, en virtud de un esquema de definición por recursión en el que se vería el adelanto de la teoría de Church y de Kleene.

Fue Cassirer, entre otros, quien recogió las sugestiones filosóficas de ese sistema y consideró la abstracción efectuada por Dedekind como una «liberación». El acto de abstracción, se lee en *Substanzbegriff und Funktionsbegriff* (1910), tiene la finalidad de hacernos conscientes de una relación considerada en sí y por sí, independientemente de los casos particulares a los que se puede aplicar, así como de las circunstancias psicológicas accesorias del sujeto. Ya no existen entes matemáticos, como los números, que *sean* algo fuera del aparato lógico en el que están comprendidos. La construcción ideal es la que reemplaza a cada objeto, y se asienta como esquema de referencia absoluto para quien quiera saber *qué es* un número, una cortadura o una operación aritmética. Cassirer sugiere que ésta también es la vía para finalmente considerar legítimo el infinito *actual*. El universo aritmético de Dedekind aspira a no dejar nada fuera de sí, y traslada mientras tanto la *actualidad* del número al sistema, de lo individual al todo. El infinito actual puede introducirse en las matemáticas no tanto porque haya «números infinitos», sino más bien por el hecho de que los números son partes de «algo infinito» que encierra virtualmente todo lo que se puede hacer o inventar con los números. Tampoco importa, en el fondo, que sea el sujeto que *crear* lo que más le agrade. Lo que importa es que el trabajo empírico del sujeto pueda practicarse sin restricciones en el ámbito de una amplia estructura ideal, un sistema estable y permanente de conceptos de existencia rigurosamente objetiva. La espontaneidad del matemático debe resolverse o, incluso, consistir en obedecer a un edificio conceptual eterno e inmutable. El dinamismo de la investigación no es un crecimiento de la ciencia siempre *allende* sí misma, sino una aclaración en el interior de un campo de relaciones objetivamente necesarias: dinamismo en la *estaticidad*.[1]

También Cantor, al igual que Dedekind, «creaba» conceptos, si bien los números transfinitos le parecían el fruto de una inspiración divina de la que él era el simple intérprete y ejecutor.[2] Para Cantor la formación de un concepto ocurría según un proceso que es siempre el mismo, y que se podía describir, según el comentario de Jourdain, de esta manera: «pongamos algo que no tiene propiedades, que no es otra cosa, al principio, que un nombre o un signo *A*, y atribuyámosle ordenadamente diversos, y hasta infinitos, predicados cuyo significado sea conocido en virtud de ideas ya preexistentes, tales que no se contradigan el uno al otro. Con esto las relaciones de *A* con los conceptos ya adquiridos, y en particular con los afines, están determinadas; hecho esto, todas las condiciones para el despertar del concepto *A*, que descansa en nosotros, están a disposición, y éste hace su ingreso a la "existencia" en el primer sentido del término [en el sentido mental, ideal]; demostrar su "existencia" en el segundo sentido [que implica la correspondencia de una realidad externa] es un problema metafísico».[3]

---

[1] *Cfr.* E. Cassirer, *Substanzbegriff und Funktionsbegriff*, Berlín, 1910.
[2] *Cfr.* J.W. Dauben, *Georg Cantor, his Mathematics and Philosophy of the Infinite*, Cambridge, Mass., 1979, p. 146.
[3] «Introduction» de P.E.B. Jourdain a G. Cantor, *Contributions to the Founding of the Theory of Transfinite Numbers*, Nueva York, 1955, p. 69.

19

Justamente porque era legítimo olvidarse, en primera instancia, de la realidad física, y del eventual cotejo externo del concepto, la matemática podía definirse «libre». Esta «libertad», que se resumía, por tanto, en el carácter simplemente «ideal» del signo, era más bien la esencia misma de la matemática (así la consideraba Cantor), tanto por sus fundamentos como por su finalidad. Al «espíritu» del matemático alguno habría podido incluso atribuirle la sentencia de Spinoza: «ex sola suae naturae necessitate existit, et a se sola ad agendum determinatur».[1]

II. CIENCIA Y VOLUNTAD

Las últimas conquistas matemáticas del siglo XIX comenzaron muy pronto a despertar algo que una primera mirada consideraría ajeno al puro juicio científico. El descubrimiento del transfinito, de los conjuntos, de las funciones irregulares, de las geometrías no euclidianas, favorecía el florecimiento de lo que William James llamaba, en pocas palabras, la «naturaleza volitiva» del hombre: un vasto complejo de facultades psíquicas que no comprendían sólo voliciones orientadas a establecer certezas inalienables, sino también todos los factores de fe como el miedo, la esperanza, la pasión o el prejuicio. Es cierto que la *voluntad* personal debe por lo general rendirse, en materia de juicios científicos, a la fuerza de los hechos; no se puede querer forzosamente que el resultado de un cálculo sea distinto de lo que es. Sin embargo, queda un margen fuera del tribunal de la objetividad de la ciencia. Cuando Dostoievski hace reivindicar al *hombre del subsuelo* el derecho a una voluntad *independiente*, a un capricho —aunque sea demente—, a una fantasía, incluso arriesgándose a una contradicción demencial del sentido común,

---

[1] B. Spinoza, *Ethica*, primera parte, prop. 7. Traducción al español, *Ética*, Barcelona, 2002.

toca una verdad que no sólo atañe a la condición moral o a la ficción literaria. Nos desconcierta que se ponga en duda la verdad de que dos más dos son cuatro, pero cuando el *hombre del subsuelo* declara *querer* que dos más dos ya *no* sean cuatro, porque esta fórmula no es vida, sino un principio de muerte, se empieza a entender que aquí no está en juego sólo el juicio teorético, sino una condición mental del hombre más amplia, que puede incluir y mezclar indistintamente ciencia y voluntad temporalmente. Si esto está permitido o es de alguna forma legítimo, no es fácil decirlo.

Pero sin duda es notable aquel pasaje de *The Will to Believe* (1897) de William James, donde se propone la tesis de que, al menos en la fase del *descubrimiento*, el científico renuncia en ocasiones a su habitual indiferencia de juicio. Y en efecto, dice James, «la ciencia hubiera progresado mucho menos de lo que ha progresado realmente, si los deseos apasionados de los individuos de tener confirmadas sus propias creencias no hubieran entrado en juego de algún modo».[1]

La escandalosa imprecisión del *pathos* puede efectivamente entrometerse en la matemática, cuando se coloca en la fase intermedia entre el *presentimiento* puro de una verdad y la efectiva consecución del resultado que la confirma. En esa fase a menudo se puede elegir entre continuar y detenerse, se pueden correr riesgos o ser prudente, no sólo con base en un frío cálculo sino también inspirados por la pasión y por el deseo que se incorporan en un acto de *voluntad*.[2] El juicio no siempre está en condiciones de intervenir en esa fase, porque se aplicaría a algo indistinto, no científicamente formado, a algo, en resumen, que aún se tiene que demostrar o corroborar. Esta

---

[1] Véase la traducción al español, *La voluntad de creer*, Madrid, 2003.
[2] *Cfr.*, sobre este tema, también las observaciones de E. Wind, *Art and Anarchy*, Londres, 1963; traducción al español, *Arte y anarquía*, Madrid, 1967.

situación puede evidentemente prolongarse incluso más allá: cuando la invención aún no se ha transformado en paradigma, en hábito mental, siempre hay espacio para conflictos pasionales, para defensas científicamente incongruas o para posiciones prejuiciadas. Es lo que ha sucedido, por diversos aspectos, en el caso del descubrimiento de los números transfinitos: el conflicto irreductible entre Cantor y Kronecker, las llamadas de Cantor a la autoridad religiosa o a la «libre» creatividad del matemático, su *voluntad* final de afirmar el infinito en acto, son muestras de una actitud de asociar una virtud expresiva con los hechos, una potencia simbólica que resulta conforme a ciertas expectativas que tienen muy poco en común con el juicio científico.

No estaremos lejos de la verdad al decir que esta intromisión de la voluntad en la esfera del juicio científico volvió a proponer un tema que nunca se había obliterado. Hobbes ya había escrito que las leyes científicas son el efecto de una decisión: «En efecto, la proposición: el segundo y el tercer número juntos hacen el quinto número es verdadera por decisión de aquellos que por su propia voluntad y según la ley del lenguaje han llamado a un cierto número segundo, a otro tercero, a otro más quinto de la serie; la ley es un orden del legislador; y el orden es una declaración de voluntad».[1] Spinoza incluso había defendido la identidad de voluntad e intelecto. Respecto a la Mente había advertido que era «una manera segura y determinada del pensar» («Mens certus, et determinatus modus cogitandi»),[2] el soporte de una actividad predispuesta y condicionada por causas anteriores, así pues, una voluntad en acto, un movimiento orientado hacia la consecución obligada de un resultado. La Mente «no puede ser causa libre de sus acciones», había escrito;

---

[1] Citado en A. Gargani, *Il sapere senza fondamenti*, Turín, 1975, p. 31.
[2] B. Spinoza, *Ethica*, segunda parte, demostración de la prop. 48.

«no puede tener facultad absoluta de querer y de no querer».
Ella quiere o esto o aquello en virtud de una necesidad regida
por el principio de razón, de modo que se podía concluir que
«voluntad e intelecto son una y la misma cosa».[1]
Tampoco Descartes había pasado por alto el problema. En la
cuarta Meditación se lee que es difícil concebir algo más extenso,
más amplio que la voluntad, que por sí sola nos hace semejantes
a Dios. Pero justamente esta amplitud, que supera a la de la
inteligencia, influye en la probabilidad de errar, desviando el
juicio de los límites a los que se debe someter, precisamente, la
inteligencia. En resumen, se desean verdades que no se logran
entender, la voluntad se anticipa al juicio científico y, por afán
de posesión, se expone al error.
Descartes usa expresiones tomadas de Aristóteles. En una
respuesta a Gassendi sobre la relación entre voluntad e inteligencia declara que se pueden tener «más voluntades en torno a
un mismo objeto», y que a pesar de ello puede suceder que se
conozcan muy pocas. El testimonio de Aristóteles fue recogido
por Santo Tomás (*Summa Theol.*, I, c. 83, 3) y de Santo Tomás
a Descartes y Malebranche siguió estando en primer plano la
cuestión del *electio*, del *liberum arbitrium*, que era también
liberum judicium, poder de administrar los contrarios, potestad
de afirmar o negar, en resumen: *voluntad* en el *juicio*.[2]
La relación entre intelecto y voluntad, como la había pensado la metafísica escolástica, era de las más claras. Según la
fórmula tomista, *actus intellectus et voluntatis supra se invicem
reflectuntur:* volición e intelecto se reflejan recíprocamente; y
en el reflejo cada uno es causa del otro, cada uno determina
al otro según diversas modalidades. Santo Tomás enseñaba,
en resumen, que el intelecto es causa final de la *voluntad,* y

---

[1] *Ibíd.*, segunda parte, corolario a la prop. 49.
[2] *Cfr.* también P. Ricoeur, *Philosophie de la volonté*, París, 1960, p. 51.

la voluntad es causa *eficiente* del intelecto: «intellectus movet voluntatem ut finis; voluntas autem respiciens bonum in communi movet intellectum effective».

Ahora bien, hacia finales del siglo esta perfecta simetría intelecto-voluntad empieza a oscilar porque desaparecen algunos de los principios más estables hacia los que la voluntad solía orientarse. Quizá esto también favoreció el nuevo, irresistible primado de un problema de la voluntad que emerge de los lugares más disímbolos, de James a Nietzsche, de Royce a Bourget, de Taine a D'Annunzio. Nietzsche declaraba *tout court* que *todo* pensamiento es un acto de volición: «creer que algo sea de este modo y de este otro (esencia del *juicio*) es consecuencia de una voluntad».[1] Mach esbozaba una psicofisiología en la que *atención intelectual* y *voluntad* eran sinónimos. Ambas tenían por característica una *elección* que hundía sus raíces en hechos o hábitos biológicos; exactamente como el geotropismo y el heliotropismo eran una elección orgánica de la planta. En *Erkenntnis und Irrtum* se leía que las partes de la vida humana «están en muy estrecha conexión, y casi todos los procesos vitales llegan al cerebro, y por consiguiente a la conciencia».[2] Mach decía que lo que produce la voluntad es un movimiento reflejo influido por el recuerdo, una «*forma particular* de introducir las asociaciones adquiridas a lo largo del tiempo en el firme mecanismo que el cuerpo ya ha adquirido».[3] Así pues, intelecto y voluntad encontraban su origen en una raíz biológica común: la elección intelectual era también una elección biológica.

[1] F. Nietzsche, *Frammenti postumi 1885-1887*, en *Opere*, ed. G. Colli y M. Montinari, vol. VIII, tomo 1, Milán, 1975, p. 94.
[2] E. Mach, *Erkenntnis und Irrtum* (1905), Darmstadt, 1968; traducción al español, *Conocimiento y error*, Buenos Aires, 1948.
[3] *Ibíd.*, p. 59.

Este resultado abría dos visiones simétricas y recíprocamente solidarias: de un lado la continuidad entre juicio «racional» y pensamiento común, entre ciencia e inteligencia vital; del otro lado el descubrimiento de los *a priori* como puros hábitos, como paradigmas biológicos que el «pensamiento puro», disuelto por necesidades externas, podía cambiar a su voluntad. Por añadidura, el evolucionismo empezaba a sugerir que la vida no se desarrolla según los esquemas del viejo finalismo: el resultado de un crecimiento biológico, decía por ejemplo Bergson, en el presente no está contenido desde el principio como su causa final. Más bien, escribía, siempre estamos comprometidos con una *realidad creadora*, «esto es, productora de efectos en los que se dilata y se rebasa a sí misma».[1] Así pues, también la voluntad teorética, «libre» de causas finales preestablecidas, podía crearlas a su voluntad, y con ello no se apartaba del pensamiento común y biológico, antes bien terminaba por contribuir activamente, como centro de irradiación creadora, con su grandioso y multiforme desarrollo. De este modo Louis Weber, en un informe en el Segundo Congreso de los Matemáticos en París, en 1900, decía que las geometrías no euclidianas habían tenido el efecto «de despojar a la intuición espacial de ese carácter apodíctico que la volvía absoluta y eternamente necesaria para todos los espíritus...»,[2] y un efecto similar, agregaba, había proporcionado la filosofía de la evolución: el de sustraer al «espíritu» toda concepción estática de la verdad y toda forma inalterable del conocimiento.

Hacia finales del siglo la desaparición de los *a priori* no era sólo visible en las acreditadas geometrías de Riemann, Bolyai o Lobachevski. La novedad se deslizaba un poco por doquier, y

---

[1] H. Bergson, *L'évolution créatrice*, en *Oeuvres*, París, 1963, p. 539; traducción al español, *La evolución creadora*, Madrid, 1973.

[2] L. Weber, «De l'idée d'évolution dans ses rapports avec le problème de la certitude», en *Revue de Métaphysique et de Morale*, 1900, p. 660.

sacaba fuerzas también de los descubrimientos de Cantor, sobre todo de los números transfinitos y de la definición de continuo (el continuo, para Cantor, era independiente de la intuición del tiempo). Interminables fueron las discusiones en torno a la propuesta, por ejemplo de Paul Tannery, de considerar al transfinito como una «subespecie geométrica», en particular como «recta transfinita».[1] Y la conclusión era indefectiblemente la misma: que algunos *a priori* eran simples *hábitos* del intelecto a los que se podía oponer la «libre» imaginación de hábitos opuestos. Eugenio Colorni escribió perfectamente que «la ciencia [...] se las ingenia para construir mentes humanas y ánimos humanos conformados de manera distinta de los que conocemos. Y con ello considera, si no haber respondido directamente a la pregunta, sí haber satisfecho de manera mucho más eficaz la exigencia de la que aquélla había surgido. En este sentido, los métodos de la ciencia pueden ser, en cierto modo, comparados con los de la mística».[2]

Hacia finales del siglo el punto ideal en que la ciencia colocaba al «espíritu» era una encrucijada desde la que se veía que la «voluntad» ya había elegido un camino en el pasado, pero ahora también podía elegir otro que habría conducido a quién sabe qué otros hábitos o leyes mentales. La conciencia de retroceder a una encrucijada era la conciencia de la equiposibilidad, del instante anterior al movimiento de la elección: instante de poder y a la vez de parálisis de la decisión.

Entre finales del siglo XIX y principios del XX no era pues extraño que matemáticos y lógicos hicieran uso esporádico de términos como «voluntad», «arbitrio», «libertad», «espíritu».

---

[1] P. Tannery, «Sur le concept du transfini», en *Revue de Métaphysique et de Morale*, 1894, pp. 465-472.

[2] E. Colorni, «Filosofia e scienza», en *L'immagine della scienza*, ed. G. Giorello, Milán, 1977, p. 137.

Se puede, asimismo, leer, en la «Introducción» de los *Principia Mathematica* de Whitehead y Russell (1910), que las definiciones tienen carácter de *volición*, y en su complejo representan una operación de *elección* sobre lo que es más importante y digno de atención. En Italia ni aun Peano, Vailati y Enriques se abstuvieron de discutir el carácter de arbitrariedad de definiciones y axiomas.

Vailati apoyaba sin reservas la idea de una matemática regulada por el arbitrio y afirmaba textualmente: «En este sentido la teoría se vuelve más perfecta, y se acerca más a su ideal, en la medida en que se vuelve más susceptible de ser desarrollada independientemente de cualquier referencia a los objetos o a las relaciones de las que se ocupa, y a las que ella es susceptible de aplicarse; es decir, quien la construye puede mirarla como una pura creación de su propio arbitrio».[1]

Con todo, Vailati separaba, según la enseñanza de Brentano, ciencia y volición, insistiendo «en la absoluta diversidad y heterogeneidad de los actos con los que aceptamos o rechazamos una determinada opinión o creencia, y de aquéllos con los que declaramos nuestra manera de evaluar determinados fines y su deseabilidad o importancia».[2]

En 1912 Enriques planteaba la hipótesis, que luego fue parcialmente rechazada, de una ilimitada *arbitrariedad de la construcción matemática*. «Ya vimos», escribía, «que las funciones, asumidas otra vez como dato de una realidad natural (la potencia, la raíz, el exponencial, el logaritmo, el seno, etc.), ceden el lugar a las funciones generales en el sentido de Dirichlet, que son correspondencias arbitrarias. Las propiedades

---

[1] G. Vailati, «La più recente definizione della matematica», en *Leonardo*, 2, 1904; reimpreso en *Scritti*, Florencia, 1911, pp. 532-533.
[2] G. Vailati, «La distinzione tra Conoscere e Volere», en *Leonardo*, 3, 1905; reimpreso en *Scritti*, óp. cit., p. 627.

fundamentales de los números ya no aparecen como la expresión de axiomas necesarios, sino —sobre todo para el análisis de Cantor y de Peano— que se vuelven condiciones arbitrarias con las que se definen ciertos conjuntos ordenados: por ejemplo, el principio de inducción matemática pierde su valor de canon lógico para representar sólo una condición constructiva de la serie bien ordenada de objetos a los que corresponden los números enteros, hasta que la negación del principio da lugar —en esa serie— a la existencia de puntos-límite a los que corresponden números ordinales transfinitos».[1]

En términos similares Peano se preguntaba si tenía razón Pascal cuando afirmaba que «les définitions son très libres, et elles ne sont jamais sujettes à être contredites»; o Hobbes, que declaraba, sin medios términos, que toda la matemática, dado que sus definiciones son arbitrarias, es arbitraria.[2] La respuesta era al menos dudosa, aunque Peano tendía a sustraer al arbitrio el *contenido* de los teoremas y a admitir en cambio la equiposibilidad de las formas en las que podían presentarse esos teoremas.

En cualquier caso, el siguiente es un dato que provoca recelo: a menudo el arbitrio no era únicamente un sinónimo —como podía serlo en la versión escolástica— de *vis electiva*, de capacidad positiva de administrar elecciones morales o teoréticas; más de una vez era, por el contrario, un elemento de riesgo y de virtual desorden, un peligroso motivo de *indeterminación*. La preocupación de ver surgir geometrías estrafalarias, de ver reemplazadas las funciones «honestas», continuas y diferenciables por funciones «deshonestas», irregulares o carentes de una definición analítica, daba al término «arbitrio» un

[1] F. Enriques, «Il significato della critica dei principii nello sviluppo delle matematiche», en *L'immagine della scienza*, ed. G. Giorello, *óp. cit.*, p. 86.
[2] G. Peano, *Le definizioni in matematica, Ibíd.*, p. 25.

carácter de *indeseabilidad* parcial, extrañamente mezclado con la conciencia de un nuevo *poder*. A menudo Cantor hubo de constatar la sospecha de ficción *arbitraria* que se cernía sobre sus «creaciones».[1] Para evitar equívocos se sintió obligado a anteponer a su artículo «Beiträge zur Begründung der transfiniten Mengenlehre, I» (1895) el lema de Newton: «Hypotheses non fingo», añadiendo la siguiente declaración: «Neque enim leges intellectui aut rebus ad arbitrium nostrum, sed tanquam scribae fideles ab ipsius naturae voce latas et prolatas excipimus et describimus». En ese artículo Cantor imputaba a Veronese un arbitrio por el que, con toda probabilidad, él mismo se sentía amenazado: «Después de que Veronese renunciara por su propia voluntad [*freiwillig preisgegeben*], por decirlo así, al fundamento indispensable para la confrontación de los números, no deberíamos sorprendernos ante el desorden con el que, más tarde, él opera con sus números seudotransfinitos, y les atribuye propiedades que no pueden tener, simplemente porque éstos, en la forma que él imagina [*fingierten*], no tienen existencia más que en el papel».[2]

En realidad, una *metafísica* de la imaginación, que quizá habría considerado superfluas estas polémicas, no podía concordar con los criterios de la positividad científica. Éstos aspiraban, si no a un rigor absoluto, al menos al reconocimiento de un significado que sólo una amplia *praxis* científica hubiera podido conferir a unas ficciones puramente imaginativas. De este modo, la teoría de los números transfinitos suscitó durante mucho tiempo escepticismo y perplejidad entre los círculos matemáticos de la Alemania de fines del siglo XIX (también por la oposición influyente de Kronecker). Más que nadie fueron

---

[1] Así decía irónicamente, dirigido a Cantor, Frege (*Cfr.* J.W. Dauben, *óp. cit.*, p. 222): «Poseyendo esos poderes mágicos no se está muy lejos de la omnipotencia».
[2] Citado en J.W. Dauben, *óp. cit.*, p. 236.

personajes apenas emergentes, como Hilbert y Minkowski, quienes la admiraron incondicionalmente.

Los números transfinitos también tenían, obviamente, una motivación *anterior* (el estudio de los conjuntos de convergencia de las series trigonométricas), y Cantor, antes de inclinarse a reconocer su existencia, tuvo, incluso, que forzar (como él mismo reconoce) a su propia *voluntad* (que naturalmente debía de haberle impuesto, con respecto al infinito en acto, la actitud tradicionalmente escéptica que había madurado por las experiencias de Gauss, Cauchy y Weierstrass). Lo que vencía, con o contra la voluntad, era en efecto la pura y simple praxis científica. Ésta siempre terminaba por imponer conceptos útiles y nuevos allí donde hubiera la necesidad o la oportunidad, y esto también lo sabía bien Dedekind: «Los más grandes y fructuosos progresos en matemática y en otras ciencias han sido el resultado de la creación y la introducción de nuevos conceptos *hechos necesarios* por la repetición frecuente de fenómenos complejos que sólo con dificultad se podían comprobar con las viejas nociones».[1]

La *constricción* inducida por la experiencia científica era, en efecto, un óptimo (quizá el único) recurso para corregir la fragilidad de un acto de volición puro. Fichte ya había demostrado cómo la voluntad puede erigirse sobre el abismo de un escepticismo virtual, apuntalando con prepotencia una realidad de fantasmas generados por el yo. Pero la voluntad es *débil*, advertía ahora Nietzsche,[2] y quitar ese puntal se volvía inevitable. Sólo que entonces la única escapatoria era aliarse justamente con esas fuerzas «externas» que se oponían, nuevamente para Fichte, a la «libertad» pura y a la soberanía del «espíritu».

[1] R. Dedekind, *Was sind und was sollen die Zahlen?*, trad. ingl. *óp. cit.*, p. 36. La cursiva es mía.
[2] F. Nietzsche, *Frammenti postumi 1888-1889*, en *Opere*, ed. cit., vol. VIII, tomo 3, p. 69.

III. Posterioridad de los principios

La obra de Weierstrass, de Dedekind y de Cantor (por citar sólo tres nombres) había hecho surgir de la aritmética un aspecto *conjuntista*, un método puro de manipulación de las clases con el que ahora se esperaba llevar una teoría matemática de los números y del infinito actual a un *fundamento* estable y seguro. La tentación de poner ese fundamento estaba, con todo, subordinada a los desarrollos matemáticos que la habían precedido y, de manera implícita, también a los que estaban en curso o que la seguirían. Cuando, por ejemplo, Dedekind hablaba del principio de inducción completa (§§ 59, 60, 80 de *Was sind und was sollen die Zahlen?*) se comparaba automáticamente con una factualidad matemática, empírica, en vías de evolución. Ese principio se adaptaba perfectamente a los números naturales, pero Cantor ya había descubierto, antes de las *cadenas* de Dedekind, los números transfinitos y las series bien ordenadas que comprendían *elementos límite* (por ejemplo, el primer transfinito «mayor» de todos los números naturales); y el simple principio de inducción no podía adaptarse a ellos. Esto quería decir simplemente que los principios, a pesar de su supuesto carácter de universalidad, debían subordinarse a lo que se estaba formando en los teoremas y en los conceptos que se estaban consolidando progresivamente. El trabajo creativo no podía adecuarse a verdades lógicas preconstituidas, sino que él mismo determinaba nuevas e imprevisibles verdades.

El primer gran intento de fundación lógica de la aritmética realizado por Frege estaba también subordinado a lo que estaba ocurriendo *en la matemática*. Por ejemplo, en su *Begriffsschrift*, Frege escribía que quería seguir *del todo* el ejemplo del lenguaje matemático.[1] Un ejemplo estaba dado por el hecho de que el

---

[1] G. Frege, *Begriffsschrift*, Halle, 1879; traducción al español *Fundamentos de aritmética*, Barcelona,

análisis funcional, con el enorme crecimiento de complejidad que el término *función* había sufrido hacía poco, había sido el que había hecho superflua, en una proposición, la distinción entre sujeto y objeto. En el fondo la idea de función siempre había exaltado el hecho simple de la *relación* entre dos o más variables, excluyendo cualquier residuo «sustancial» o de predicabilidad múltiple de un sujeto privilegiado. Frege decía que lo mismo debía ocurrir en una escritura ideográfica despojada de las superestructuras gramaticales más inútiles. La intención de Frege era presentar un concepto de «función» mucho más general que el matemático; pero esta generalidad era el último acto de una amplificación que ya había ocurrido *al interior* de la matemática misma, después de las investigaciones de Weierstrass, Fourier, Riemann o Dirichlet. Frege había vislumbrado la posibilidad de recurrir, desde ese momento, al «pensamiento puro», que «abstrae de todos los contenidos dados por los sentidos o incluso por una intuición *a priori*».[1]

Aunque Frege polemizara con el «poder de crear» de Dedekind o con los «poderes mágicos» de Cantor, compartía con ellos la recurrencia a un «pensamiento puro», emancipado de los sentidos, pero subordinado a las «constricciones» (reconocidas o no) de la investigación matemática más reciente. El estudio de los principios era además una consecuencia de este proceso de «abstracción» y «liberación»: esto ponía «naturalmente», en el plano del razonamiento, elementos suficientemente simples y emancipados de la intuición de verdades específicas y, por consiguiente, virtualmente dispuestos a hacer de esto su fundamento. La búsqueda de un fundamento era entonces, indirectamente, un *resultado*, un corolario necesario de una serie de descubrimientos conseguidos durante más de un siglo: algo que debía *seguir* y no *preceder*, exactamente como

---

[1] *Ibíd.*, p. 169.

escribe Aleksandrov: «En la construcción de una teoría [...] el problema de los fundamentos no se plantea como punto de partida, sino como resultado de un desarrollo preexistente (como dijo Engels, "los principios no son el punto de partida de la indagación, sino sus resultados finales")».[1]

IV. EL NUEVO POSITIVISMO Y EL CONGRESO DE PARÍS

Un dato de relevancia es que las últimas novedades matemáticas, en especial las relativas al infinito, podían cambiar de manera integral el orden de la filosofía europea de fines del siglo XIX. Esto era especialmente visible en Francia, en el último tercio del siglo XIX. Efectivamente, en su *Rapport sur la philosophie française au XIXᵉ siècle* (1867) Ravaisson ya había intuido, con perfecta previdencia, la inevitabilidad de un diálogo de otro tipo entre ciencia y especulación metafísica, más allá tanto de un estricto positivismo como de una estéril dialéctica del «espíritu». La filosofía, decía Ravaisson, se había apartado de la dialéctica abstracta, que no se plantea otra meta que el análisis, la definición y la conciliación lógica de los conceptos. La filosofía había terminado por encontrarse con las actividades científicas, políticas, morales que contribuyen a formar el dato «real», objetivo de la vida. Este contacto le había quitado la tradicional pretensión de autosuficiencia, poniéndola en condiciones de *pedir* a la ciencia (además de a las artes o a la política) el material necesario para su propio desarrollo.

Muchos consideraron la profecía de Ravaisson un momento de viraje que ahora, en los últimos veinte años del siglo, se estaba materializando en una cantidad de obras, artículos, intervenciones de autores interesados de distinta manera en la

---

[1] *Le matematiche*, ed. A.D. Aleksandrov, A.N. Kolmogorov, M.A. Lavrent'ev, Turín, 1977, p. 66 (ed. orig., Moskva, 1956).

ciencia: Paul y Jules Tannery, Dunan, Evellin, Le Roy, Duhem, Wilbois, Couturat, por no hablar de Boutroux y Bergson. En 1893 nacía la *Revue de Métaphysique et de Morale*, y con ello también el antídoto más eficaz contra doctrinas, como el eclecticismo o el espiritualismo, que apuntaban hacia la recapitulación indefinida de una sabiduría ya asimilada, o hacia la síntesis inmóvil de una filosofía sustancialmente ajena a la ciencia. Con el advenimiento de esta revista, observó Émile Boutroux, nos poníamos en presencia directa de los hechos, de los datos de la ciencia que debían favorecer un reacercamiento de la metafísica a los problemas de la vida. «Una metafísica que asuma su punto de partida en la crítica», escribió Boutroux, «no sólo de la razón, sino sobre todo de la ciencia, como expresión objetiva de las relaciones de esta razón con las cosas. Este punto de vista consiste en ponerse ante las ciencias como ante las realidades dadas, en escrutar sus elementos y condiciones [...], en buscar en las propias ciencias un punto de apoyo para elevarse a la metafísica».[1]

De este modo la ciencia, y en particular la matemática, era capaz de crear un debate para grandes temas, de la creatividad al infinito, del papel de los *a priori* a la naturaleza del arbitrio. Pero la tesis más seductora era que la ciencia impone *por sí misma, desde su propio interior*, la urgencia de estos temas. Esta verdad tenía muchos aspectos. Lo que se deducía de las últimas invenciones *matemáticas* era ante todo la capacidad de poner al descubierto un «espíritu» capaz de refundar libremente, *ab initio*, los criterios de su actividad. Pero esto también se avenía con un aspecto más obvio, que se refería sobre todo a otras ciencias. La evolución de la física, la psicología o la biología efectivamente había provocado, junto con un sentimiento de nuevo poder, una suerte de desilusión o de fría resignación

---

[1] É. Boutroux, *Nouvelles études d'histoire de la philosophie*, París, 1927, p. 146.

frente a la aplastante preponderancia de fuerzas extrínsecas que se estaba perfilando. Si todo en nuestra persona no es sino el resultado de estas fuerzas, escribía por ejemplo Bourget, «¿cómo no sentir la nada de lo que somos en relación con las gigantescas, con las desmesuradas potencias que nos sostienen y nos aplastan con el mismo espantoso mutismo?».[1] Esta nota de Bourget no era más que un descubrimiento indirecto (por medio de los textos de Baudelaire, Stendhal, Renan, Taine y Flaubert) de las fuerzas evocadas mágicamente por una coherente e incesante aplicación del más riguroso determinismo y positivismo cientificista. Y Schopenhauer ya había intuido proféticamente que esto podía suceder: «estamos fustigados por la ley inexorable de causalidad a subir siempre más arriba —*in infinitum, in infinitum* [...]—. La ley de causalidad no es, por consiguiente, tan servicial como una carroza, a la que, tras llegar a nuestra meta, regresamos a casa. Más bien se parece a la escoba de Goethe animada por el aprendiz de mago, que una vez puesta en actividad no para de moverse y de barrer; de tal manera que sólo el viejo maestro-brujo la puede aquietar».[2]

Pero en la Francia de fines de siglo ya se había difundido la opinión de que el determinismo, tras haber realizado todo el recorrido, podía en definitiva favorecer el renacimiento de su opuesto, al cual se aludía en términos de «libertad», de «contingencia», de «espíritu» inventivo liberado de ataduras aprioísticas. Muchos pensaban que el determinismo había llegado a ofender sobremanera la «libertad» de conciencia. De algún modo Kant había dividido el mundo en dos partes, una regulada por la actividad intuitiva y por la aplicación del principio de causalidad, la otra atribuible al fundamento de

[1] P. Bourget, *Essais de psychologie contemporaine*, París, 1893, p. 235.
[2] A. Schopenhauer, *La quadruplice radice del principio di ragion sufficiente*, Lanciano, 1932, § 20, pp. 45-46; traducción al español *De la cuádruple raíz del principio de razón suficiente*, Madrid, 1981.

la vida moral y estética. Empero, la idea del *deber* debía ser regulada por el postulado de la «libertad», porque no tiene sentido una doctrina del imperativo cuando se demuestra que las *resoluciones* de la voluntad dependen de fuerzas extrínsecas e incontrolables. La psicología y la biología ponían una especie de antinomia entre razón especulativa y razón práctica, y para salir no era aconsejable atenerse únicamente al testimonio de la conciencia. «El determinismo psicológico», explicaba Séailles, «se ha convertido en el corolario de una teoría general de la naturaleza; para responder a los científicos es necesario que la filosofía descienda a su terreno».[1]

Milagrosamente, justo en el terreno de la ciencia, se empezaban a encontrar los antídotos más eficaces. De este modo Boutroux, en su *Contingence des lois de la nature* (1874), había demostrado que «el determinismo se vuelve menos riguroso si nos movemos hacia las más altas jerarquías de lo real; de la materia a la vida y de la vida a la conciencia».[2] Someter el determinismo a la última prueba quiere decir tener que abandonarlo por completo cerca de la última fuente de nuestras acciones, de nuestras invenciones o creaciones científicas, de nuestro ser mismo. Hay un umbral más allá del cual se descubre, como afirmaba Boutroux, que «la libertad es una potencia infinita».

También la matemática permitía llegar a estas conclusiones. Con satisfacción se tomaba nota de que «a lo largo del siglo XIX la geometría y el análisis fueron objeto de una paciente elaboración que debía eliminar cada vez más la intuición, y depositar el valor demostrativo de esas ciencias en los elemen-

---

[1] G. Séailles, «Les philosophies de la liberté», en *Revue de Métaphysique et de Morale*, 1897, p. 174.
[2] É. Bréhier, *Histoire de la philosophie: La philosophie moderne*, vol. IV: *Le XIXe siècle après 1850. Le XXe siècle*, París, 1932; trad. ingl. *The History of Philosophy*, vol. VII: *Contemporary Philosophy since 1850*, Chicago, 1969, p. 162.

tos del pensamiento puro».[1] La «libertad» inventiva se elevaba entonces a máxima novedad y a la vez a uno de los misterios más seductores.

En agosto de 1900 se tuvieron en París, respectivamente, el Tercer Congreso Internacional de Filosofía y el Segundo Congreso Internacional de los Matemáticos, cuya contigüidad era intencional: los filósofos del primer congreso se encontrarían, sin duda, con los matemáticos del segundo. Fueron memorables el encuentro, durante esos mismos días, de Russell con Peano y la presentación de los 23 problemas de Hilbert. Pero independientemente de estos acontecimientos críticos para el futuro de la matemática y de la lógica, el tema central de enlace entre ciencias de la naturaleza, matemática y filosofía estaba dado por el problema del indeterminismo y el arbitrio. Sobre este tema se alternaron relaciones e intervenciones de Wilbois, Couturat, Peano, Jules Tannery: y el λόγος emergente parecía entonces dar la razón a la existencia de un *positivisme nouveau*, preparado hacía tiempo y ahora finalmente teorizado como nuevo movimiento del «espíritu» por la prosa inspirada de Le Roy. Este positivismo, al contrario del de Comte, daba la razón a un primado del «espíritu», de su soberanía e independencia; tenía por principio la conciencia, que el *esprit* toma en sí mismo, «de una existencia de la que reconoce que todas las otras existencias derivan y dependen, y que no es otra cosa que su acción».[2]

La acción del matemático era un ejemplo particular de la independencia del «espíritu». De las investigaciones de Weierstrass, Dedekind, Helmholtz y Cantor, Le Roy deducía que los números se forman con simples operaciones combinatorias,

[1] G. Milhaud, «La connaissance mathématique et l'idéalisme trascendental», en *Revue de Méthaphysique et de Morale*, 1904, pp. 385-400.
[2] É. Le Roy, "Un positivisme nouveau", en *Revue de Méthaphysique et de Morale*, 1901, pp. 138-153.

operaciones de correspondencias y grupos, de tal manera que todos los números, enteros o irracionales, gozan del mismo estatus de realidad. «Se sabe», afirmaba temerariamente, «qué es un conjunto de números»,[1] y esta simple constatación hacía plausibles las abstracciones más audaces, de los números reales a los transfinitos. La matemática podía de esta manera transformarse en un «simple juego del espíritu»,[2] sustentado por el único sobreviviente de los principios inderogables de la razón: el principio de no contradicción.

Esta idea de la matemática terminaba por avenirse al rechazo de las tesis kantianas, que Le Roy compartía con Bergson: no más principios *a priori* (ahora degradados a simples *hábitos*, prótesis fungibles de la mente), sino *intuición* en estado puro, reducción al poder primitivo de discernimiento de la razón y del instinto vital. Pero, dicho esto, se podía advertir una consecuencia capital: que «el discurso está subordinado a la acción y lo claro a lo oscuro». Y aun, decía Le Roy (citando a Brunschvicg), la filosofía tiene el *derecho*, o incluso el *deber*, de ser oscura y, sorprendentemente, la *ciencia* también; ésta puede renunciar de manera legítima a la claridad al menos en su estatus de proceso inventivo, dinámico, fluido, siempre en vías de formación o de superación.

Esta conclusión era importante porque, a los ojos de Bergson y de otros, justificaba una intervención del filósofo en el trabajo del científico, y en particular del matemático; cuanto más porque, para la mayoría, las invenciones más recientes de la matemática, el infinito actual y el transfinito, no *estaban efectivamente* ni perfecta ni definitivamente claras. «La filosofía», declaraba Bergson, «siempre ha consistido en

---

[1] É. Le Roy, G. Vincent, «Sur l'idée de nombre», en *Revue de Méthaphysique et de Morale*, 1896, p. 747.
[2] *Ibíd.*, p. 749.

tomar conciencia de algo que no entra exactamente en las formas del pensamiento: hacer metafísica significa ensanchar gradualmente los cuadros de lo inteligible, hacer que lo que no era inteligible lo sea».[1]

Sin embargo, llegaba a suceder que en este ámbito de semiinteligibilidad pudieran extraviarse todos los valores objetivos, y que un resultado semejante no estuviera destinado a encontrarse con las ambiciones más justas del «espíritu». (Nietzsche quizá hubiera comentado que la objetividad como orden e imposición universal es la legítima quietud a la que toda voluntad de verdad tiene el derecho de aspirar). Efectivamente, no dejó de manifestarse una confusión, y la causa fue justamente que se confundieron dos espíritus, el científico y el metafísico, que sin embargo seguían persiguiendo distintos objetivos. En 1901 Evellin pensó en *demostrar* que un teorema de Du Bois-Reymond, del cual se podía extraer, de manera relativamente clara, la numeración transfinita, *no era verdadero.* En cierto sentido, se trataba de una agresión *filosófica* a la mera demostración científica de un *hecho*, de un acontecimiento que se debía presentar como incontrovertible. Por lo demás, el «espíritu» de los tiempos parecía permitirlo. El hecho científico, había exclamado Wilbois, «no es un dato intangible» y «el espíritu fabrica los hechos científicos por medio de grandes artificios»,[2] o sea, de acuerdo con un grado de arbitrariedad a menudo discutible y en conformidad con leyes en absoluto apodícticas.

Pero un matemático entre los más acreditados, Émile Borel, no estuvo de acuerdo. Acertadamente Borel hizo notar que el teorema de Du Bois-Reymond era indiscutiblemente un hecho

---

[1] Declaración en el Congrès International de Philosophie, en *Revue de Métaphyssique et de Morale*, 1900, p. 662.

[2] J. Wilbois, «L'esprit positif», en *Revue de Métaphyssique et de Morale*, 1901, pp. 154-155.

adquirido. «Si éste no cuadra con una teoría», escribió, «es la teoría la que hay que tratar de modificar, y no el hecho».[1] No es que el transfinito, que de alguna manera justificaba y avalaba ese teorema, no le provocara algunos problemas. Antes bien, Borel detectaba una especie de «antinomia» que era en verdad, más que una antinomia *stricto sensu*, una dificultad genérica de concepción y de imaginación, que no se veía por qué debía estorbar a la matemática sin una precisa razón plausible.

Debido a la incertidumbre que aún pesaba sobre la teoría de Cantor, Borel, por lo demás, había aconsejado aplicar la estrategia más correcta: la de la espera. *Se tenía que esperar*, afirmaba, el uso posterior que habría hecho la matemática de ella. Pero, en tanto, quedaba claro que la metafísica no podía, a su gusto, sobreponer sus métodos a los del matemático. «Es absolutamente inconcebible», escribía Borel, «que sea posible obtener de este teorema [de Du Bois-Reymond], así como de cualquier hecho puramente lógico, alguna consecuencia metafísica».[2]

También Poincaré puso serias objeciones a la filosofía de Le Roy, que sin embargo lo atraía por más de un aspecto. La principal dificultad radicaba en el hecho de que semejante «filosofía antiintelectualista», rehusando el análisis y el «discurso», se condenaba a no ser transmisible, y por lo tanto a ser obligadamente «interna», no referible a un patrimonio de conceptos universalmente reconocibles y objetivos. «He ahí el punto débil de esta filosofía», escribía Poincaré, «si ésta quiere seguir siendo fiel a sí misma gasta su fuerza en una negación y en un grito de entusiasmo».[3]

[1] É. Borel, «L'antinomie du transfini», en *Revue Philosophique*, 1901, pp. 525-526; ahora en É. Borel, *Oeuvres*, vol. IV, París, 1972, pp. 2121-2126.
[2] *Loc. cit.*
[3] H. Poincaré, «Sur la valeur objective de la science», en *Revue de Metaphysique et de Morale*, 1902, p. 263.

No obstante la confusión denunciada por Borel y las reservas de Poincaré, un objetivo, empero, se había alcanzado: el nuevo lazo entre metafísica y ciencia había favorecido la formación de matemáticos que sabían unir a su talento una profunda y compleja capacidad introspectiva. Por medio de sus investigaciones Borel y Poincaré, aunque rechazaban la esterilidad y las intromisiones del nuevo espiritualismo, eran necesariamente conscientes del significado que estaba asumiendo el desarrollo contemporáneo de toda la matemática, que ahora debía comprender las razones de ese vasto y complejo movimiento que había contribuido a inspirar. Cuanto más porque el nuevo movimiento del «espíritu» reivindicaba un derecho de intervención *al interior* del propio trabajo matemático, con resultados a veces dudosos o indeseados.

Este desarrollo no tuvo importancia tanto por sí mismo como por el hecho de que la cultura y la profundidad especulativa de ciertos matemáticos lograron dar la justa amplitud emotiva al episodio que estaba por ocurrir, el cual asumiría (también por estas razones) el clamoroso apelativo de «crisis de los fundamentos». Poincaré, que había vivido mucho tiempo en el ambiente que había favorecido el advenimiento del *positivisme nouveau* y del doble congreso parisiense de agosto de 1900, estaría entre los primeros implicados en una serie de disputas y polémicas de las que el *pathos* de la «crisis» tomaría toda la ventaja que requería para imponerse. Y no es una casualidad que Hermann Weyl, que difundiría el anuncio oficial de la «crisis», hubiera cultivado un hábito de introspección equiparable al de Poincaré.

Lejos de las polémicas y los tonos inspirados de su proclamación del advenimiento de un *positivisme nouveau*, Le Roy supo, con todo, intuir verdades interesantes y casi proféticas. Durante una serie de seminarios en el Collège de France en los años 1914-

1915 y 1918-1919, Le Roy recordaba el hecho archiconocido de que las operaciones lógicas del matemático ponen al intelecto en un plano de absoluta soberanía e independencia del «exterior».[1] Pero este «exterior» Le Roy debía reencontrarlo más allá, debidamente desplazado «al interior» de la propia actividad mental, como dato objetivo que se opone al «espíritu» que ha determinado su insurrección. Le Roy precisaba que los *verdaderos* conceptos, distintos de los que se exponen como simple posibilidad o como juego de la imaginación creadora, «ofrecen, en resumidas cuentas, el aspecto de verdaderos hechos naturales de alguna manera preexistentes a su explicación. Se imponen como si vinieran del exterior, como si fueran datos, como si emanaran de una fuente ajena al espíritu. Parecen deseados por el conjunto de conceptos que los preceden sin que, empero, deriven analíticamente de ellos. En resumen, esos conceptos provocan, para el pensamiento matemático, momentos de crisis, obligaciones de síntesis creadora. Aún más, tienen esta inagotable fecundidad, esta infinita posibilidad de desarrollo que para el ojo profano es la característica de las realidades externas». Esos conceptos, proseguía Le Roy, lejos de plantearse como la invención de un capricho, «se anuncian y se presentan por sí solos, fuerzan la puerta, se invisten de autoridad, se plantean como hechos que se requiere aceptar aun antes de haber logrado encontrarles una explicación lógica. De este modo, el matemático que los investiga procede por observación. No podría citar mejor ejemplo que el de los imaginarios».[2]

Por último, una observación concluyente que habría podido, aún algunas décadas después, sellar el *escamotage* de lo que ahora se perfilaba como «crisis de los fundamentos»: «Vean que la Matemática no siempre es utilización de una lógica preexis-

---

[1] É. Le Roy, *La pensée mathématique pure*, París, 1960, p. 115.
[2] *Ibíd.*, pp. 299-300.

tente e inmutable. Es, ante todo, génesis de una lógica cada vez más flexible, cada vez más rica, cada vez más penetrante. Su progreso consiste no tanto en una aplicación de formas inteligibles rígidas y bien delineadas desde el principio, sino en una creación incesante de formas inteligibles nuevas, en una ampliación gradual de las condiciones de inteligibilidad. La matemática supone una transformación del propio espíritu. Y por esto es correcto llamar "experiencia" al proceso mental que está por recorrer».[1]

v. IDEALISMO Y EXPERIENCIA

También Poincaré, aunque muy pronto se mostró bastante crítico con respecto a las más recientes teorías cantorianas, compartió por mucho tiempo (con Cantor) la tesis de una «libertad» del pensamiento matemático. En 1908 decía: «Cuanto más se aparten estas especulaciones de las concepciones más comunes y, por consiguiente, de la naturaleza y sus aplicaciones, mejor nos mostrarán lo que el espíritu humano puede hacer cuando se sustraiga progresivamente a la tiranía del mundo externo, y por tanto nos lo darán a conocer mejor en sí mismo».[2] El arte del matemático, explicaba asimismo Poincaré, era, en gran medida, un arte del *nombrar*. Al realizar el ideal machiano de una economía del pensamiento, mediante un enlace conceptualmente simplificador entre nociones aisladas, el *nombre* era la primera señal de la facultad demiúrgica, y él mismo estaba investido de poder creador.[3]

Semejantes consideraciones evocan términos ampliamente citados en la literatura de fines de siglo, y también ampliamente

---

[1] *Ibíd.*, p. 304.
[2] H. Poincaré, «L'avenir des mathématiques», en *Atti del IV Congresso dei Matematici (Roma 6-11 aprile 1908)*, Roma, 1909, vol. I, p. 172.
[3] *Ibíd.*, p. 169.

ambiguos y paradójicos en su significado último. ¿Qué es, en efecto, la «libertad» si no, como decía Valéry, una palabra «detestable», dotada «más de valores que de significado» y que aporta más preguntas que respuestas?[1] Pero todo se puede decidir en el terreno de la praxis, del *hacer* matemática. Y aquí es donde ya podía delinearse, en sincronía con la incipiente crisis de las paradojas, una primera conciliación del poder demiúrgico con la empiria, y un consecuente redimensionamiento, o simplemente una aclaración, de lo que era mejor entender por «libertad».

Baste decir, para empezar, que la teoría cantoriana de los conjuntos había nacido de la misma cepa que el análisis clásico, y que las metodologías puestas en práctica después de Weierstrass hacían solidarios y casi indistinguibles los dos dominios. Además, el problema de *definir* de manera congrua un ente matemático se delineó con el estudio de la representabilidad de una función mediante series convergentes. Lebesgue, por ejemplo, observó que las *verdaderas* funciones habían sido durante mucho tiempo únicamente las funciones *continuas*, y las funciones continuas habían sido asimiladas más a menudo con objetos susceptibles de alguna definición *analítica*, es decir, determinada por una *fórmula* que implica operaciones aritméticas, trigonométricas o logarítmicas. Después de los estudios de Fourier esta indebida restricción no resistió, pues se demostró que mediante series trigonométricas, y, por consiguiente, de una manera indiscutiblemente *analítica*, eran representables funciones de tipo más general. Por lo tanto «el solo criterio que permitiera distinguir las verdaderas funciones de las falsas desaparecía. Se requería o ampliar el sentido del término *función*, o bien restringir la categoría de las expresiones [...] que podían servir para definir funciones».[2]

[1] P. Valéry, *Regards sur le monde actuel et autres essais*, París, 1945, p. 49.
[2] H. Lebesgue, *Leçons sur l'intégration et la recherche des fonctions primitives*, París, 1904, p. 3.

Ya se ha hecho referencia al hecho de que el término «función» logró extenderse hasta tal punto, después de Fourier, Riemann y Dirichlet, que hacía temer una intromisión del *arbitrio* en la construcción matemática. Bien se puede decir que el desarrollo de los estudios sobre la convergencia de las series colindaba, en definitiva, con cuestiones relacionadas con la crítica de los principios, porque se trataba de considerar con atención lo que se quería decir cuando se *definía* o *nombraba* algo. Empero, sigue habiendo una tradición secular de conceptos y de problemas que decreta un *orden* y preside determinados desarrollos, de acuerdo con impulsos y exigencias que pertenecen principalmente a la *matemática*. Enriques comentaba: «Así pues, el acto de voluntad que el matemático reivindica cada vez más libre en la posición de los problemas, o en la definición de los conceptos o en la asunción de las hipótesis, no puede significar arbitrio, sino únicamente facultad de acercarse desde más lados, por aproximaciones sucesivas, a no sé qué ideal implícito en el pensamiento humano, es decir, a un orden y a una armonía que refleja sus íntimas leyes».[1]

Estas palabras encuentran una perfecta correspondencia con las ideas aplicadas por Lebesgue en su teoría de la medida y de la integración. El concepto de *definición* adquiere aquí un sentido completamente acorde a las demandas teóricas y aplicativas de una teoría estrictamente matemática; sigue estando rodeado por una efectiva «libertad» de movimiento que no es ciega o sólo vagamente abstracta, sino que se adhiere perfectamente al conjunto de las posibilidades lógicas del juego matemático. En realidad, Lebesgue negó incluso esta «libertad», quizá justamente por su obligada coincidencia con la *necesidad* de las reglas. Libertad no es *arbitrium indifferentiae*, sino capacidad

---

[1] F. Enriques, «Il significato della critica dei principii nello sviluppo delle matematiche», en *L'immagine della scienza*, ed. G. Giorello, *óp. cit.*, p. 89.

de actuar conforme a un patrimonio de leyes prescritas, en solidaridad con una previsión o con un dominio de posibilidades reconocidas. Aludiendo al lema «las definiciones son libres», Lebesgue escribió: «Yo nunca he entendido esta frase; no sé ni de qué libertad se trata, ni en qué sentido se toma el término "definición". Si tiene el sentido de "denominación" en efecto cada cual es libre de adoptar el lenguaje que le plazca, aun a riesgo de ser incomprendido. Si tiene el sentido de "determinación" y únicamente se pretende que cada cual pueda tomar como sujeto de sus propias meditaciones lo que le plazca, indudablemente; pero quizá a costa de ser el único en interesarse en ese argumento y de hacer un esfuerzo inútil para el desarrollo de la ciencia. En cualquier caso, para nosotros, que consideramos la matemática como ciencia aplicada, las definiciones no son libres; al menos no lo son algunas, aquellas que deben determinar las nociones prácticas».[1]

Se dirá que la cuestión de *definir* es objeto de la crítica de los principios, y puede colocarse a suficiente distancia de los problemas aplicativos, internos o externos, de la matemática. Pero no siempre es así. La integral de Lebesgue no aspiraba simplemente a extender el análisis en dirección a posibilidades inexploradas. Al menos en un principio aquélla tenía en cuenta el *inevitable* aparecer de funciones «extrañas», «anómalas» o muy irregulares en el ámbito de problemas completamente «naturales» del análisis clásico.[2] Por consiguiente, esta inevitabilidad, impuesta por la praxis y por la aplicación matemática, era la que sugería una nueva teoría de la integral y una teoría correspondiente de los conjuntos de integración como conjuntos «medibles». Y la validez de los *criterios* aplicados

[1] H. Lebesgue, *La mesure des grandeurs*, Ginebra, 1956, p. 101.
[2] *Cfr.* L. Perrin, «Henri Lebesgue, rénovateur de l'analyse moderne», en *Les grands courants de la pensée mathématique*, ed. F. Le Lionnais, París, 1948, p. 288.

por esta teoría era simplemente conmesurada a sus exclusivas, intrínsecas y, se podría aventurar, «libres» exigencias. En el caso de Lebesgue esos criterios estaban, en efecto, marcados por una sorprendente ausencia de prejuicios. Sus palabras son: «Considero perfectamente dadas y definidas aquellas funciones que no sabría calcular para algún valor de las variables»:[1] para hablar de estas funciones no se requería más que una simple definición *descriptiva*.

Las definiciones que intervienen en el séptimo capítulo de las *Leçons sur l'intégration* (1904) son también ellas *descriptivas* en lugar de *constructivas*. En cierto sentido tienen que permanecer en la vaguedad, en la indeterminación, también previendo la necesidad de albergar los casos imprevisibles virtualmente presentes en una, aunque definida y homogénea, teoría. Lebesgue prefiere introducir la noción de *medida* de un conjunto *in abstracto* enumerando tres propiedades fundamentales que determinan el carácter esencial del ente definido sin someter la idea a las restricciones de un proceso constructivo. Cavaillès comenta: «Se conocen, efectivamente, los desarrollos considerables que esta teoría de la medida, y la de la integración que deriva de ella, han provocado en el análisis. Éstos derivan del aligeramiento proporcionado por el carácter descriptivo de la definición: importa únicamente lo que ésta nombra, mientras que una construcción que no tiene nada que ver con el problema planteado no podría más que dar peso o restringir arbitrariamente».[2]

Se consigue un singular connubio entre idealismo y empirismo. Lebesgue utiliza sin escrúpulos ficciones y conceptos (como el transfinito) probados de manera aún imperfecta;

---

[1] H. Lebesgue, «Sur les fonctions représentables analytiquement», en *Journal de mathématiques pures et appliquées*, VI serie, 1, 1905, p. 206.
[2] J. Cavaillès, *Le problème du fondement des mathématiques*, óp. cit., p. 17.

pero lo hace obedeciendo a la petición del devenir *empírico* de la matemática. En resumen, siempre se trata de posibilidades sugeridas improvisadamente por el *pensamiento en acto*. Como explica Cavaillès: «De algún modo es la homogeneidad de los materiales de una empresa, la simultaneidad de la matemática con la actividad en curso la que aquí se afirma: otra vez empirismo, porque no se trata más que de describir el trabajo efectivo; empirismo, sin embargo, del pensamiento en acto, sin otra referencia que el *imprevisible devenir de la matemática.* *Las modalidades de definición son dejadas a las variaciones y a las exigencias de su movimiento: por cada nueva adquisición aparecen, por otro lado, nuevas posibilidades. El enriquecimiento de lo nombrable coincide con el enriquecimiento mismo de la ciencia».*[1]

Y además: «es lo imprevisto de un problema, el cambio de una aplicación lo que vuelve vana la norma de seguridad u obliga a abandonarla. Al parecer aquí la reflexión crítica sobre la esencia misma del trabajo matemático y sobre la noción de objeto es una condición preliminar obligada. La dualidad entre construcción analítica y operación geométrica, los diversos sentidos de estas mismas dos expresiones que los profundos trabajos de la escuela Borel-Lebesgue han sacado a la luz, así como la cantidad de problemas ocultos bajo el término "definición", obligan a una revisión sistemática, a una regresión que lleva a escarbar más allá de la matemática propiamente dicha, en el suelo común de todas las actividades racionales».[2]

Este comentario es ejemplar porque contiene todos los ingredientes del «espíritu» que afrontaba la incipiente «crisis». De esto se deduce que el «hacer» matemática significaba, para muchos, acarrearse el peso de un problema extremadamente amplio, complejo y, en cualquier caso, ligado a la cuestión de

[1] *Ibíd.*, pp. 17-18. La cursiva es mía.
[2] *Ibíd.*, p. 21.

48

los fundamentos. *¿En qué* se convertía el trabajo matemático si no se sabía explicar qué es una definición, o si no se entendía cuáles son las bases del pensamiento racional? A la profunda introspección que se exigía del matemático se añadía, empero, en caso de dificultad, el escape de la «experiencia»: siempre se podía decir que el «pensamiento en acto» es el que puede decidir, él solo y en toda ocasión, lo que se puede o no se puede calcular o definir.

Tampoco los análisis de la *definición* desarrollados por Borel hubieron de prescindir de una relación directa con problemas *matemáticos*. Borel desconfiaba asimismo en lo que concierne a la lógica: no fue una casualidad el «choque bastante violento»[1] que tuvo con Russell en la estación ferroviaria de París con ocasión del Congreso Internacional de Filosofía, y en un artículo sobre la paradoja de Richard escribía: «quisiera retomar la cuestión situándome en el terreno de la realidad, sin mezclar ninguna consideración metafísica, ni de lógica pura».[2] Se inclinaba por una matemática bien solidaria con el mundo físico y con la cualidad *específica* de una intuición sustancialmente ajena a la lógica: «La Matemática no es un juego puramente abstracto del espíritu, sino que, por el contrario, está en íntima conexión con la realidad concreta»; y: «Para poder manipular [a los entes matemáticos] sin estar obligado a conocer todas sus propiedades, es necesario llegar a tener una noción intuitiva de ellos, a familiarizarse con su fisonomía». «Sus propiedades esenciales no son aquéllas, en mínimo número, de las que todas las otras se deducen lógicamente. Son más bien las que sugieren al espíritu las consideraciones que, por una vía natu-

---

[1] B. Russell, *The Autobiography of Bertrand Russell, 1872-1914*, Londres, 1967; traducción al español, *Autobiografía de Betrand Russell*, Barcelona, 1991.
[2] É. Borel, «Les "paradoxes" de la théorie des ensembles», en *Annales scientifiques de l'École Normale Superieure*, III serie, 25, 1908, p. 444; ahora en É. Borel, *Oeuvres*, óp. cit., vol. III, p. 1272.

ral, permiten completar el diseño trazado brevemente pero de manera expresiva. A ese conocimiento que genera intuiciones, una simple lista de definiciones, teoremas y demostraciones no lo abastece más que indirectamente».[1]

Lebesgue declaró la misma desconfianza por la metafísica que Borel: «He aquí por qué importa poco a los éxitos de la aritmética que las nociones metafísicas sean oscuras. Una vez constatado esto me inclino a recibir a la metafísica, pero en cuanto ella solicitara permiso para intervenir en nuestra área de trabajo, me quedaría indiferente ante ella, y consideraría la aritmética como una ciencia experimental al mismo título que las otras».[2]

En otras palabras, la profunda conciencia introspectiva del científico *fin de siècle*, que aún tenían Borel y Lebesgue, no podía dictar ley a la matemática, a sus procesos y a sus imprevisibles cambios con un discurso sobre el *ser*. La estrategia de la *espera* aconsejada por Borel para aclarar el problema del transfinito iba bien para *todo* desarrollo matemático, simplemente porque cualquier complejo de verdad se perfila siempre como el crecimiento, lento, autónomo e imprevisible, de lo que creemos haber puesto con un acto de «libre» elección. En términos de metáfora, el «idealismo empírico» de Lebesgue o de Borel también podía poner a pensar en el crecimiento autónomo de la idea, del ente de ficción puro que reivindica una existencia independiente. Se dirá que es el acostumbrado estribillo que ahora pone el número al lado de los personajes de Pirandello o de Unamuno. Pero esto es justo lo que sugieren innumerables comentarios, entre ellos (de los más serios) el de Cavaillès. Inspirándose en los ejemplos de Lebesgue y Dedekind, Cavaillès

---

[1] Citado en M. Fréchet, *La vie et l'oeuvre d'Émile Borel*, Ginebra, 1965, pp. 23-24 y 25.
[2] H. Lebesgue, *La mesure des grandeurs*, óp. cit., p. 5.

dice justamente que la matemática tiene un propio «dinamismo interno» y está regulada por un movimiento de generación «autónoma» de los conceptos.[1] A partir de entonces se trataría de allegar (quizá por su misma aceptación implícita) al lema de Dedekind de que el matemático «crea» la breve sentencia de Simone Weil: *La création est abdication*.[2]

[1] *Óp. cit.*, p. 55. Las declaraciones de Dedekind que justifican esta afirmación son dos: 1) la declaración (en *Was sind und was sollen die Zahlen?*) de que la reaparición frecuente de fenómenos complejos obliga al matemático a nuevas definiciones, y 2) una afirmación que se remonta a la tesis de habilitación de 1854: «Las ampliaciones de las definiciones no dejan lugar alguno al albedrío, pero están al corriente con gran necesidad de las definiciones primitivas» (*ibíd.*, p. 53).
[2] S. Weil, *La connaissance surnaturelle*, París, 1950, p. 67; traducción al español, *El conocimiento sobrenatural*, Madrid, 2003.

Capítulo segundo

I. Las estatuas de Dédalo

El idealismo anglosajón, entre finales del siglo XIX y principios del XX, aún podía admirar a Dedekind, pero no apreciaba al lógico Bertrand Russell. Así, Haldane, muy atento a la más reciente evolución de la matemática, decía que el método descrito en los *Principles* no requería el complejo aparato lógico-metafísico que se había construido alrededor. Otros matemáticos, como Dedekind, habían producido novedades científicas sin comprometer el orden filosófico con una teoría más reciente de los juicios, de la inferencia u otra cosa. Russell, en cambio, trastornaba los planes de la filosofía para conformar los cánones de la actividad mental a las exigencias de la matemática. Haldane escribía: «Autores como por ejemplo Lotze, Sigwart, Bradley o Bosanquet ven en la conciencia un proceso que, en general, se podría describir como la amplificación de una percepción actual por medio de una interpretación ideal, que [...] la extiende a lo que Lotzc llama la conversión de una impresión en una idea. Cuando, con el fin de alcanzar la forma general de conocimiento, ellos admiten abstracciones, y las caracterizan con signos y símbolos, insisten cautelosamente en que éstos sólo se pueden asumir parcialmente como representaciones adecuadas de la concreta y compleja realidad del proceso cognoscitivo. Pero la lógica simbólica no obedece a este canon. Russell no duda en sacudirse libremente de encima lo que él llama referencia "psicológica". Él está convencido de que sus símbolos [...] ilustran el efectivo procedimiento del pensar. Su método es puramente deductivo».[1] En la ruptura con Bradley y en la larga polémica que siguió en las páginas de la revista *Mind* ya estaba delineada, para Russell, la exclusión de todo monismo, el fin de un «absoluto» que compusiera, transformándolos en una trascendencia simétrica, toda posible descompensación, visión parcial o sucesión unidireccional de acontecimientos. Desde los *Principles* (§§ 187-216) era evidente que esa exclusión estaba provocada por *motivos de pura conveniencia matemática*, sobre todo por la enorme importancia que en matemática asumían las relaciones de orden asimétricas en la definición de los números por parte de Dedekind, Cantor y Peano. Estaba implícito que una metafísica que se confrontara prejuiciosamente con las promesas más recientes de la matemática resultaría sólo un estorbo.

Pero desde entonces el pluralismo y la sumisión a las razones intrínsecas de la matemática, sin duda volvían ardua la búsqueda de principios estables, porque tenía siempre la última palabra el imprevisible e independiente *working process* del matemático. Russell supo adaptarse con prontitud y flexibilidad, accediendo precozmente a una versión inductivista de la certeza: declaró bien pronto que principios y axiomas eran «verdaderos», si sus *consecuencias* (valoradas en el plano de la praxis lógica y matemática) estaban en correspondencia con el buen sentido.

Reforzado por la emancipación de sus primeros maestros de metafísica idealista, Russell alcanzó el ápice de su aventura intelectual en septiembre de 1900, inmediatamente después de

---

[1] R.B. Haldane, «The Logical Foundations of Mathematics», en *Mind*, 1909, pp. 1-39.

los Congresos de Matemática y de Filosofía en París. Conocer a Peano en París debió de convencerlo de que sus investigaciones estaban convergiendo en un único punto: la fundación de la *matemática* sobre principios *lógicos*. Pero casi un año después se ocupó de la célebre antinomia («antinomia de Russell»): si se consideran aquellas clases que, tomada cada una en su totalidad, no pertenecen a sí mismas, y si se reagrupan en una nueva clase C que las comprende todas, entonces no se puede decir de C ni que pertenece a sí misma ni que no pertenece a sí misma. Efectivamente, si pertenece a sí misma, entonces por definición no debe pertenecer a sí misma; si no pertenece a sí misma, nuevamente por definición, debe pertenecer a sí misma.

Al principio el descubrimiento de la antinomia fue tomado como un fastidio irrelevante. Pero este fastidio creció conforme se fijaba la atención en él. «Parecía absurdo», comentaba Russell, «para un hombre adulto perder tiempo en estas tonterías, ¿pero qué otra cosa debía hacer? Había evidentemente un error, dado que estas contradicciones eran inevitables basándose en las premisas de siempre. Tonto o no, el asunto no se podía evitar».[1]

En realidad, era esto lo que había sucedido: las premisas lógicas que en tal caso Dedekind, Peano, Cantor habían tenido ocultas en los entresijos de un discurso *matemático*, y que sólo Frege había querido hacer explícitas del todo, se estaban revelando menos claras de lo previsto. Dedekind y Cantor habían llevado la matemática a una teoría de *conjuntos* y de *clases*, considerando superfluo demostrar que el simple acto intelectual de reunir objetos distintos en una única colección siempre era una operación legítima y confiable. Pero la antinomia de Russell puso en evidencia la necesidad de estudiar las premisas lógicas de ese acto.

---

[1] B. Russell, *L' autobiografia di Bertrand Russell, óp. cit.*, vol. i, p. 241.

Este esfuerzo de aclaración podía valerse del aparato de ideas ya aplicadas por Frege. Sin embargo, la inteligencia y la paciencia de Russell hubieron de sufrir no pocas frustraciones, de las cuales fue testigo copartícipe Wittgenstein. Así, muchos años después, en una nota de 1937, Wittgenstein comentaría: «Durante nuestros coloquios Russell salía a menudo con la exclamación: "Logic's hell!" [la lógica es un infierno]. Y esto expresa *enteramente* lo que sentíamos al reflexionar sobre los problemas lógicos; esto es, su enorme dificultad, su dureza y *pulidez*.

»Yo creo que la razón principal de tener esta sensación era el hecho de que cada nuevo fenómeno del lenguaje, en el que podríamos llegar a pensar, habría podido hacer inservible la explicación recién dada. (Teníamos la sensación de que el lenguaje siempre podía presentar nuevas, e inagotables, peticiones; de este modo toda explicación se frustraba).

»Pero justo ésta es la dificultad con la que se tropieza Sócrates cuando trata de dar la definición de un concepto. Siempre surge una manera determinada de usar la palabra que no parece concordar con el concepto al que nos han llevado otros usos. Se dice: ¡pero *no es* así! —y sin embargo *es* así— y no se puede hacer más que repetir continuamente estas antítesis».[1]

Al transcribir un comentario semejante a la exclamación de Russell, Wittgenstein quizá tenía en mente un pasaje del *Eutifrón* (xiii) en el que Sócrates reivindica su descendencia de Dédalo, el constructor del laberinto. Pero Aristóteles escribe (*De anima*, 406b 15) que Dédalo poseía también el arte de fabricar estatuas semovientes: diseñó una estatua de Afrodita capaz de moverse después de un baño mercurial. El mito sugería

---

[1] L. Wittgenstein, *Vermischte Bemerkungen*, ed. G.H. von Wright y H. Nyman, Frankfurt, 1977; traducción al español, *Movimientos del pensar*, Valencia, 2000.

entonces una analogía con las dificultades emergentes en el diálogo platónico. El intento de dar una definición exhaustiva de la *santidad* hacía estallar a Eutifrón en una exclamación de desaliento: «Todas las proposiciones se ponen a girar y no quieren quedarse donde se las pone»; y Sócrates, de rebote: «Éste, o Eutifrón, hace buenas migas con esa alma buena de mi antepasado Dédalo. Y si las proposiciones (ὑποθέσεις) salieran de mi boca tú podrías burlarte de mí, diciéndome que, para ser él y yo de la misma sangre, mis estatuas de palabras huyen, y allá donde las ponemos no quieren estar».

Las definiciones semovientes, que huyen volviéndose inservibles, se parecen a los metafóricos peldaños de la escalera mencionada por Wittgenstein en la penúltima proposición del *Tratactus*: «Mis proposiciones ilustran de esta manera: aquel que me comprende, finalmente las reconoce insensatas, si ha subido por ellas —sobre ellas— más allá de ellas. (Él debe, por decirlo así, *tirar la escalera después de haberla subido*)».[1] Pero antes de Wittgenstein, Nietzsche (en el *Crepúsculo de los ídolos*) y Sexto Empírico ya habían usado la metáfora de la escalera. En el último acto de heroica resignación del escéptico, esto es, en la demostración de que *no existen* pruebas de nada, Sexto Empírico abandonaba su propia argumentación, la misma verdad negativa de que nada se puede demostrar. «*¡Hay muchas cosas*», escribía, «*que se hacen a sí mismas lo que le hacen a las otras! ¡Como en efecto el fuego, al consumir la leña, se destruye también a sí mismo, y como los purgantes, al arrojar los humores del cuerpo, se emiten también a sí mismos, del mismo modo también la argumentación adoptada contra la demostración —después de haber eliminado todas las demostraciones— acaba por desterrarse también a sí misma!* Y por último, así como no es posible que

[1] L. Wittgenstein, *Tratactus logico-philosophicus*, Londres, 1922; traducción al español, *Tratactus logico-philosophicus*, Madrid, 2002.

un hombre, después de haber subido por una escalinata hacia un lugar elevado, una vez alcanzada la cima vuelva a recorrerla regresando sobre sus propios pasos, del mismo modo no es inconcebible que el Escéptico, después de haber subido por una escalinata —es decir, la de una argumentación que prueba la no existencia de una demostración—, una vez alcanzado su objetivo, justamente entonces destruya también esta misma argumentación».[1]

La falta de los peldaños de apoyo a menudo provoca vértigo y puede dar la sensación, como decía Heidegger, de vivir *sin fundamentos*, como sobre un *abismo*. Pero el hilo que alguna vez tenía unidos a los bailarines de Dédalo, protegiéndolos del riesgo de un viaje sin retorno, ahora podía asumir otra forma: la del reconocimiento de que la idea, incluso *matemática*, no es estática, sino que vive del trabajo incesante de una μητις, que es astucia que se despliega en el devenir y en el *movimiento*. El nombre de Dédalo no es casual en absoluto: evoca el laberinto y su imagen más antigua, la espiral. Pero la espiral, desde el rito más arcaico hasta las «visiones» de Yeats, es perpetua alternancia de «salida» y de «regreso», de interior y exterior, como dice el *Tao tê ching* (xxv): «"proceder" significa "alejarse"; "alejarse" significa "regresar" (al propio contrario)».[2] Se tenía que esperar entonces que una concentración y reflexión sobre los principios impusiera de rebote un movimiento extravertido y centrífugo, una fuerza constructiva en lugar de introspectiva. La experiencia de Russell era, en efecto, una primera advertencia de cómo la matemática «libre de fuerzas externas» reiniciaba desde ahora, bajo el impulso de las paradojas, a subordinarse nuevamente al imperativo de esas fuerzas.

---

[1] Sexto Empírico, *Adversus dogmaticos*, 480-481; traducción al español, *Contra los profesores*, Madrid.
[2] *Tao tê ching*, ed. J.J.L. Duyvendak, París, 1953; traducción al español, *Tao tê ching*, Barcelona, 2005.

II. El principio de abstracción

Según Irving M. Copi, el descubrimiento de la primera antinomia sobre la numeración transfinita (1897) por obra de Cesare Burali-Forti fue ignorado por mucho tiempo, y recibió el debido reconocimiento sólo después de que Russell encontró su antinomia y la comunicó a Frege en 1902. Los motivos que dejaron temporalmente en la sombra el artículo de Burali-Forti serían evidentes: oscuridad del estilo, inspirado en el simbolismo de Peano; la verificación de un error de interpretación sobre la noción cantoriana de ordenamiento, y sobre todo la apariencia de dificultad irrelevante, de polémica de segundo plano; en comparación con el debate por grandes temas que se venía desarrollando sobre el transfinito de Cantor.

Los comentarios sobre la memoria de Burali-Forti, observa Copi, denotaban la ausencia de una colaboración efectiva entre matemática y filosofía: «pocos matemáticos en ese tiempo se ocupaban de filosofía, y pocos filósofos conocían la matemática más allá de los *Elementos* de Euclides».[1] Esta observación, en brutal contraste con los auspicios del *positivisme nouveau* de

---

[1] I.M. Copi, «The Burali-Forti Paradox», en *Philosophy of Science*, 25, 1958, p. 283. La paradoja presentada por Burali-Forti en 1897 en los «Reportes del Círculo Matemático de Palermo» se podía expresar, en su forma corregida publicada en el mismo año, de la siguiente manera: los números ordinales, incluidos los transfinitos, se ordenan según la relación «mayor que» (>). Ese orden lo define cada «segmento» inicial de esos números, y por lo tanto se define en el conjunto completo de los ordinales. Éste define en ese conjunto lo que se suele llamar un «buen ordenamiento». Pero en la teoría de Cantor cada conjunto «bien ordenado» corresponde a un número ordinal. Entonces es posible asociar al conjunto de todos los ordinales un número ordinal, digamos Ω, que debería ser, probablemente, *el más grande* de todos los números ordinales, esto es, $\Omega > \alpha$ para cada ordinal α. Sin embargo, todo número ordinal es aumentable con el agregado de una unidad, y por eso el ordinal $\Omega+1$ es definible, por lo que sería simultáneamente $\Omega+1 > \Omega$ y $\Omega > \Omega+1$ (en tanto que Ω es también el más grande de los ordinales). De aquí la imposibilidad de definir un orden y una comparación entre *todos* los ordinales.

la Francia de fin de siglo, está motivada por los comentarios del todo inadecuados pronunciados hacia la nueva paradoja.

Así, Louis Olivier, redactor de la *Revue Générale des Sciences*, sostuvo que una conclusión paradójica estaba en pleno derecho de aparecer al lado del transfinito, del mismo modo que las oscuridades indefectiblemente asociadas con los números irracionales, negativos o imaginarios.[1] El propio Jourdain, justamente célebre por sus ensayos sobre los orígenes del transfinito, caería en la trampa de tergiversar la demostración de Burali-Forti, contribuyendo a transmitir una falsa versión de la paradoja, completamente inadecuada para sus implicaciones más críticas.[2]

Durante un tiempo considerable el descubrimiento de las antinomias no tuvo gran difusión y no obtuvo toda la atención que merecía. El propio Cantor, según lo que asegura Bell en *The Development of Mathematics*, ya en 1895 había encontrado la misma paradoja que Burali-Forti, y se lo había comunicado a Hilbert un año después.[3] Pero en todo caso se trató de una correspondencia privada, aún no marcada por la conciencia de una revelación detonante. Tras la comunicación a Hilbert, Cantor omitiría una seria discusión del caso durante casi cuatro años, quizá también a consecuencia del relativo desapego por la matemática y del incremento de interés por la filosofía que marcó su vida después de los ataques de Kronecker y la ruptura con el editor Mittag-Leffler.

El problema reapareció en una carta de Cantor a Dedekind en 1899. Cantor comunicó a Dedekind la misma paradoja

---

[1] *Loc. cit.*
[2] *Cfr.* P.E.B. Jourdain, «On the Transfinite Cardinal Numbers of Well-Ordered Aggregates», en *Philosophical Magazine*, 7, 1904, pp. 61-75; citado en I.M. Copi, art. cit., p. 285.
[3] *Cfr. ibíd.*, p. 283. *Cfr.* también J. Cavaillès, *Remarques sur la formation de la théorie abstraite des ensembles. La création de Cantor*, París, 1938, p. 94.

descubierta por Burali-Forti, juzgando oportuno ponerle solución con una distinción entre «multiplicidades consistentes» y «multiplicidades inconsistentes», de las cuales sólo las primeras podían tener acceso al «paraíso» de los conjuntos. Por ejemplo, «la totalidad de todo lo que es pensable», decía, es una multiplicidad inconsistente, una falsa totalidad, inconcebible en su complejo y marcada por un aspecto de *infinitud absoluta* definitivamente inaprehendible.[1] Para Cantor la paradoja se podía evitar porque su existencia descansaba en la introducción de una multiplicidad ilegítima, si bien con eso no quedaba perfectamente claro cuál era el *criterio* destinado a distinguir la legitimidad de su contrario.

Una fecha memorable fue la de la comunicación epistolar de Russell, a Frege, de la antinomia de las clases que no pertenecen a sí mismas. La carta de Russell a Frege, de 1902, contenía también una incondicionada apreciación por los *Grundgesetze der Arithmetik* y advertía que ya le había enviado la misma comunicación a Peano, de quien, empero, no había llegado ninguna respuesta. En esa carta faltaba toda referencia a la paradoja de Burali-Forti: Russell discutió separadamente esa paradoja en un artículo de 1902,[2] y posteriormente, en 1903 en sus *Principles of Mathematics*.

La carta de Russell a Frege parecía en realidad estar más centrada en las genéricas declaraciones de estima por la obra del lógico que en el reconocimiento de la gravedad de la paradoja. Sin embargo, la oportuna respuesta de Frege, que comentó el descubrimiento de Russell con ánimo de claridad y de la más rigurosa autocrítica, provocó una alarma impostergable.

---

[1] *Cfr.* G. Cantor, *Cantor and Dedekind*, en J. van Heijenoort, *From Frege to Gödel: A Source Book in Mathematical Logic, 1879-1931*, Cambridge, Mass., 1967, pp. 113-117.

[2] B. Russell, «Théorie générale des séries bien-ordonnées», en *Revista Mathematica*, 8, 1902, pp. 12-43.

«Su descubrimiento de la contradicción me ha provocado la más grande sorpresa y, casi diría, consternación, porque ella ha sacudido las bases sobre las que yo pretendía construir la aritmética».[1] Que se trataba de una consternación sin duda se podía deducir del tono apodíctico con el que Frege había anunciado su proyecto de fundar la aritmética. En sustancia, Frege decía que era una escandalosa inobservancia que se siguiera haciendo matemática sin siquiera tener claros los fundamentos lógicos del número uno. Es cierto que el matemático justifica sus conceptos en relación con su fecundidad heurística y con la verosimilitud que obtiene de ellos; pero el rigor de sus demostraciones «se queda como una pura apariencia, aunque la cadena de los razonamientos se revele carente de lagunas, cuando las definiciones iniciales se encuentran justificadas sólo *a posteriori*, sin dar lugar a ninguna contradicción»:[2] la certeza *empírica* a la que generalmente se entrega el matemático no es suficiente, concluía Frege; siempre se cierne sobre ella el riesgo de una contradicción.

Ahora que el número uno, y cualquier otro número (racional, irracional, complejo o transfinito), parecía poder fundarse en la idea de *conjunto* —desde Weierstrass y Cantor todo número *era*, en efecto, un conjunto o una clase— la propia operación de reunión conjuntista era minada, en su abstracta generalidad, por el descubrimiento de la paradoja de los conjuntos que no se admiten a sí mismos como elemento propio.

La antinomia de Russell seguramente tuvo un efecto más rápido y más dramático que la antinomia de Burali-Forti. El intento de «banalizar» las nociones más complejas con un reenvío a los mecanismos *elementales* de la actividad lógica, marcado por

---

[1] G. Frege, *Letter to Russell*, en J. van Heijenoort, *óp. cit.*, p. 127.
[2] G. Frege, *Die Grundlagen der Arithmetik - Eine logisch-mathematische Untersuchung über den Begriff der Zahl*, Breslau, 1884.

los nombres de Frege, Russell, Peano, forzosamente se tropezó de improviso con una dificultad no prevista y absolutamente ineludible; una dificultad extrañamente inherente a esa misma presunta banal simplicidad que debía fundar el edificio entero de la aritmética.

Si la *forma* de la paradoja era increíblemente simple en relación con lo enorme de las tesis que impactaba, probablemente no eran igualmente simples los verdaderos *orígenes* de su descubrimiento. Grattan-Guinness[1] demuestra que éstos se remontan por lo menos a los trabajos de Cantor, y en particular a esa demostración «diagonal» que es de considerarse una de las más poderosas técnicas de producción del absurdo del último siglo. Pero esto no basta. Otros estudios[2] demuestran cómo la predisposición a ocuparse de antinomias le llegó a Russell del propio ambiente idealista en el que tomaron forma sus primeras especulaciones. Probablemente Kant y Hegel fueron sus primeros maestros del arte del absurdo, y la segunda antinomia de la *Crítica de la razón pura* le sirvió a Russell para refutar las tesis de Cantor sobre la naturaleza del continuo (adquiridas indirectamente de un libro sobre el atomismo de Hannequin). La actitud que Bradley demuestra, desde las primeras páginas de su *Appearance and Reality*, ante la paradoja revela una afinidad que es históricamente igual de significativa que la incompatibilidad final de perspectivas con Russell.

El descubrimiento de la inconsistencia de la clase de todas las clases que no pertenecen a sí mismas se fue preparando lentamente, por medio de preludios, sospechas y cruces epistolares no divulgados inmediatamente. La antinomia de Russell fue descubierta de manera independiente por Zermelo, observada

[1] I. Grattan-Guinness, «How Bertrand Russell Discovered his Paradox», en *Historia Mathematica*, 5, 1978, pp. 127-137.
[2] *Cfr.* G.H. Moore, A. Garciadiego, «Burali-Forti's Paradox: a Reappraisal of its Origins», en *Historia Mathematica*, 8, 1981, pp. 319-350.

por Husserl, prefigurada, en alguna medida, por Schröder.[1] Pero se decidió a salir al descubierto sólo cuando tuvo que confrontarse directamente con las tesis de Frege. La confrontación además se agravaba, y por consiguiente se evidenciaba aún más, por una circunstancia delicada. Cuando Frege recibió la carta de Russell, el segundo volumen de los *Grundgesetze der Arithmetik* estaba por publicarse, y los *Principles of Mathematics* de Russell estaban a punto de poder salir impresos el año siguiente (1903). Por lo tanto, en este brevísimo periodo se tuvieron que probar las primeras soluciones, en una lucha contra el tiempo que por supuesto no pudo producir resultados definitivos o satisfactorios.

Frege propuso una «salida» para evitar la paradoja, que agregó como apéndice al segundo volumen de sus *Grundgesetze*. En el fondo, la misma paradoja era la que indicaba esta salida: Russell consideraba la posibilidad de una clase que comprendía a sí misma como elemento propio; una clase, como se habría dicho, *impredicativa*, es decir, autorreferencial. Bastaba entonces aislar, de ser posible, este caso anómalo, tratándolo como excepción excluible de una teoría por lo demás correcta.

Pero la resolución propuesta por Frege, como se vio más adelante, no podía bastar. Ésta contenía un comienzo prometedor, esto es, la exclusión de la autorreferencia, pero la fiabilidad de los *Grundgesetze* se reveló comprometida. Tras un impulsivo comentario en favor de la propuesta de Frege, al margen de los *Principles*,[2] Russell elaboró la teoría de los *tipos* lógicos, y lo hizo en evidente contraste con aquella propuesta. En 1938 Lesniewski encontraría otra contradicción, perfeccionada por

---

[1] *Cfr.* B. Rang, W. Thomas, «Zermelo's Discovery of the "Russell Paradox"», en *Historia Mathematica*, 8, 1981, pp. 15-22.
[2] B. Russell, *The Principles of Mathematics*, London, 1903, p. 522; traducción al español, *Los principios de la matemática*, Madrid, 1997

Geach en el sistema así corregido provisionalmente. Quine, por su lado, encontraría otra.[1]

En todo caso, lo que en poco tiempo quedaría claro era la incompatibilidad del principio que Frege había puesto como fundamento de la concepción de una clase: es decir, el principio *de abstracción*. Este principio, implícito en la clásica equivalencia entre clases y atributos, podía resumirse en la creencia de que a cada atributo (o concepto o predicado) le correspondía su propia *extensión*, es decir, el sistema de todos los objetos para los que ese atributo era predicable. Se trataba, por consiguiente, de un instrumento más o menos consciente de la «libre» actividad imaginativa del matemático y del lógico, que ahora debía contraponerse al clamoroso contraejemplo de la antinomia de Russell. Esta antinomia formulaba justamente un predicado (el ser una clase elemento de sí misma) al que no correspondía una clase no contradictoria, como decir un atributo sin extensión, una propiedad sin la clara identificación de los objetos que debían satisfacerla.

Sin embargo, Frege nunca supo resignarse en absoluto a la caída del principio de abstracción. Él siguió creyendo, salvo las debidas excepciones, en los atributos como en entes abstractos, públicos y objetivos (asimilables en cierto sentido a universales aristotélicos),[2] a los que forzosamente debía corresponder un conjunto congruente de objetos.

Pero ésta no fue la dirección elegida por autores como Zermelo, Fraenkel, Von Neumann y Quine, a quienes se deben las más notables teorías axiomáticas de los conjuntos construidas al amparo de las paradojas. Es cierto que fue precisamente Zermelo, observó Quine, el primero en percatarse con suficiente

---

[1] *Cfr.* W.V.O. Quine, «On Frege's Way Out», en *Mind*, 64, 1955, pp. 145-159.
[2] *Cfr.* H. Putnam, *Logica*, voz de la *Enciclopedia Einaudi*, vol. VIII, Turín, 1979, pp. 491-550.

claridad del «papel focal» desempeñado por el principio de abstracción. Y, con todo, «todas las formas bien conocidas de sortear las paradojas, con la excepción de la teoría de los tipos, comportan el reconocimiento de excepciones al principio de abstracción».[1] Pero la «salida» fue evitar una mirada directa y exclusiva al principio de abstracción como principio lógico en sí y por sí. Este principio, y éste es un paso decisivo, empezó a ser comparado con la *praxis matemática*.

La antinomia de Russell *no* implicaba que toda la matemática que se pudiera obtener de un sistema que implicara el principio de abstracción (en su versión original propuesta por Frege) fuera contradictoria. La antinomia invalidaba el principio de abstracción, pero únicamente para el uso arbitrario e indiscriminado que se podía correr el riesgo de hacer de ella. En realidad, los argumentos utilizados para obtener verdades matemáticas de los axiomas de Frege implicaban un uso *legítimo* del principio de abstracción, en conformidad con la expectativa de que el razonamiento *matemático* fuera intrínsecamente correcto. De no haberlo sido, la matemática entera habría caído, en contra de toda razonable previsión, en una catástrofe sin remedio.

La idea que estuvo madurando fue, por lo tanto, la siguiente: dar crédito al razonamiento matemático de su propia coherencia y corrección intrínsecas; pero en vez de formular sus principios basándose en operaciones mentales abstractas válidas *en sí*, de aprehender sus procesos *típicos*, *ejemplares*, para erigir *a posteriori* un sistema axiomático que simulara su funcionamiento, Zermelo inició un *análisis del significado* del concepto de conjunto por la manera en que éste *es utilizado* por

---

[1] W.V.O. Quine, art. cit., p. 154. La misma teoría de los tipos lógicos elaborada por Russell, aunque evitaba atacar directamente al principio de abstracción, tuvo que excluir, por «insensatas» o «agramaticadas», proposiciones que implicaban la autorreferencia.

los matemáticos. Inicialmente esto no implicaba en absoluto una «formalización» como la expuesta, en distintos momentos, por los *Principia Mathematica* de Whitehead y Russell y por el programa de Hilbert. Esta formalización ocurrió *después*, basándose en reglas precisadas por un estudio semántico. Así, el principio de abstracción fue llevado a un principio más consistente por medio de una observación empírica del trabajo matemático. Cuando el matemático define un conjunto mencionando una propiedad o un atributo, realiza en realidad una *separación*, esto es, elige, en el ámbito de un conjunto *preexistente*, los elementos que gozan de esa propiedad específica. La definición de un conjunto por abstracción no ocurre nunca, advirtió Zermelo, por medio de una concepción *ab initio*, sino únicamente como selección de objetos de un conjunto ya dado: no se habla, por ejemplo, del conjunto de las funciones reales continuas o diferenciables más que como subcaso, o subconjunto, de un conjunto más vasto como puede ser el conjunto de las funciones reales. El matemático jamás ha hablado, ni hablará, del «conjunto de todas las funciones existentes» o del «conjunto de todos los conjuntos», porque tales aglomerados para él carecen de sentido.

En el sistema de Zermelo, posteriormente ampliado y perfeccionado por Fraenkel, el principio de abstracción se transformó, por consiguiente, en un principio, más vinculante, de *separación* (*Aussonderung*). El mecanismo de generación de los conjuntos ya no era «libre», en absoluto, sino que más bien estaba sujeto a principios finalmente *delimitados* por una *praxis* científica. Se debía obedecer entonces a reglas más precisas: la formación del conjunto potencia (conjunto de los subconjuntos de un conjunto dado) y del conjunto unión. La introducción de un axioma especial, que imponía la existencia de un conjunto ilimitado (el conjunto ω de todos los números naturales), extendía la posibilidad de contar hasta el transfinito. El axioma «de reemplazamiento», agregado por Fraenkel, permitía asimismo generar una entera jerarquía de números transfinitos (por añadidura al postulado por el axioma de infinitud), poniendo también en evidencia el punto de tránsito de la formación de conjuntos «posibles» a la de conjuntos «patológicos».[1] El *proceso mental abstrayente* era de este modo analizado y conducido por canales seguros, y la lógica de la antinomia de Russell lograba ser mejor comprendida y circunscrita.

Esto no implicaba una certeza definitiva sobre la ausencia de antinomias en el razonamiento matemático. Nunca resultado alguno habría asegurado que el matemático, pensando de cierto modo en los conjuntos, no se tropezaría con una contradicción. Y los resultados posteriores de Gödel ciertamente no atenuarían esta inseguridad. Sin embargo, el propio Gödel supo determinar las razones de un hecho aparentemente inexplicable: esto es, el hecho de que las antinomias perdieron con el tiempo toda credibilidad de *verdadero* peligro. Gödel sugirió que esta desdramatización de la carga emotiva inducida por el primer descubrimiento de las paradojas se debía a una circunstancia brutalmente empírica, pero igualmente tranquilizadora: en su trabajo el *matemático* nunca se ha tropezado con algo semejante a la antinomia descubierta por Russell. Y Russell, se podría comentar junto con Dieudonné,[2] no *era* un matemático, *nunca ha* demostrado un teorema de matemáticas. Así escribió Gödel: «A primera vista podría parecer que las paradojas de la teoría de los conjuntos condenan al fracaso tal empresa, pero un examen más cuidadoso demuestra que éstas no dan lugar a dificultades. Son ciertamente un problema muy serio, pero

[1] *Cfr.* W.S. Hatcher, *Foundations of Mathematics*, Philadelphia, 1968, pp. 180-182.
[2] Véase J. Dieudonné, «Logica e matematica nel 1980», en *La nuova ragione*, ed. P. Rossi, Bolonia, 1981, pp. 15-25.

no para la matemática, sino para la lógica y para la epistemología. Todos los conjuntos de los que se ocupa la matemática (al menos en la matemática actual, incluida la teoría de los conjuntos de Cantor) son conjuntos de números enteros o de números racionales (o sea, de pares de números enteros) o de números reales (o sea, de conjuntos de números racionales) o de funciones de números reales (o sea, de conjuntos de pares de números reales), etc. Cuando se formulan teoremas sobre todos los conjuntos (o sobre la existencia de conjuntos en general), ello siempre se puede entender sin dificultad, en el sentido de que los teoremas en cuestión valen tanto por conjuntos de números enteros como por conjuntos de conjuntos de números enteros, etc. (que existen conjuntos de números enteros o conjuntos de conjuntos de números enteros, o..., etc., respectivamente, que gozan de la propiedad afirmada por el teorema). Sin embargo, este concepto de conjunto, según el cual un conjunto es algo que se obtiene de los números enteros (o de otros objetos bien-definidos) con repetidas aplicaciones de la operación de "conjunto de", y no dividiendo la totalidad de las cosas existentes en dos categorías, nunca ha dado lugar a antinomias, esto es, hasta ahora el uso completamente "ingenuo" y acrítico de ese concepto de conjuntos se ha revelado perfectamente coherente».[1]

El testimonio de Gödel no es el único. Por ejemplo, G. Kreisel[2] admite que las antinomias pueden haber constituido

[1] K. Gödel, «What Is Cantor's Continuum Problem?», en *Philosophy of Mathematics*, ed. P. Benacerraf y H. Putnam, Oxford, 1964.
[2] *Cfr.* G. Kreisel, recensión a L.E.J. Brouwer, «Collected Works», en *Bulletin of the American Mathematical Society*, 83, 1977, p. 90. La revisión crítica del principio de abstracción había empezado, advierte Kreisel, *mucho antes* del descubrimiento de las paradojas: ya en 1885 Cantor objetaba a Frege que a cualquier predicado debía corresponder una *extensión*, es decir, una colección de objetos que estuvieran efectivamente reunidos en una *unidad*; y para esto se requería alguna precaución supletoria.

un elemento dramático en el problema de los fundamentos (por lo demás, un problema tendiente a provocar un análisis *en absoluto* dramático de lo que creemos saber). Pero es falso, dice, que las antinomias hayan representado jamás la razón patente para una renuncia forzada a las «intuiciones lógicas» de Cantor. Esto lo creían, a lo sumo, algunos contemporáneos suyos. En cualquier caso, durante los *primeros* años del siglo, era una opinión difundida que en el razonamiento matemático (y no sólo en las «intuiciones» de Cantor) podían ocultarse engaños. Hasta Hilbert, que no toleraba la hipótesis de mutilar a la matemática, temió verse obligado a hacerlo y tener que ceder a la psicosis de alarma que se estaba propagando. El trabajo del matemático era, pues, susceptible de moverse según varias directrices e inspiraciones, del constructivismo puro de Kronecker al idealismo de Cantor o simplemente a los criterios del análisis clásico que habían favorecido su surgimiento. Es cierto que el mérito de Zermelo fue evidenciar ciertos razonamientos «escondidos», frecuentes en el análisis clásico, que ahora ameritaban aparecer como criterios *explícitos* y *conscientes* de la invención matemática. Sin embargo, una vez descubiertos algunos de estos criterios parecían *peligrosos*, ni más ni menos que los excesos de abstracción que habían generado las antinomias.

Así fue, por ejemplo, para el axioma de elección.[1] Sobre ese axioma podía recaer la sospecha de ser una regla de uso común, y pese a todo extrañamente nunca reconocida en su debido estatus de principio, de deliberada premisa del razonamiento. Zermelo aclaró este principio, usándolo en la demostración de un teorema que Cantor no había logrado demostrar de manera

---

[1] Este axioma puede expresarse de este modo: dado un conjunto «ambiente» M, si se considera cualquier subconjunto suyo M´, existe la posibilidad de elegir de manera *determinada* (aunque *arbitraria*) un elemento m´ de M´. Esa elección se puede efectuar para cada M´ no vacío.

satisfactoria: el teorema de buen ordenamiento. Pero la reciente experiencia de las antinomias y el difundido escepticismo por el infinito actual (que parecía haber contribuido a provocarlas) aconsejaban una actitud prudente.

Émile Borel[1] fue uno de los primeros que suscitó la cuestión de la legitimidad del uso del axioma de elección en la demostración del teorema de buen ordenamiento. Se trataba, explicó, de una demostración *útil*, porque mostraba que la posibilidad de «bien ordenar» un conjunto podía llevarse a la «existencia» de una función de elección. Pero esta «existencia» no era a su vez un hecho seguro y por tanto, no garantizaba una solución del problema. Lo que provocaba recelo era la presunta posibilidad de una elección *arbitraria* realizable, en principio, por un número *transfinito* de veces. Esto no implicaba ninguna especie de contradicción evidente en la matemática clásica; pero ahora se temía que las contradicciones pudieran anidarse en los lugares más imprevisibles.

A la larga, la misma praxis matemática contribuiría a desdramatizar el problema. Ya en 1904 quien criticara el uso del axioma de elección habría debido pedir indulgencia por su *propio* criterio de juicio sobre la existencia de los entes matemáticos. Con razón Hadamard hizo observar cómo en muchos resultados sobre la convergencia de las series Borel utilizó objetos de los que estaba constatada la *existencia*, pero de los que no se daba una descripción efectiva. Entonces, ¿por qué aceptar, por un lado, un criterio de existencia no fundado en la efectividad y excluirlo, por el otro, del principio de elección? También Lebesgue estaba implicado en esta observación, porque justo en sus trabajos sobre la teoría de la

[1] La primera demostración del teorema de buen ordenamiento por parte de Zermelo fue de 1904. En el mismo año Borel publicó dos páginas de comentario: «Quelques remarques sur les principes de la théorie des ensembles», en *Mathematische Annalen*, 60, 1904, pp. 194-195; ahora en É. Borel, *Oeuvres*, *óp. cit.*, vol. III, p. 1251-1252.

medida aparecían conjuntos[1] que «existían» sin que siquiera fuera claro si era posible «nombrarlos», o definir una propiedad característica «identificable» de ellos. La incertidumbre gravitaba sobre el último significado que atribuir a términos como «nombrar», «definir», «describir», «elegir», «existir»; pero finalmente se tiene la impresión de que un sentido circunstanciado de estos términos provenía más bien del trabajo de todo aquel que da razones de principio, al menos hasta que éstas no fueran sufragadas (y *no* lo eran) por el descubrimiento de nuevas antinomias.

La historia del axioma de elección estuvo marcada por los resultados posteriores de Gödel y de Paul Cohen, que decretaron su «neutralidad», por decirlo así, respecto a los otros axiomas de la teoría de Zermelo-Fraenkel. Gödel (1938-1940) demostró que el axioma de elección es «compatible» con esos axiomas; Cohen (1963) demostró que también la *negación* del axioma de elección es «compatible». Incidentalmente, se demostró lo mismo para la hipótesis del continuo: una afirmación de verdad de la hipótesis era igual de plausible que su negación, es decir, todo dependía de la elección de determinados axiomas o de su negación. Esto abrió el camino a la coexistencia de teorías *distintas*, que con el tiempo se volvieron numerosas hasta el punto de impedir que se concibiera, categóricamente, *una* noción de conjunto. Las diferentes teorías se refieren en primera instancia, a la posibilidad de distintas elecciones de descripción del infinito: los axiomas del infinito, de reemplazamiento y de los cardinales «inaccesibles» pueden ser elegidos de manera más o menos apropiada para cubrir la gama de significados a los que se puede referir el término infinito. Pero el dato más

---

[1] Conjuntos «medibles», pero no «B-medibles». Las críticas de Lebesgue, Borel, Baire y Hadamard al principio de elección y al transfinito están recogidas en el volumen de É. Borel, *Leçons sur la théorie des fonctions*, París, 1928.

relevante es un resultado general de «incompletitud» o, más bien, de insuficiencia descriptiva: una vez establecidos los axiomas de Zermelo-Fraenkel es posible formular una serie de hipótesis sobre el comportamiento de los conjuntos que no son demostrables por medio de esos axiomas. En otros términos, una vez definidos axiomáticamente los conjuntos en muchas circunstancias no se logra saber cómo se comportan; o mejor, se puede *elegir* de maneras distintas y recíprocamente compatibles el tipo de propiedad de la que se cree que ellos deban gozar, pero esta posibilidad de elección termina por demostrarse, nuevamente, *no categórica*, insuficiente para establecer definitivamente *qué es* un conjunto.

Empezó, por tanto, a manifestarse la posibilidad de construir *distintos* modelos de conjuntos, todos adecuados a un núcleo predefinido de axiomas, pero recíprocamente incompatibles con alguna otra propiedad que era asimismo legítimo, *en absoluto*, afirmar o negar.

Es cierto que en la matemática a menudo se definen estructuras abstractas (como la teoría de los grupos) que prevén la copresencia simultánea de modelos no isomorfos entre ellos. Pero en tal caso la pluralidad de interpretaciones posibles es un hecho intencional, que responde a la finalidad de considerar las propiedades de determinados objetos como casos especiales de nexos más generales y abstractos. El sistema de Zermelo-Fraenkel quería en cambio alcanzar el resultado opuesto: o sea, fijar de manera inequívoca, no ambigua, la noción de conjunto; no dar, por supuesto, una definición directa y explícita de él, sino circuir la idea con un sistema de reglas (el más adecuado posible a las utilizadas por los matemáticos) que, sin embargo, fueran capaces de especificar *un* concepto. La «multifurcación» de la teoría de los conjuntos que le siguió eludió esta intención, aun pudiendo presentarse al final (eliminada la urgencia de una voluntad fundacional) como igualmente natural y evidente que la (intencional) «incompletitud» de determinadas estructuras algebraicas (grupos, anillos, módulos, etc.). Sin embargo, no pudieron faltar las conclusiones escépticas. Ya Gödel vio en la imposibilidad de *demostrar* el axioma de elección (por medio de los otros axiomas) una debilidad intrínseca del instrumento lingüístico, una sustancial inobservancia del método axiomático a la tarea de transformar el carácter *vago*, impreciso, de la noción *intuitiva* de conjunto en un conjunto categórico de definiciones.

Gödel también logró definir una noción distinta de conjunto (un conjunto *constructivo*) de modo que el principio de elección resultara ya no como hipótesis neutral, sino como *teorema* efectivo. Sin embargo, la noción de conjunto *constructivo* era demasiado pobre y limitada para ser compatible con otros axiomas más fuertes (el axioma «de los cardinales medibles») con los que eventualmente se quisiera extender y refinar la capacidad descriptiva del sistema en lo que se refiere a los conjuntos infinitos.

De ciertas observaciones sintéticas de Mostowski,[1] pronunciadas en 1965 durante un congreso en Londres, quizá se pueda deducir hasta qué punto el «poder de crear», del que era instrumento el principio de abstracción, lograba controlar sus propias ficciones. Mostowski nos recuerda que, ya durante una conversación con Dedekind, Cantor pareció ser consciente de que la idea de conjunto debía de ocultar una complejidad vertiginosa: Dedekind simplemente comparaba el conjunto con un saco lleno de objetos. Cantor, en cambio, decía que lo imaginaba como un *abismo*. Preguntándose ahora quién tenía la razón, Mostowski se inclina por una respuesta segura: tenía la razón Cantor. A partir de Zermelo, por mucho esfuerzo que se hiciera en hacer de la teoría de los conjuntos una disciplina

---

[1] A. Mostowski, «Recent Results in Set Theory», en *Problems in the Philosophy of Mathematics*, ed. I. Lakatos, Amsterdam, 1967.

74

clara y carente de ambigüedad, se tenía que reconocer que el poder imaginativo del matemático (o del lógico) era superado por los instrumentos elaborados para describirlo de manera categórica y exhaustiva.

La misma idea de Zermelo de construir una teoría de los conjuntos que reflejara el hábito del matemático de elegir sus objetos (conjuntos) *en el interior* de clases bien definidas, quizá ya contuviera *in nuce* un vicio de impotencia. Simples y prácticas consideraciones lógicas y matemáticas obligan a aceptar el análisis de la idea de conjunto propuesto por Zermelo; pero los desarrollos de su teoría, como ha escrito recientemente John Mayberry,[1] eluden a su vez la verdadera incógnita y el verdadero punto focal del problema. ¿Cuál es la finalidad última si no la de llenar hasta el fondo ese *infinito*, ese auténtico abismo en el que Cantor había comprendido que se tenía que resolver el concepto de conjunto? Pero el punto de vista de Zermelo, corroborado posteriormente por Gödel, era el primer acto de constitución de una teoría que podía definirse, al menos en el espíritu, rigurosamente *finitista*. Según la tesis de Mayberry, la teoría de los conjuntos tiene un carácter *igualitario*; tanto en su forma axiomática como en el ámbito de las versiones modernas del análisis clásico, así como en el estructuralismo bourbakista, ella permanece incorregiblemente *finita*, armada de una mirada siempre *local, circunscrita*. Y esto se verifica también cuando, como en la teoría de las categorías, parece poder extenderse a un punto de vista resueltamente global y que todo lo comprende. En realidad, la regla establecida por Zermelo siempre se refleja en la circunstancia de que toda demostración, toda construcción puede elaborarse sólo *en el*

---

[1] J. Mayberry, «The Consistency Problem for Set Theory: an Essay on the Cantorian Foundations of Mathematics», en *The British Journal for the Philosophy of Science*, 28, 1977, pp. 137-170.

interior de un *universo del discurso* que contiene la atención en una zona siempre protegida o delimitada por alguna frontera. *Finito* e *infinito* serían entonces términos que despistan, en tanto que sistemáticamente están *precondicionados* por el uso matemático. Esto termina, en efecto, por atribuirles significados técnicos completamente especiales, que se distinguen de lo que podría definirse (al menos por reacción) un significado *primario*. Paradójicamente, justo después de Cantor, conjuntos normalmente llamados infinitos (como el más simple conjunto de los naturales) se podían considerar en cambio *limitados* y circunscritos. Fue precisamente Cantor, en efecto, quien «escandió» la numeración transfinita mediante «números límite» que «separan» y a la vez «cierran» conjuntos «ilimitados» de números. Y quizá fue justamente Cantor, entonces, quien relanzó una construcción rigurosamente «finita» del número.

Pero prescindiendo del carácter infinitamente evasivo del universo de los conjuntos,[1] es hasta dudoso si la teoría de los conjuntos es la verdadera estructura de sustento de la matemática, o más bien una simple *parte* suya. Frente a la que podría parecer la opinión más difundida, Kreisel aventura una duda: en un libro los axiomas se dan en el primer capítulo, pero a menudo se tiene difícilmente la ocasión de usarlos en los capítulos posteriores.[2]

Por supuesto, el carácter *relativo*, no categórico, de la teoría de los conjuntos (aclarado, aun antes de Gödel, por la paradoja de Skolem, 1922) no impidió que hacia mediados del siglo se afirmara el gran proyecto de una Fundación conjuntista de la matemática. Hacia 1950, recuerda MacLane, estaban acre-

---

[1] *Cfr.*, por ejemplo, también R. Rucker, *Infinity and the Mind*, Brighton, 1982, pp. 253-265.
[2] *Cfr.* G. Kreisel, recensión a L.E.J. Bouwer, *Collected Works*, *óp. cit.*, p. 90.

ditados eslóganes como éste: «La matemática es exactamente esa disciplina que se puede desarrollar mediante reglas lógicas de la demostración de los axiomas de Zermelo-Fraenkel para la teoría de los conjuntos».[1] Pero los eslóganes no resistieron otras evidencias de orientación opuesta. MacLane observa, asimismo, cómo ese gran proyecto conjuntista terminó por no dar cuenta adecuada de las estructuras edificables asumiendo la teoría de los conjuntos como punto de partida. Algunas de ellas parecen tener un carácter dominante (las «estructuras madres» de Bourbaki), pero sigue estando el hecho de que, desde la «Gran Fundación» de los conjuntos, no se reciben instrumentos adecuados para explicar la *elección* de conceptos como el de grupo, anillo, orden lineal o parcial, espacio lineal o espacio topológico. Esos conceptos más bien parecen provenir de dos principios de orden más general: la progresiva *amplitud* de perspectiva que une ideas primero separadas y las sugerencias *externas* promovidas por cualquier tipo de experiencia. Además del relativismo, también la incesante experiencia y la continua difusión de nuevas arquitecturas conceptuales hacen más frágil la fe «platonista» en un mundo *real* de conjuntos opuesto a nuestros imperfectos y aproximados modelos. Es un mundo demasiado evasivo, demasiado dispuesto a dar imágenes distintas de sí como para poder pensar en un hipotético manejo suyo de conceptos eternos e inmutables.

III. Autorreproducción y tipos lógicos

Tratando de hacer un balance de la cuestión de los fundamentos, en un artículo de 1939[2] Church veía esencialmente

---

[1] S. MacLane, «Mathematical Models: a Sketch for the Philosophy of Mathematics», en *The American Mathematical Monthly*, 88, 1981, p. 468.
[2] A. Church, «The Present Situation in the Foundation of Mathematics», en F. Gonseth, *Philosophie mathématique*, París, 1939, p. 67.

dos grandes teorías: la teoría axiomática de los conjuntos de Zermelo y los *Principia Mathematica* de Russell y Whitehead. Inicialmente la teoría axiomática de Zermelo parecía ajena a los criterios de la lógica simbólica. Pero desarrollos sucesivos habían exaltado más tarde su posible aproximación al espíritu de los *Principia Mathematica*.[1] Tanto los *Principia* como la teoría de Zermelo acabaron, en realidad, por concurrir en un ideal común de manipulación simbólica y de formalismo matemático. Y el *formalismo*, escribía Church, aún tenía que considerarse el instrumento privilegiado para estudiar el problema de los fundamentos. Su tesis era que los fundamentos de la matemática deben consistir en la construcción de un sistema de símbolos capaces de describir las verdades matemáticas deducibles con reglas de inferencia preestablecidas.

En cualquier caso, los principales intentos que fomentaron esos auspicios se mezclaron con diversas alusiones a la posibilidad de una orientación diametralmente opuesta. Una orientación que sólo más tarde se volvió *explícita*, pero que los mismos partidarios de la axiomática y del formalismo contribuyeron (directa o indirectamente) a fomentar.

En una de sus primeras reflexiones críticas sobre las paradojas, Russell[2] evidenció un hecho indudablemente significativo y casi emblemático, o sea, el carácter *autorreproductivo* de determinadas abstracciones mentales. Tanto en el caso de la paradoja de Burali-Forti como en el de la antinomia de las clases que no son elementos de sí mismas entra sistemáticamente en

---

[1] W.V.O. Quine, «Set-Theoretic Foundations for Logic», en *Journal of Symbolic Logic*, 1, 1936, pp. 47-57, encontró una manera de derivar la teoría «simple» de los tipos dentro de la teoría de Zermelo. Pero, con todo, se volvió una opinión difundida que las teorías de Russell y Zermelo eran, con buena aproximación, equivalentes.

[2] B. Russell, «On Some Difficulties in the Theory of Transfinite Numbers and Order Types», en *Proceedings of the London Mathematical Society*, 4, 1906, pp. 29-53.

juego, explicaba Rusell, un mismo, decisivo mecanismo: una vez que se considera cualquier clase que goce de una propiedad predeterminada, automáticamente somos llevados a considerar una *nueva* clase de «tipo» no distinta a la anterior y de la cual se presume poder decidir si goza o no de la propiedad en cuestión. En el caso de la antinomia de Russell, dada una clase *u* que no pertenece a sí misma, se considera la clase *w* de *todas* las clases que no pertenecen a sí mismas. En el caso de Burali-Forti, dado un segmento de números ordinales cualquiera, se asume como objeto del pensamiento la clase de todos los ordinales. Este recoger en una *totalidad* entes que remiten, en virtud de autorreproducción, a colecciones siempre más vastas es descrito por Russell como el prototipo del error lógico surgido de la matemática de los conjuntos y de las intenciones fundacionales más recientes.

Para Russell se trataba, en cualquier caso, de un error *lógico*, y *no matemático*: «la solución completa de nuestras dificultades», concluía, «probablemente vendrá más de una mayor claridad lógica que de un proceso técnico de la matemática».[1] El proceso de *autorreproducción* era, pues, un rasgo general *del pensamiento*, y no sólo una virtud generativa del objeto matemático. Además, ese proceso implicaba exactamente esa zona de la elaboración conceptual que tenía que protegerse de toda posibilidad de error, y en la cual la facultad creadora del espíritu podía desarrollarse y manifestarse «libremente». La *espontaneidad* y el *flujo natural* del pensamiento, había escrito William James, debían considerarse el criterio de *racionalidad* más seguro.[2]

Ahora bien, el gran esfuerzo de Russell fue justamente desenmascarar, del modo más general, las incongruencias que

---

[1] *Ibíd.*, p. 53.
[2] Véase W. James, *La volontà di credere, óp. cit.*

podían ocultarse detrás de cada posible gesto *espontáneo* de la mente. De aquí su teoría de las *descripciones*, la crítica de las definiciones *impredicativas*, la teoría de los *tipos* lógicos y el recelo final por la propia idea de *clase*, que aun naciendo como base de la definición logicista de número, fue clasificada en los *Principia* entre los llamados «símbolos incompletos», meras ficciones del lenguaje que sirven para trazar atajos para el trabajo imaginativo.

La teoría de los *tipos* tenía como primer objetivo encauzar los procesos mentales de abstracción, de formación de clases por medio de la mención de alguna propiedad o atributo, en una jerarquía bien definida. Russell decía que la *autorreproducción* de los conceptos es peligrosa porque puede generar algún *círculo vicioso*, provocado por imaginar una clase que contenga algún objeto definible sólo en los términos de la clase que lo incluye. La antinomia de las clases que no pertenecen a sí mismas era el ejemplo de semejante círculo vicioso. Pues bien, la jerarquía de los tipos servía para evitar este inconveniente, impidiendo que una clase contuviera no sólo a sí misma, sino además todos los otros elementos del mismo *tipo* de la clase (por ejemplo, un conjunto de «individuos» debe contener sólo «individuos», y no conjuntos de «individuos» de cualquier especie).

Sin embargo, esta empresa nunca se liberó de un equívoco: la convivencia de una intención puramente crítica y *analítica*, que tendía a seccionar el lenguaje para descubrir sus sentidos más recónditos y menos reconocibles, y la aspiración de revestir a las matemáticas de una armadura lógica que la preservara de los riesgos de su «reproducibilidad» por medio de círculos viciosos o definiciones impredicativas. Además de un insuperable monumento a la inteligencia analítica, esta armadura lógica era también una singular amalgama de *obviedad* y *artificio*. Ante todo, la teoría de los tipos reflejaba en cierta medida un modo de razonar «natural», tácitamente asumido por los matemáticos, que nunca habrían soñado con incluir en sus especulaciones un conjunto formado por todos los conjuntos que no pertenecen a sí mismos. La precaución de no definir una clase que entre sus elementos incluya a sí misma debió de ser considerada obvia por Turing, que la adscribió en el modo de pensar del «hombre prehistórico».[1] La idea de los tipos lógicos tampoco sería exclusiva de Russell: Church demostró cómo Schröder anticipó algunos de sus rasgos característicos.

Este aspecto de *obviedad* era ya un motivo para sospechar que la compleja construcción de los *Principia* era desproporcionada para la necesidad del trabajo *matemático*. Pero el hecho esencial es que este mismo trabajo, si se hubiera querido desarrollar sólo a la sombra de los *Principia Mathematica*, hubiera salido alterado y descompuesto. Una primera, inmediata observación era que la jerarquía de los tipos, a menos que se quisiera «reducir» con el artificio de un axioma, atentaba contra la teoría del continuo. Observaciones más generales debidas a Ramsey, Poincaré y Wittgenstein denunciaban, de manera más o menos abierta, la inobservancia del sistema lógico-deductivo de Whitehead y Russell a una representación justa de la actividad mental del matemático: el freno impuesto a la autorreproducibilidad de las abstracciones lógicas también era un impedimento a la «libertad» del trabajo heurístico.

IV. Las críticas de Ramsey, Poincaré y Wittgenstein

Algunas críticas a los *Principia Mathematica*, como la de Ramsey, eran más constructivas que demoledoras, pero, con todo, su orientación dice más sobre el resultado de la «crisis de los fundamentos», que el efecto reparador de las variantes propuestas. Para Ramsey lo que se le escapaba a los *Principia*

---

[1] *Cfr.* R.O. Gandy, «The Simple Theory of Types», en *Logic Colloquium '76*, ed. R.O. Gandy y M. Nyland, Amsterdam, 1977, p. 179.

era el importante, peculiar aspecto *extensional* de las matemáticas. La matemática es extensional, decía, en el sentido de que le corresponde el estudio de clases, y de relaciones entre clases, no necesariamente definidas por una *fórmula* o por un *predicado*. Los números reales, por ejemplo, son conjuntos de números racionales, pero no es necesario, en principio, que haya una propiedad sintética caracterizante, como la hay en el caso de $\sqrt{2}$ o de π. Existen, asimismo, funciones «extrañas», no definibles por una fórmula simple x^2 o sin x. La misma definición de «semejanza» entre clases introducida por Cantor no pretende apoyarse en una descripción intensional (es decir, analítica): dos clases pueden ser parecidas sin que esta relación de semejanza sea expresada «en fórmulas».

Ahora bien, la construcción lógica de Whitehead y Russell se fundaba en la idea de *predicado*, y por lo tanto daba por sentado que toda clase o relación estaba definida por una fórmula. La posibilidad de que existan clases o relaciones extensionales indefinibles con un predicado, decía Ramsey, es parte integral de la «actitud extensional de la matemática moderna»; y «el hecho de que esta posibilidad pase inadvertida en los *Principia Mathematica* es el primero de los tres graves defectos de esta obra. El error no consiste en tener una proposición primitiva que afirme que todas las clases son definibles, sino en dar una definición de clase que únicamente se aplica a las clases definibles, de modo que todas las proposiciones matemáticas sobre algunas o todas las clases son interpretadas de manera incorrecta».[1] Una cosa era asimismo segura: que, en cualquier caso, la cuestión de la existencia de clases indefinibles con un predicado era «una cuestión *empírica*».[2]

[1] F.P. Ramsey, *The Foundations of Mathematics and Other Logical Essays*, Londres, 1931.
[2] *Loc. cit.* La cursiva es mía.

Recientemente, en una atmósfera propensa a la revaloración justamente de una matemática «empírica», las observaciones de Ramsey se consideraron completamente cercanas a la experiencia matemática consolida en los siglos XVIII y XIX, de Eulero a Fourier y a Hilbert. Esta apreciación, que da razón a lo que continúa siendo la matemática fuera de toda pretensión fundacional, defiende imperturbable las más audaces creaciones de la aritmética «actualista», ya no en homenaje a la fe *démodée* en un infinito actual, sino simplemente en defensa de un ideal heurístico y de una voluntad general de progreso. Gandy, por ejemplo, dice que los criterios constructivistas más rígidos que se oponen a las tesis «actualistas» inhiben el uso de la imaginación, impidiendo la conquista de conceptos nuevos que refuercen la belleza y la potencia aplicativa de la matemática. No erradamente Cantor quería una matemática «libre», y Gandy escribe que la contribución de Ramsey fue precisamente «liberar» a la matemática en lugar de reprimirla con los vínculos demasiado estrechos de una construcción formal.[1]

El primero y principal rival de Russell, en nombre de una creatividad que el logicismo hubiera querido ofuscar, fue Poincaré. A partir de 1905, aparecieron en la *Revue de Métaphysique et de Morale* sus artículos de demolición del programa logicista, que apuntaban invariablemente a una observación de principio: cualquier revestimiento lógico-deductivo, formal, de la matemática, constituye una virtual *mutilación* de ella. Detrás de las razones de principio y de las contestaciones más técnicas (referentes, sobre cualquier cosa, al principio de inducción), no era difícil entrever una defensa del *esprit* sobre el cual Le Roy había escrito, con seductora retórica, en páginas que Poincaré

[1] R. Gandy, *The Simple Theory of Types*, en *Logic Colloquium '76, óp. cit.*, pp. 173-181.

nunca quiso refutar del todo. Poincaré no cita a Le Roy, pero Couturat, en respuesta a los ataques de su adversario, no dejaba de echarle en cara su adhesión mal disimulada a «teorías de moda», detrás de las cuales es evidente entrever el espiritualismo preconizado por Ravaisson y el *positivisme nouveau* de la Francia *fin de siècle*.

A las reglas muertas y petrificadas de la lógica Poincaré oponía la *intuición*, que en su opinión siempre interviene en los razonamientos «vivos», no reemplazados aún por una simulación mecánica. A las formas vacías de los logicistas decía que prefería la intuición del geómetra o del analista, que saben lo que hacen porque tienen una profunda cognición de sus instrumentos de investigación: «Buscar el origen de este instinto, estudiar las leyes que se oyen pero no se enuncian de esta geometría profunda sería, pues, una bella tarea para los filósofos que no quieren que la lógica lo sea todo».[1]

Para Poincaré no sólo el razonamiento *vivo*, sino también el inimitable instinto del matemático son irreductibles a las reglas de un juego logístico. La intuición, decía, siempre sobrevive también en la *fase demostrativa* de las verdades matemáticas, esto es, en el tiempo *sucesivo* en que se da razón, paso por paso, de la verdad de lo que se ha descubierto. Wittgenstein había escrito que la lógica nos hace olvidar el carácter autónomo y específico de las técnicas matemáticas. La lógica aporta una «expresión lingüística» de una verdad matemática, sustrayendo a la vista el *modo* en que se demuestra. Pero justamente este modo es lo *esencial* y los lógicos se equivocan al considerarlo cosa «de menor importancia».[2]

---

[1] H. Poincaré, «Les mathematiques et la logique», en *Revue de Métaphysique et de Morale*, 1905, p. 817.

[2] L. Wittgenstein, *Bemerkungen über die Grundlagen der Mathematik*, ed. G.H. von Wright, R. Rhees, G.E.M. Anscombe, Oxford, 1956; traducción al español, *Observaciones sobre los fundamentos de la matemática*, Madrid, 1987.

No sólo se trataba de oponer el *misterio* de la creatividad a su pretensión de explicitar en fórmulas lógicas. Las observaciones de Poincaré sobre el descubrimiento matemático, sobre el trabajo mental inconsciente y sobre las repentinas iluminaciones inventivas denotaban, es cierto, una inclinación del gusto, una escasa propensión a confundir el automatismo onírico con el mecanismo de un sistema lógico-deductivo. Pero desde el momento en que algo del trabajo heurístico *también* debía mantenerse en la demostración no se podía, con mayor razón, anular la *especificidad* de ese trabajo en la pretendida *unidad*, o *universalidad*, de una fundación lógica.

Había también un importante principio que para Poincaré era necesario para la matemática, pero irreductible a la lógica: el principio de inducción completa. En el fondo, decía, el logicismo admite *principios* que declara indemostrables. Pero entonces hay dos casos: o estos principios son llamadas a la intuición, lo que daría así una señal de su propia insuprimibilidad, o bien son definiciones enmascaradas, para dar crédito a las cuales sería necesario demostrar que no generan contradicciones.[1] En este segundo caso, advertía Poincaré, para llegar a cubrir *todas* las posibilidades de deducción de los principios, sería necesario recurrir precisamente al principio de inducción completa, es decir, a un principio matemático y *no* lógico.

Poincaré lanzó un desafío que era un juicio implícito sobre las pretensiones del lógico: y bien, decía, inténtese reducir la matemática a la lógica simbólica; inténtense explicitar sus argumentos más recónditos; pero entonces se pretenderá que la matemática revestida (o transformada) no cometa más errores, ya no incurra en anomalías y paradojas, y se reduzca verdadera-

---

[1] Véase H. Poincaré, *Les mathématiques et la logique, óp. cit.*, p. 829. En los *Principia* (1910) Russell y Whitehead advertirían que una demostración de coherencia es necesaria en un sistema deductivo fundado en proposiciones indemostradas (llamadas *primitivas*).

mente a ese mecanismo al que se dice que se parece. Pero esto no es verdad, agregaba Poincaré. El logicista comete errores así como el matemático común, y su técnica *genera* muchas más paradojas en lugar de evitarlas. Couturat respondía polémicamente y a la vez afirmaba a Poincaré en este punto. El logicista no es, ni pretende ser, infalible. Él sólo está menos expuesto al riesgo de un error por el hecho de que no se entrega, así simplemente, a la intuición y al *sentido común*.[1] Y la réplica a la visión de fondo que inspiraba las observaciones de Poincaré era clara y agresiva: «Todo intento de catalogar las nociones primeras y los principios de las matemáticas le parecería una pretensión insoportable, un atentado a la "libertad" del científico. Por eso él opone a la razón lógica y demostrativa "el instinto seguro" del inventor y la "geometría más profunda" que lo guía, y este género de consideraciones está muy de moda: hoy queda bien oponer a la lógica formal, que se califica desdeñosamente de "dialéctica", "abstracta" y "verbal", la "lógica de la naturaleza y de la vida".

»Hay allí una confusión que es importante disipar. Oponer a la lógica el hecho psicológico de la invención es cometer la más burda *ignoratio elenchi*. La lógica no tiene ni que inspirar la invención ni que explicarla: ella se contenta con controlarla y con *verificarla* en el sentido propio del término (hacer verdadero)».[2]

Otra advertencia tendía a eliminar el equívoco de que la lógica debía *eliminar* de la matemática cualquier error posible. Más bien es cierto, escribía Couturat, que la lógica ha servido para *descubrir* muchos errores y contradicciones del pensamiento intuitivo, y en ese sentido puede considerarse un instrumento

---

[1] Véase L. Couturat, «Pour la logistique», en *Revue de Métaphysique et de Morale*, 1906, p. 214.
[2] *Ibíd.*, p. 215.

de precisión para la mente: sería desleal atribuirle la imposible tarea de resolver todo tipo de dificultades. Russell habría repetido lo mismo: «El método de la logística es esencialmente el mismo que el de cualquier otra ciencia. Aquélla conlleva la misma falibilidad, la misma incertidumbre, la misma amalgama de inducción y deducción, y la misma necesidad de apelar, como confirmación de sus propios principios, al pacto general de los resultados calculados con la observación. Su objetivo no es proscribir a la "intuición", sino vigilar y sistematizar su uso, eliminar los errores a los que da lugar su uso incontrolado, y *descubrir las leyes generales de las que se puede, por deducción, obtener resultados nunca contradichos por la intuición y, en los casos cruciales, confirmados por ésta.* En todo ello la logística se pone exactamente en el mismo plano, por ejemplo, que la astronomía, si se prescinde del hecho de que en astronomía la verificación se efectúa no con la intuición sino con los sentidos».[1]

Como se ve, al defender la misma tesis que Couturat, Russell también tumba, significativamente, la proposición. Russell y Couturat dicen ambos, en respuesta a Poincaré, que no se le puede encargar a la lógica toda la tarea de eliminar las contradicciones de la matemática. Pero mientras Couturat se limita a escribir que la lógica tiene como finalidad *verificar* (hacer verdadera) la intuición, Russell propone una tesis complementaria, que no puede evitar morderle la cola a la primera. Escribe que la lógica espera la *verificación* de la intuición, exactamente como cualquier ciencia física espera una contraprueba de los sentidos.

Más tarde Lakatos no perdería la ocasión de citar a Russell al principio de la proclama *A Renaissance of Empiricism in the Recent Philosophy of Mathematics* (1967, 1976). Russell, escribe Lakatos, fue probablemente el primer lógico moderno

[1] B. Russell, «Les paradoxes de la logique», en *Revue de Métaphysique et de Morale*, 14, 1906, p. 630. La cursiva es mía.

en sostener que la *evidencia* matemática y lógica podría ser *inductiva*. En 1901 sostuvo que «el edificio de las verdades matemáticas se yergue inquebrantable, inexpugnable por parte de cualquier arma del inestable cinismo». Pero en 1924, observa asimismo Lakatos, Russell estaba pensando que la lógica (y las matemáticas) se parece a las ecuaciones de Maxwell para la electrodinámica: ambas «se aceptan mediante la verdad observada de algunas de sus consecuencias lógicas».[1] Ya en 1906 pareció delinearse una opinión semejante. Entonces Russell declaró que el sistema *entero* de verdades deducidas (y no sólo los principios) debía recibir el aval de la intuición.

Couturat refutaba también las razones invocadas por Poincaré contra el lenguaje cifrado introducido por Peano y adoptado por los logicistas. Poincaré lo llamaba *pasigrafía*, considerándolo un mero revestimiento de la intuición matemática que no servía siquiera para preservarla del error: una prótesis artificial y superflua que daba la impresión engañosa de una completa *aclaración* y *explicitación* de la idea intuitiva, por medio de la fuerza expresiva, y a la vez *obliterante*, del signo. Pero la defensa de Couturat en parte iba en la dirección *opuesta* a la que se hubiera esperado que debía asumir una investigación sobre los fundamentos. El propio Russell escribió en la primera página de su *Introduction to Mathematical Philosophy* que la matemática podía desarrollarse en dos sentidos opuestos: el uno constructivo, hacia una complejidad gradualmente creciente; el otro hacia una siempre mayor abstracción y simplicidad lógica. Pero Couturat decía que la nueva notación simbólica, además de hacer explícita la intuición de los principios, cons-

[1] I. Lakatos, «A Renaissance of Empiricism in the Recent Philosophy of Mathematics», en *The British Journal for the Philosophy of Science*, 27, 1976; reimpreso en I. Lakatos, *Mathematics, Science and Epistemology*, ed. J. Worral y G. Currie, Cambridge, 1978, p. 25; traducción al español, *Matemáticas, ciencia y espistemología*, Madrid, 1999.

tituía por sí misma un nuevo sistema cargado de instancias innovadoras y de posibilidades de *crecimiento*. Exactamente como Leibniz había perfeccionado la técnica de representar el infinitesimal con un signo y de traducir el ἄπειρον en cálculo del infinito, de este modo la logística ahora podía manipular las intuiciones matemáticas por medio de una descripción algorítmica cargada de potencialidades heurísticas análogas. La propia idea de *progreso* (trasladada ahora al poder hermético de la notación logística) siempre estaba lista para subvenir las eventuales inobservancias de un intento de aclaración lógica de los principios.

Todo matemático sabe que el reconocimiento de la corrección de las demostraciones sólo puede atribuirse a la sensibilidad o a la percepción «gestáltica» que provienen de un largo ejercicio de técnicas *específicas*. Difícilmente sucede que la duda de corrección de un teorema de álgebra o de análisis funcional se resuelva traduciendo la demostración al lenguaje del cálculo de los predicados. Y sin embargo, ésta era justamente la convicción secreta de Couturat: no se resistió a la tentación de escribir que el «instinto seguro» y la «geometría más profunda» de Poincaré no eran otra cosa que una forma inconsciente de la razón lógica, y por lo tanto debían compartir con ésta las mismas leyes de funcionamiento y los mismos procedimientos deductivos.

Se puede suponer que Russell compartía esta opinión. Lo demuestra su célebre proclama en los *Principles of Mathematics* (1903): «El hecho de que toda la Matemática sea Lógica Simbólica es uno de los descubrimientos más grandes de nuestro tiempo; y desde el momento en que así se estableció, lo que queda de los principios de la Matemática consiste en el análisis de la misma Lógica Simbólica».[1]

[1] B. Russell, *The Principles of Mathematics*, *óp. cit.*, p. 5.

Hay además como una intención pedagógica, en todo fundacionalismo, que quiere enseñar a *pensar de otro modo*, a perder algunos hábitos en favor de una *Mathesis universalis* que domina las distintas especialidades e inclinaciones subjetivas.

Además de Russell, que retomó ciertas proyecciones de Peirce,[1] también Hilbert quiso *modificar* el razonamiento matemático, conformándolo a los criterios de la axiomática: «Más que por sus geniales descubrimientos», escribió Dieudonné, «es quizá, en efecto, por la inclinación de su espíritu por lo que Hilbert incidió más profundamente en el mundo matemático; él enseñó a los matemáticos a *pensar axiomáticamente*, es decir, a tratar de reducir todas las teorías a su mínimo esquema lógico».[2]

No fue, sin embargo, posible, se puede advertir enseguida, imponer un solo modo de pensar en matemática. Siguió en cambio prevaleciendo una pluralidad de visiones específicas y de estilos o de criterios distintos. Ello concuerda con el hecho de que la idea formalista no pudo imponerse como solución global, sino únicamente como éxito *local*, en el ámbito bien circunscrito de teorías individuales formalmente decidibles.[3] Ya en 1930 Tarski[4] demostró cómo los llamados campos reales cerrados y ordenados (como el campo de los números reales o el campo de los números reales algebraicos) eran decidibles: esto es, un procedimiento de decisión era capaz de determinar

---

[1] Escribía Peirce: «Espero que lo que he hecho pueda demostrar un primer paso en la resolución de uno de los mayores problemas de la lógica, el de producir un método para el descubrimiento de métodos matemáticos» (Ch.S. Peirce, «On the Algebra of Logic», en *American Journal of Mathematics*, 7, 1885, p.183.)

[2] J. Dieudonné, *David Hilbert*, en *Les grands courants de la pensée mathématique*, ed. F. Le Lionnais, *óp. cit.*, p. 297.

[3] *Cfr.*, por ejemplo, G. Kreisel, J.L. Krivine, *Elements of Mathematical Logic*, Amsterdam, 1971, pp. 217-219.

[4] Véase A. Tarski, «On Definable Sets of Real Numbers», en *Logic, Semantics, Metamathematics*, Oxford, 1956, pp. 110-142. Véase además J. Robinson, «The Decision Problem for Fields», en *Symposium on the Theory of Models*, Amsterdam, 1965, pp. 299-311.

si una proposición cualquiera de la teoría se podía derivar de sus axiomas. Y lo mismo valía para la geometría elemental de Euclides: la decisión de si una proposición geométrica cualquiera era verdadera o falsa, o mejor, deducible o no de los axiomas, podía resolverse de manera puramente mecánica. Incidentalmente, esto también sirvió para hacer una crítica retrospectiva de ciertos excesos de Poincaré, que imprudentemente se había explayado en sostener que la geometría era resistente a todo tipo de formalización.[1]

Para entender las preocupaciones de Poincaré, en cualquier caso, es necesario insistir en la circunstancia de que Frege y Russell querían *sustituir* el pensamiento del número con el pensamiento de algo distinto, más precisamente con el pensamiento de una clase de clases: un número *n era* la clase de todas las clases con *n* objetos (la circularidad, demostraban los logicistas, aquí es sólo aparente). Su gesto era reduccionista y eliminatorio, en el sentido de que una proposición como «dos más tres es igual a cinco» era parafraseada por una secuencia de cuantificadores y operadores conjuntistas oportunamente definidos. (Ni aun el reduccionismo molecular, observó después Quine,[2] es tan reductivo como el programa de Frege y Russell).

Ahora bien, la principal crítica de Wittgenstein a Frege y a Russell era que sus definiciones de número, y de las operaciones entre números, efectuaban una *reducción ilegítima*: más precisamente, hacer las cuentas aritméticas con el auxilio de esas definiciones era imposible, en general, sin recurrir al modo tradicional de contar.[3]

[1] *Cfr.* G. Kreisel, J.L. Krivine, *óp. cit.*, p. 166.
[2] *Word and Object*, Cambridge, Mass., 1960; traducción al español, *Palabra y objeto*, Barcelona, 2001.
[3] Para un ejemplo y una discusión del problema *cfr.* C. Cellucci, «Il fondazionalismo: una teoria regressiva», en *Teoria*, 2, 1982, p. 22. Véase también G. Kreisel, «The Motto of "Philosophical Investigations" and the Philosophy of Proofs and Rules», en *Grazer Philosophische Studien*, 6, 1978, pp. 13-38.

Ésta no sólo era, sin embargo, una denuncia de circularidad, sino también una indicación de lo que quería decir *pensar matemáticamente* (y quizá también *pensar* en general). El hecho decisivo era que el modo de contar de Frege-Russell, para números bastante elevados, se volvía absolutamente no *perspicuo*. No obstante, cualquier demostración matemática, explicaba Wittgenstein, debe tener, justamente, carácter *perspicuo*, esto es, debe poseer una perceptibilidad «gestáltica» que permita abarcar con una mirada el conjunto total de sus movimientos. Esta perceptibilidad (que es además el fundamento de la repetibilidad de la demostración, de su ser una «tarea fácil de ejecutar») *debe* a menudo *fundarse* no en los «átomos» del razonamiento lógico, sino en definiciones y procedimientos complejos, ya adquiridos, que sirven para abreviar (y por lo tanto hacer posible) el cálculo. Precisamente se puede decir *fundarse*, parece sugerir Wittgenstein, porque sería imprudente subestimar la utilidad descriptiva de esos procedimientos: no se trata únicamente de meras abreviaciones convencionales, de conceptos ventajosos para simplificar el cálculo; sino más bien de *partes esenciales del cálculo*, de piedras de construcción insustituibles del edificio matemático. Sumar y multiplicar dos números elevados con las definiciones de Frege-Russell sería un poco como pensar en traducir la distancia Tierra-Sol en yuxtaposiciones sucesivas de un listón. Pero esta traducción es inocua sólo hasta que nos acordamos que *es posible* medir esa distancia (con las técnicas a nuestra disposición), pero que *es imposible* hacerlo con un listón. El punto decisivo es éste: «Un procedimiento abreviado me enseña qué *debe* resultar de un procedimiento no abreviado. (Y no viceversa)».[1] En particular: «si de verdad quisieras demostrar mediante el cálculo de Russell

[1] L. Wittgenstein, *Osservazioni sopra i fondamenti della matematica*, óp. cit., p. 98.

la suma de dos números muy grandes, ya deberías saber cómo hacer la suma, contar, etcétera».[1]

Aunque Wittgenstein proponga regularmente ejemplos de cálculo o imágenes elementales y nunca demostraciones matemáticas en el sentido más usual,[2] sus observaciones sobre la definición logicista del número se extienden a toda la matemática. Las fases intermedias de la invención matemática, los conceptos ya suficientemente complejos que se utilizan por lo general en las demostraciones, siempre son unidades de medida indispensables para la inteligencia, que de otra manera no podría, con una mirada perspicua, «reducir» todas las complejidades a los mínimos átomos lógicos.

Difícil olvidar que fue también Poincaré, en su conferencia en el Segundo Congreso de Matemáticos en París (1900),[3] quien insistió en una idea análoga. Así como los fisiólogos y los químicos descomponen los cuerpos en células y en átomos, decía, así los matemáticos descomponen una verdad en fragmentos elementales. Pero la tesis reduccionista que hace de estos fragmentos la única «realidad» no es acertada. El matemático considera verdad adquirida, objetaba Poincaré, únicamente lo que puede aprehender con una única mirada global que sólo la *intuición*, y no la lógica, puede proporcionar.

La abreviación, la simplificación operativa o la definición que resume una estructura anterior (en sentido lógico), contemplando también una infinidad de casos y de verdades elementales, se puede usar como elemento *simple*, como

---

[1] *Wittgenstein's Lectures on the Foundations of Mathematics*, ed. C. Diamond, Ithaca, Nueva York, 1976.

[2] *Cfr.* P. Bernays, *Comments on Ludwig Wittgenstein's «Remarks on the Foundations of Mathematics»*, en *Philosophy of Mathematics*, ed. P. Benacerraf y H. Putnam, *óp. cit.*, p. 511.

[3] *Cfr.* H. Poincaré, «Du rôle de l'intuition et de la logique en mathématiques», en *Compte rendu du deuxième Congrès International des Mathématiques (Paris 6-12 Août 1900)*, París, 1902, pp. 115-130.

fragmento indivisible de una nueva conquista conceptual. Y aun, si hay «progreso» a menudo éste parece desarrollarse por las sugestiones que emanan estas síntesis parciales de la creatividad. Por ello su poder innovador es evidente e innegable, porque, hasta que no salen a la luz y se organizan claramente, el pensamiento no tendría bases para proceder, no podría ni descubrir y a veces ni siquiera *concebir* nuevas conexiones ni nuevas posibilidades creadoras. En tal caso nos podríamos expresar diciendo que las ideas sugeridas por un concepto son «irreductibles» a las ideas que contribuyen a su formación. Entonces es como si el concepto asumiera la iniciativa él mismo: lo que al principio era invisible se vuelve visible únicamente por su mediación; su virtud de irradiación sugiere un siguiente paso, que en otros términos habría sido impensable. Se podría asimismo concluir, con las palabras de Nietzsche, que «los conceptos son algo vivo, por lo tanto también algo que por momentos crece y por momentos se esfuma [...]. Con una analogía se podrían designar, antes que nada, como células, con un núcleo y un cuerpo interno».[1]

El logicismo planteaba la tesis de que los mismos números 1, 2, 3, ..., contra toda apariencia, eran síntesis discretamente complejas, y ya no elementos últimos e irreductibles del pensamiento. Un matemático italiano, Alfredo Capelli, dijo: «He hablado ahora [...] del origen *natural* de la aritmética, intentando con ello referirme a ese largo trabajo evolutivo que la mente humana ha tenido que hacer obligadamente, si bien casi inconscientemente, antes de llegar al concepto claro de número, a ese concepto de *número abstracto* que se suele exponer en la primera página de cualquier tratado de aritmética,

---

[1] F. Nietzsche, *Frammenti postumi 1884-1885*, en *Opere*, ed. *óp. cit.*, vol. VII, tomo 3, p. 340.

con poquísimas palabras, casi temiendo ofuscar con demasiadas explicaciones la claridad de un concepto por sí mismo clarísimo. Pero ¿acaso este concepto es realmente tan claro? O más bien, ¿no sería útil, tratándose de un concepto abstracto y por consiguiente difícil, explicar cuidadosamente el proceso de abstracción mediante el cual se ha venido formando y desarrollando naturalmente por los hechos combinatorios más evidentes y concretos? La operación de *contar objetos*, aunque pueda ser correcto considerarla bien conocida prácticamente por cualquiera que emprenda el estudio de la aritmética, no es, empero, un hecho aritmético *primitivo*, sino que representa una estadio ya muy avanzado en la evolución de la práctica combinatoria. ¿Qué decir, pues, de esta misma operación considerada de manera completamente abstracta?».[1]

Pero el punto era lo inevitable del uso del concepto abstracto de número como medio (indispensable) para pensar. Quizá el hábito de valerse de él como entidad *simple* ocultó su espesor lógico-combinatorio, que reivindicó sus derechos (agregando un problemático *surplus*) sólo cuando los mismos *desarrollos matemáticos* (las series de Fourier, la nueva idea de función, la refundación del análisis de Cauchy y de Weierstrass, los conjuntos de Cantor, etc.) le dieron la ocasión propicia.

Alpinolo Natucci, autor de un volumen sobre *Il concetto di numero* (1923), retomó las ideas de Capelli confrontándolas con el prefacio de Dedekind a la primera edición de su *Was sind und was sollen die Zahlen?* Dedekind decía precisamente que mediante la práctica, a menudo inconsciente, de comparar y combinar objetos «nosotros nos procuramos un tesoro de verdades matemáticas, al que más tarde se refieren nuestros maestros como a algo simple, evidente por sí mismo, dado en

---

[1] A. Capelli, «Sulla genesi combinatoria dell'aritmetica», en *Giornale di Matematiche*, 39, 1901, p. 82.

la intuición interna, y así ocurre que conceptos efectivamente complejos, como el de número de objetos, se consideren erróneamente simples».[1]

Ahora bien, también se podría invertir la última observación, diciendo que en determinadas circunstancias es inevitable usar como objeto simple lo que es complejo. Por lo demás, es el propio Dedekind quien propone esta inversión, en la citada declaración: «No veo nada meritorio en explicar determinados conceptos mediante circunlocuciones construidas con nociones más primitivas; sólo con mucha dificultad nos podemos valer de este método para ilustrar determinados fenómenos».

Se puede preguntar: ¿hay una *sola* manera de ilustrar una serie de fenómenos? Sin duda la «cortadura» de Dedekind representaba muy bien una serie interminable de experiencias conectadas con la aproximación de los números irracionales, de los griegos a Hamilton. Pero inmediatamente viene también a la mente que no hay un modelo conceptual *único* para la descripción de estos números: Cantor y Weierstrass concebían un número real como clase de equivalencia de conjuntos de racionales (en lugar de «cortadura»), lo que bien podía representar igualmente *otro* tipo de experiencia. Con estas distintas construcciones se pueden obtener estructuras abstractas (esto es, campos ordenados completos de números reales) isomorfas entre ellas. Pero, en cualquier caso, los modelos son distintos: es decir, los números se pueden pensar de maneras *distintas*. Esta complementariedad no hace sino aumentar el carácter elusivo de la esencia, contribuyendo simultáneamente a trasladar la atención del *ser* a las construcciones *lingüísticas* y *gramaticales*. La autonomía de estas construcciones puede entonces despertar la sospecha de que la *cualidad* del objeto no está en ninguna

---

[1] A. Natucci, *Il concetto di numero e le sue estensioni*, Turín, 1923, p. 130.

parte, y que antes bien ella misma es *creada*, totalmente o en parte, por la simulación lingüística.

Wittgenstein se acercó de un lado al corazón del problema cuando escribió, en sus *Ricerche filosofiche* (primera parte, § 371), que «La *esencia* está expresada en la gramática», pero quiso decir, precisamente, *expresada* y no *creada*. Siempre hay una invencible voluntad de asegurarse de que lo que creemos entender existe efectivamente, sin ser una mera proyección de nuestro modo de mirar el mundo. En resumen, la gramática expresa, y no crea.[1] Pero se podría comentar de rebote: si no *genera* justo lo que quiere expresar (que también se podría imaginar indicado por otras palabras, conceptos y modos de decir), la gramática proporciona, en cualquier caso, un *nuevo* terreno de acuerdo que puede agregar un *surplus* decisivo al conjunto de experiencias que se había intentado reasumir o enfatizar. No erradamente escribió Kraus: «Quien no tiene pensamientos cree que se tiene un pensamiento sólo cuando se lo tiene y luego se le reviste de palabras. No comprende que en realidad lo tiene sólo quien tiene la palabra dentro de la cual crece el pensamiento».[2] Aún más, la palabra que crece en sí misma y más allá de sí misma conquista poder y autonomía, y termina por debilitar el albedrío que ha forjado su forma y su palabra. Desde cierto punto la lengua, anotaba Kraus, me domina completamente y «puede hacer de mí lo que quiere».[3]

---

[1] La cuestión es desarrollada por G.E.M. Anscombe en «The Question of Linguistic Idealism», en *Essays on Wittgenstein in Honour of G.H. von Wright*, «Acta Philosophica Fennica», vol. XXVIII, Amsterdam, 1976, pp. 188-215.

[2] K. Kraus, *Detti e contraddetti*, ed. Roberto Calasso, Milán, 1972, p. 216 (ed. orig., Munich, 1955); traducción al español, *Dichos y contradichos*, Barcelona, 2003.

[3] *Ibíd.*, p. 150.

Estructuras gramaticales complejas que se compenetran con un conjunto homogéneo de experiencias, y que dan muestra de dominarlo, no parecen, sin embargo, someterse, ni aun en su acta de nacimiento, a lo que se podría llamar presuntamente un poder humano de control. A menudo parece más bien que un concepto, una idea o un símbolo puede ser reconocido y comprobado sólo *después* de que algún proceso dinámico intrínseco y automático haya delineado su forma y su finalidad. En la elección de la gramática podrá haber una señal de arbitrio (en el sentido de una *contingencia*); pero el cúmulo de experiencias que la precedió parece alinearse misteriosamente, sin una intención consciente de quien piensa, con *ese* resultado y no otro.

La experiencia científica coincide, en este punto, con la artística. «Cuando dibujo», relataba por ejemplo Escher, «en ocasiones me siento como un médium espiritista controlado por las criaturas que está evocando. Es como si ellas mismas eligieran la forma en que deciden aparecer. Durante su nacimiento se cuidan poco de mi opinión crítica, y yo no logro ejercer mucho poder sobre su grado de desarrollo. Generalmente son criaturas muy difíciles y obstinadas».[1] Cuando Hadamard escribía que el inconsciente es automático, en el sentido de que no se somete a nuestro *querer*, y no obstante sabe discernir con mayor eficacia y delicadeza que el yo consciente, ligaba el trabajo de los matemáticos al de los artistas. Mozart, entre otros, decía que no sabía *de dónde* le venían los pensamientos: «Yo no sé nada, yo no tengo nada que ver». Y de ello, además, ya había hablado Platón: «Cuando el poeta se sienta en el trípode de la Musa ya no está en sí; como una fuente, enseguida deja correr

[1] Citado en D.R. Hofstadter, *Gödel, Escher, Bach: an Eternal Golden Braid*, Nueva York, 1979; traducción al español, *Gödel, Escher, Bach: un eterno y grácil bucle*, Barcelona, 1992.

libremente lo que le afluye al corazón y, dado que su arte es imitación, está obligado, al representar caracteres contradictorios entre ellos, a decir cosas que a menudo contrastarán con sus opiniones, y de las cosas dichas no sabe si ésta es verdadera ni si aquella otra es opuesta».[1]

También en el trabajo matemático a menudo la idea da muestras de crecer *sola*, y sólo una guía inconsciente parece encaminar una gran cantidad de experiencia y observaciones empíricas a su progresiva formación. Para el matemático también podría valer lo que Kraus decía del uso de la palabra: «Venida al mundo, la palabra crea mundos nuevos, y desde entonces la materia ya no cesará de ofrecerse, de cortejar para ser oída. Es como poner el mar en un vaso, y el artista es el aprendiz de brujo según la voluntad del cual debe vivir la creación, desde que Dios se fue».[2]

La alusión al falso cortejo de la materia y a la inevitable retorsión padecida por quien evoca torpemente sus fuerzas serpentea en la experiencia literaria sincrónica con la «crisis de los fundamentos», y reaparece, en formas más o menos explícitas, en la *Carta de Lord Chandos* de Hofmannsthal, en Dublín —piénsese en el relato «Die Ermordung einer Butterblume» (1910)—, en Rilke y en Hermann Broch. En la matemática nos tropezamos con aspectos más específicos, y con situaciones en que las «virtualidades» de la materia pueden generar, al lado de formas de disipación, las síntesis más notables y cargadas de consecuencias. Ciertamente es notable, por citar sólo un primer ejemplo, el caso del descubrimiento del λ-cálculo. Se sabe que Kleene perfeccionó un formalismo (precisamente el λ-cálculo) para definir la calculabilidad de una función. Kleene recuerda, entre otras cosas, cómo nació la idea, durante su aprendizaje

---

[1] *Leggi*, IV, 719c-d; traducción al español, *Leyes*, Madrid, 2002.
[2] K. Kraus, *óp. cit.*, p. 256.

con Church, de una serie interminable de *ejemplos*,[1] esto es, de intentos y de pruebas empíricas que se disponían inicialmente, es de suponer, sin plan ni finalidad, y que sólo *a posteriori* aparecieron orientadas a lo que se tenía que descubrir.

Un hecho seguro, como ha afirmado recientemente Suppes, es que no se puede pensar en una cuestión más profunda, en filosofía de la matemática, que pedir una especificación detallada del lenguaje de programación del cerebro. Pero «el hecho es que aún sabemos muy poco sobre cómo pensamos en matemática».[2]

[1] S.C. Kleene, «The Theory of Recursive Functions Approaching its Centennial», en *Bulletin of the American Mathematical Society*, 5, 1981, pp. 43-60.
[2] Citado en *Problems in the Philosophy of Mathematics*, ed. I. Lakatos, *óp. cit.*, vol. I, p. 116.

CAPÍTULO TERCERO

i. El nudo de Gordium

Antes de presentar en el Congreso de París de 1900 sus célebres veintitrés problemas, Hilbert ya había conseguido al menos cuatro notables éxitos científicos: la resolución de un importante problema sobre los invariantes algebraicos (1890), la publicación del *Zahlbericht* (1897), el célebre tratado *Grundlagen der Geometrie* (1899) y una original reelaboración del principio de Dirichlet.

El primer gran éxito, en tema de invariantes, consistía en la resolución de un problema que tomaba el nombre del experto más reconocido del tiempo: Paul Gordan. «Invariante» designaba, en resumen, toda expresión polinomial, dependiente de alguna manera de los coeficientes de una o más formas algebraicas, que permaneciera inalterada después de ciertas clases de transformaciones efectuadas sobre esas formas. Ahora se quería descubrir si existía una *base*, es decir, un conjunto *finito* de invariantes en cuyos términos se pudieran expresar, integralmente y sin excepciones, *todos* los otros, *infinitos*, invariantes.

Veinte años antes de encontrarse con Hilbert, Gordan había respondido positivamente a esta pregunta para un conjunto simplificado de formas algebraicas, valiéndose de un procedimiento estrictamente computacional fundado en ciertas operaciones elementales para la generación de invariantes. Pero el estilo de Gordan se mostraba inadecuado para una generalización que ofreciera una resolución definitiva del problema.

El genio de Gordan se exponía entonces en las largas páginas de fórmulas para la producción y la enumeración ordenada de invariantes algebraicos, obedeciendo a una estrategia estrictamente computacional que arrastraba con el tiempo enormes dificultades y fantásticas complicaciones.

Hilbert quiso también él cimentarse con ese problema, que era de los más abiertos y más debatidos en los círculos matemáticos de su tiempo. Al afrontarlo se impuso, sin embargo, una nueva perspectiva que tenía en cuenta, desde entonces, las más recientes investigaciones de Kronecker y de Dedekind en un sector de la matemática aparentemente ajeno y no pertinente. La indagación resultó así naturalmente orientada a un examen *ab initio* y a una inescrupulosa recapitulación del problema: Hilbert evitó el pesado «formalismo» de Gordan que parecía ofrecer el único y exclusivo instrumento para una resolución, y sorteó la dificultad con una demostración pura de *existencia*. Es decir, Hilbert demostró que *debe existir* una base finita, en cuyos términos son expresables todos los invariantes algebraicos, pasando por alto (momentáneamente) la construcción matemática efectiva de esta base.

Este episodio hace pensar, ante todo, en un mecanismo que, en la matemática, es muy frecuente: es el caso en el que técnicas elementales permiten descubrir nuevos teoremas, abrir perspectivas inéditas; mientras el uso reiterado de estas técnicas, con la finalidad de extraer de ellas teoremas más generales, conduce a una *imposibilidad* efectiva de avance. El problema se vuelve entonces increíblemente complejo, los casos que se quisieran incluir son demasiado numerosos y no se logra literalmente *comprender* todo lo que debería entrar en una solución satisfactoria. El acto mental que sepa referir el problema a teoremas más generales o abstractos puede entonces resultar decisivo. Aquél corta el nudo del problema, y los hilos que formaban ese nudo, en lugar de ser desatados uno por uno, aparecen ahora evidenciados en la trama que un gesto resuelto ha abierto a la vista.

«Si no logramos resolver un problema», explicaría Hilbert (diez años después de la resolución del problema de Gordan), «el motivo consiste a menudo en nuestro no saber reconocer el punto de vista desde el cual el problema que tenemos delante se muestra únicamente como un solo eslabón individual en una cadena de problemas vinculados [...]. Esta manera de encontrar métodos generales es indudablemente la más práctica y la más segura; porque quien busca métodos sin tener en mente un problema bien definido busca generalmente en vano».[1]

Un problema particular se resuelve pues, preferiblemente, con un método general. Pero el método general, que aclara la existencia de nexos imprevistos y es por lo tanto virtual preludio de conceptos más amplios, necesita del problema particular para delinearse. De aquí la importancia del estudio de *problemas particulares*, más veces afirmada por Hilbert, para el avance de la matemática; y de aquí, igualmente, la necesidad de un pensamiento abstracto. Pero el pensamiento no puede entender de repente, por decirlo así, lo particular con lo general; no puede plantearse cualquier problema específico y encontrar inmediatamente el sistema general de conexiones que determina su solución. En cierto sentido, es preciso hacer un recorrido exhaustivo de lo particular a lo general. Al principio la mente necesita plantearse un problema en los casos más simples y en los aspectos más elementales; tanto que la *particularización*, decía Hilbert, juega un papel incluso más importante que la *generalización*. El fracaso al responder a una interrogante a

¹ Citado en C. Reid, *Hilbert*, Nueva York, 1970, p. 80.

menudo puede depender de la fallida respuesta a subproblemas más accesibles, aclarados sólo parcialmente o no aclarados del todo. Se podría agregar que la vía de lo particular a lo general a menudo es *discontinua*. El estudio de lo particular produce y pone en marcha una resolución, pero se revela, desde cierto punto, inobservante. La inteligencia necesita entonces nuevos conceptos para funcionar. Éstos son los nuevos «átomos», por decirlo así, que el pensamiento puede usar como *simples* signos, sin preocuparse del sistema de ideas y de conexiones implícitas o sobrentendidas. Estos «átomos» se colocan entonces, con todo derecho, en un nivel más avanzado o incluso simplemente descriptivo, el cual puede demostrarse indispensable para el descubrimiento de nuevas verdades matemáticas.

El problema de Gordan era, precisamente, uno de esos casos para los que se reclamaba una discontinuidad, un cambio de perspectiva, un intercambio de métodos e ideas de referencia. En estas nuevas ideas (debidas, como se ha dicho, a Dedekind y a Kronecker) Hilbert había sabido distinguir el «fundamento» de una resolución del problema de la base para los invariantes. Ya este solo hecho debía explicar algo esencial sobre la matemática. La circunstancia de que las técnicas aplicadas por Gordan *no podían* aclarar el problema, aun resolviendo casos particulares de él, era un fácil indicio para creer que el aprendizaje matemático debía desarrollarse de manera *fragmentada*, *progresiva* e *imprevisible*. Es por cierto tipo de evidencia que se logra descubrir otra; y la segunda no puede darse sin la primera. Y esto no es verdad únicamente para las cadenas demostrativas, que promueven una verdad de una verdad anterior, sino también para el modo en que las teorías se generan y se multiplican. «El dominio de los objetos matemáticos», escribió más tarde Ladrière, «no se despliega ante nosotros como un espectáculo cuyos puntos sean todos igualmente accesibles. Este dominio se nos revela progresivamente y cada nuevo paso abre nuevas perspectivas. Es debido al estudio de las propiedades de un determinado objeto o de una determinada estructura por lo que llegamos a descubrir la existencia de otros objetos y de otras estructuras. Desde el momento en que adquirimos un conocimiento suficiente de estos nuevos objetos o de estas nuevas estructuras podemos definirlos como cosas autónomas, sin apelar a teorías anteriores en las que tiene sus orígenes la nueva teoría. (Y con mucha frecuencia estas teorías anteriores se integran en la teoría nueva a título de casos particulares). Esto demuestra que los conceptos no están determinados de una vez por todas, que nuevas evidencias pueden constituirse a partir de evidencias más antiguas; en resumen, que la experiencia matemática está animada por una vida interna».[1]

Se debería agregar esto: que en muchos casos no sólo es imposible *descubrir*, sino que es además imposible *pensar* una verdad sin el auxilio de determinadas abstracciones, o de determinados conceptos ya notablemente complejos. En tal caso se vuelve siempre más difícil separar la identificación de un *fundamento* de la verdad del mecanismo de su descubrimiento.

Hay una leyenda transmitida por Plutarco, y ahora vuelta a transmitir por Constance Reid, que explica en síntesis lo que supo hacer Hilbert. Es la leyenda que relata la manera en que Alejandro Magno deshizo el nudo de Gordium, la ciudad del rey Midas[2] (Plutarco, *Vida de Alejandro*, 18): «En la ciudad de Gordium [...] vi el célebre carro sujetado fuertemente con la corteza de cornejo del cual una leyenda del lugar dice que cualquiera que tuviera que desatarlo estaba destinado al imperio del mundo. Muchos autores relatan cómo Alejandro, no

---

[1] J. Ladrière, *Les limitations internes des formalismes*, París, 1957, p. 407. Ladrière recuerda, por ejemplo, que fue por medio del análisis infinitesimal como se descubrieron las estructuras topológicas.
[2] *Cfr.* C. Reid, *Hilbert, óp. cit.*, p. 33.

logrando deshacer las ataduras, cuyos cabos estaban escondidos y enrollados el uno en el otro en una maraña de vueltas, cortó en dos el nudo con la espada, de modo que, al romperse, se vieron salir numerosos cabos. Aristóbulo cuenta en cambio que Alejandro deshizo muy fácilmente el nudo quitando la espina de la que el yugo estaba amarrado al timón, y extrayendo por lo tanto el yugo mismo».

Quizá la empresa de Alejandro pudo parecer extraña y desleal a quien haya querido deshacer el nudo desenredando uno por uno sus hilos amarrados. De manera muy similar, la empresa de Hilbert no gustó a quien buscaba, como Gordan, una demostración *constructiva* de la existencia de una base para los invariantes. Lindemann, que hacía poco había demostrado la trascendencia de π, consideró el método de Hilbert como un excéntrico e improbable juego de prestidigitación. Gordan prorrumpió en la célebre exclamación: «Ésta no es matemática. Ésta es teología».[1] Pero en 1892 Hilbert, que también había recibido un reconocimiento positivo de Klein, se acercó a la comprensión de lo que faltaba, produciendo lo que podía considerarse, en definitiva, un método *finito* para la realización del procedimiento constructivo reclamado por Gordan. El *fundamento* de su nueva investigación seguía siendo, con todo, el teorema de *existencia* demostrado en 1890. Hilbert fue, en efecto, de los que mejor entendieron la importancia y el profundo significado de los puros resultados de existencia que, aun a costa de una fallida construcción del objeto matemático, tenían el poder de resolver con brevedad y elegancia problemas difíciles e intrincados: «La importancia de las puras demostraciones de existencia consiste precisamente en el hecho de que una sola construcción es eliminada por ellas, y que muchas construcciones distintas están sometidas a una única

[1] *Ibíd.*, p. 34.

idea fundamental, de modo que únicamente lo que es esencial a la demostración se dibuja con claridad; brevedad y economía del pensamiento son la *razón de ser* de las demostraciones de existencia [...]. Prohibir las aserciones de existencia [...] es como relegar a otra parte a la ciencia matemática».[1] Así, el propio Gordan tuvo que convencerse de que «también la teología tiene sus méritos»;[2] Hilbert conquistó el crédito y la fama que merecía y fue llamado pocos años después a la Universidad de Göttingen por el «divino» Felix Klein, el más célebre y venerado exponente de la matemática alemana de fines del siglo XIX. Hilbert llegó a Göttingen en 1895, casi exactamente un siglo después de que había llegado Gauss. En las décadas que siguieron el Instituto Matemático de Göttingen albergó a los matemáticos más geniales de la época; se convirtió rápidamente en «la Meca de la matemática alemana», y en uno de los centros de investigación más admirados del mundo.

II. El programa de Hilbert

Al margen de su lista de problemas expuesta en París en agosto de 1900, Hilbert introducía comentarios de distinto género sobre la naturaleza de la creatividad matemática. En cierto sentido, él se alineaba con la forma más difundida de ver la matemática: aquella que se inspiraba en la idea de un espíritu soberano que plantea y resuelve de manera autónoma su propio problema. Durante el mismo congreso parisiense, Poincaré sugería que el matemático era finalmente dueño de sus propios medios, que eran principalmente dos: la lógica y la intuición. En el análisis, precisaba, no hay más que la intuición pura del número y el silogismo, y este resultado permite fundar las matemáticas en un *absoluto* rigor. Por su lado, Hilbert proclamaba:

[1] *Ibíd.*, p. 37.
[2] *Loc. cit.*

107

«En el desarrollo progresivo de una disciplina matemática, el espíritu humano, alentado por el descubrimiento de las soluciones, tiene conciencia de su propia independencia; él mismo crea problemas nuevos y fecundos de la manera más feliz, sin un aparente impulso externo y únicamente por combinaciones lógicas, por generalización y particularización, separación y reunión de ideas. Entonces es esencialmente él quien, puesto en primer plano, plantea las cuestiones.

»Es así como nacieron *el problema de los números primos* y los otros problemas de la Aritmética, la teoría de Galois, de las ecuaciones, la teoría de los invariantes algebraicos, la de las funciones abelianas y automorfas; está ahí finalmente, del modo más general, el origen de casi *todas las cuestiones más delicadas de las teorías modernas de los números y de las funciones.*

»Por otro lado, mientras está en marcha el poder de crear de la razón pura, el mundo externo hace advertir de nuevo su propia influencia; él nos lleva, con los hechos externos, a nuevos problemas, nos abre nuevas regiones de la Ciencia matemática [...]. Me parece que es en estos intercambios repetidos entre la razón y la experiencia donde residen tantas analogías sorprendentes, así como esta armonía, en apariencia preestablecida, tan frecuentemente observada por los matemáticos».[1]

Para Hilbert no era ajena la idea de que el pensamiento matemático no estaba completamente sujeto a un poder de control *consciente*. Él reconocía cómo el instante de resolución de un problema o el encenderse de una idea ocurren inicialmente con una combinación de razonamientos «rápida, inconsciente, aún no definitiva», en la cual es quizá la propia «eficacia de los símbolos» la que desempeña una importante función heurística. Pero esto tampoco le impedía creer que el

[1] D. Hilbert, «Sur les problèmes futurs des mathématiques», en *Compte rendu du deuxième Congrès International des Mathématiciens (Paris 6-12 Août 1900)*, *óp. cit.*, pp. 62-63.

científico tenía pleno dominio de sus propias abstracciones. Para Hilbert era perfectamente plausible la convicción de que el matemático siempre era capaz de resolver sus problemas. El matemático podía asociar símbolos, fórmulas o signos con sus ideas y trabajar con ellos según reglas determinadas por el instrumento axiomático, embridando la intuición en rigurosas cadenas deductivas. A menudo se ha dado el caso de revelaciones *negativas*, acerca de la *imposibilidad* de ciertos problemas, antiguos o modernos (por ejemplo la cuadratura del círculo o la resolución de una ecuación de quinto grado para radicales), pero también es verdad que los últimos problemas recibieron una codificación precisa y definitivamente esclarecedora, aunque en un sentido distinto al preconcebido: perfeccionando la definición y poniendo en evidencia todos los elementos constitutivos esenciales se tenía que llegar tarde o temprano a una *resolución*, a una conclusión del caso. Ejemplos de ese tipo reforzaban entonces la «convicción», decía Hilbert, «de que todo *determinado* problema matemático debe *necesariamente* ser susceptible de una definición rigurosa, ya sea mediante una respuesta directa a la cuestión planteada o con la demostración de la imposibilidad de la resolución, es decir, la necesidad del fracaso de cualquier intento de resolución».[1] Y agregaba: «Esta convicción de la posibilidad de resolver cualquier problema matemático es para nosotros un precioso aliciente durante el trabajo. Siempre pretendemos hacer resonar en nosotros esta apelación: *he aquí el problema, busca su solución. Puedes encontrarla con el razonamiento puro. Nunca, efectivamente, un matemático se reducirá a decir: "Ignorabimus"*».[2]

Esta fuerte afirmación de poder que entrañaba la posibilidad de conocer del matemático, y de nadie más en la misma medida, sin duda tenía su origen en la experiencia de inves-

[1] *Ibíd.*, p. 68. La cursiva es mía.
[2] *Ibíd.*, p. 69.

tigación. Ésta había enseñado a Hilbert los siguientes hechos fundamentales: 1) El matemático puede hacer uso legítimo de instrumentos no necesariamente constructivos y puede formular resultados de existencia puros. Esto lo pone ante un objeto independiente de él, una realidad que él está conformado y orientado a descubrir, y que se le despliega delante, virtualmente clara y perfectamente visible, en todas sus partes. 2) El pensamiento, en su actividad de descubrimiento, siempre es auxiliado por una armonía preestablecida: es difícil que una hipótesis matemática sugerida por la experiencia física se revele completamente infundada (esto ocurría, por ejemplo, con el principio de Dirichlet), y es plausible que una teoría de matemática pura se encuentre *a posteriori* de acuerdo con una experiencia o una intuición física. 3) El *método* con que el matemático puede demostrar que sabe resolver sistemáticamente cualquier problema es el *método axiomático*.

En las *Grundlagen der Geometrie* (1899) Hilbert había escrito que los axiomas tienen carácter de *fundamento*. Los axiomas ofrecían evidentemente una primera «materialización» clara de los principios de una teoría (fuera ésta la aritmética, la geometría, el análisis o el electromagnetismo); ellos daban la idea de algo definitivamente claro y accesible de lo que luego se podía deducir todo el resto por medio de sucesivas deducciones lógicas: «Cuando se trata de poner los principios fundamentales de una ciencia tenemos que establecer un sistema de axiomas que encierre una descripción exacta y exhaustiva de las relaciones existentes entre las ideas elementales de esa ciencia». Y aún: «Ninguna aserción en el ámbito de la ciencia de la cual estamos verificando sus principios fundamentales será considerada correcta, a menos que se pueda deducir de los axiomas por medio de un número finito de pasos lógicos».[1]

[1] *Ibíd.*, p. 72.

Asimismo, en las *Grundlagen der Geometrie*, Hilbert demostró que los cinco grupos de axiomas puestos como «fundamento» de la geometría no estaban en contradicción entre ellos. Él encontró en efecto un *modelo*, es decir, un sistema de objetos que satisfacían a los axiomas. Este *modelo* estaba construido con los números enteros, con las operaciones aritméticas ordinarias más la extracción de raíz. Así pues, la no contradicción de la geometría se fundaba en la de la aritmética, y todo esfuerzo debía por lo tanto trasladarse a la búsqueda de un teorema que probara la no contradicción, justamente, de la aritmética.

En el año 1900, en París, Hilbert presentaba una propuesta global sobre lo que podrían ser en el futuro inmediato la imaginación y el trabajo matemático. La lista de los problemas, veintitrés en total, cubría los más diversos dominios de investigación, de los grupos de Lie al problema de la trascendencia de números irracionales, de la distribución de los números primos al cálculo de las variaciones. Pero los problemas implicados más directamente en la cuestión de los fundamentos eran el primero, el segundo y el décimo. En particular, el segundo problema era el que sugerían las ya elaboradas *Grundlagen der Geometrie*, que ahora, también por la reciente «aritmetización» del análisis, habían perdido todo carácter de confirmación definitiva sobre la veracidad y fiabilidad del razonamiento matemático: el segundo problema era demostrar la no contradictoriedad de la aritmética.

Hilbert no debió de considerar inmediatamente *urgente* una solución del segundo problema. Quizá lo traducía, optimistamente, en un dato potencialmente adquirible, aún no probado, pero tenido por cierto y demostrable. De hecho, este optimismo suyo sobrevivió por muchos años, hasta los umbrales del descubrimiento «negativo» de Gödel.

Entre 1899 y 1900 el dato realmente adquirido era una nueva concepción de la geometría (y, virtualmente, de toda la matemática) que sustituía los *entes* geométricos por los conjuntos de *propiedad* a ellos pertinentes. El motivo, fundado esencialmente en el descubrimiento de las geometrías no euclidianas, era que *diversas* propiedades eran atribuibles, en principio, a puntos, rectas o planos, según el sistema de «verdades» que se quisiera afirmar. Era entonces hasta inútil hablar de «puntos», «rectas» y «planos»; éstos se podían llamar, con la misma legitimidad, «mesas», «sillas» y «tarros de cerveza». Los entes geométricos, independientemente de cómo se les llamara, *eran* los entes debido a los cuales las relaciones expresadas por los *axiomas* se consideraban «verdaderas». En otros términos, el significado de una palabra podía revelarse únicamente por sus modos de aparecer en distintos contextos.

El éxito de las *Grundlagen der Geometrie* (1899) se debía a una combinación de abstracción, que tenía en cuenta el nuevo significado de los entes geométricos, y de concreción y simplicidad expositiva próximas al gusto tradicional. La novedad del método axiomático se explicaba en un lenguaje comprensible también para quien únicamente conociera los *Elementos* de Euclides. De hecho, las obras —anteriores a la de Hilbert— de Moritz Pasch y Giuseppe Peano no habían conquistado el mismo éxito. Ellos habían vuelto a proponer una geometría despojada de toda evidencia intuitiva, reducida a puro sistema sintáctico y descrita, en el caso de Peano, en una notación simbólica no fácilmente comprensible ni divulgable.

Sin embargo, a pesar de la prometedora acogida a las *Grundlagen*, Hilbert, con uno de esos bruscos cambios que caracterizaban, por lo general, su actividad científica, empezó muy pronto a ocuparse de otra cosa. Dirigió su atención a los problemas del continuo, al análisis, a las ecuaciones integrales, aproximándose de este modo, en conformidad con las tradiciones de la Escuela de Göttingen, también a las ciencias *físicas*. En 1904 Zermelo le comunicó el descubrimiento de la antinomia de Russell. Así, la alarma que esta antinomia ya había causado a Frege y a Dedekind fue transmitida también a Hilbert, pero con efectos, si se puede decir así, menos devastadores. Si Frege y Dedekind se mostraron más resignados a la derrota, Hilbert se mostró más seguro al comunicar, en una conferencia en Heidelberg, una estrategia que podría hacer salir de la crisis. Se trataba, en cualquier caso, de indicaciones muy sumarias (entre ellas la de poner como objeto de investigación explícito la *demostración* matemática) a las que no siguió hasta los primeros años de la posguerra una actividad apropiada de investigación: Hilbert prefirió en tal caso dedicarse a las ecuaciones integrales y a la física clásica.

Inmediatamente después de la comunicación de la antinomia de Russell, Hilbert sintió, sin embargo, cercano el riesgo de una reducción drástica de la *libertad* del matemático, esa misma libertad que había permitido a Cantor «crear» los números transfinitos y que también había suscitado la áspera polémica de Kronecker. Quizá Kronecker tenía razón, debió de temer Hilbert: el matemático no puede alejarse demasiado de ciertos criterios de «efectividad» que lo amparen de las paradojas. Pero también esta perspectiva debió de parecerle, a la larga, intolerable: cuando más tarde la «crisis de los fundamentos» a algunos les pareció que le daba la razón a Kronecker, con las nuevas teorizaciones de Brouwer y de Weyl, él lanzó su desafío: «¡Nadie nos echará del paraíso que Cantor ha creado para nosotros!».

Sólo durante el transcurso de los años veinte Hilbert se dedicó decididamente a la búsqueda de una solución del segundo problema, alentado además por el hecho de que las tesis intuicionistas de Brouwer estaban ganando prestigio rápidamente, provocando defecciones entre algunos de los mayores exponentes de la Escuela de Göttingen. La resolución buscada por Hilbert debía asimismo de estar motivada por los éxitos del método axiomático de las *Grundlagen der Geometrie*. En esa obra la *existencia* de los entes matemáticos ya se confiaba, antes que a una ontología directa, a la intrínseca y recíproca compatibilidad de los axiomas. Esto ya implicaba una pérdida del rol del *contenido* de los conceptos, en favor de las *reglas* de su manipulación simbólica. Pero ahora, extrapolando, se habría podido eliminar *toda* referencia a un significado de las palabras y considerar los axiomas, los teoremas y las demostraciones como un aparato puramente sintáctico, un puro *sistema de signos* que se desarrollan en conformidad con leyes rigurosamente definidas. Así, el *sistema axiomático* se habría transformado en *sistema formal*.

Esta progresiva ocultación del significado, o mejor, el ponerse en una esfera distinta y complementaria de la del signo, tenía una razón precisa. El *signo*, ante todo, ofrece por sí mismo una ventaja inmediata y está provisto de un enorme poder de persuasión. Es instrumento sintético y a la vez oculta una totalidad compleja que es legítimo ignorar. Escribir un signo puede corresponder a una decisión mental que deja atrás «algo», junto al tácito acuerdo, o convención, de que es legítimo no hacer más alusión a este «algo». Wittgenstein observó perfectamente que «El signo simple es *simple esencialmente*», y que el signo «funge como objeto simple [...]. *Su composición* se vuelve perfectamente *indiferente*. Desaparece de nuestra vista».[1]

Ahora bien, el matemático, que debe ocuparse de enigmas como el transfinito o los números racionales, es naturalmente conducido a aprovechar el poder simplificador del signo. Esta operación se muestra tanto más urgente cuanto más próxima se manifiesta la idea de que el infinito se puede conocer y tocar,

---

[1] L. Wittgenstein, *Notebooks 1914-1916*, ed. G.H. von Wright y G.E.M. Anscombe, Oxford, 1961; traducción al español, *Tractatus logico-philosophicus*, Madrid, 2002.

y se puede tratar como un objeto que tiene un conjunto de propiedades que es preciso *descubrir*. Denotar al infinito con un signo y establecer las reglas para su manipulación puede querer decir *aprender* algo nuevo sobre aquella cosa indefinida e informe que se ha querido representar y a la vez ocultar con el signo. Se alineaba perfectamente con esta idea Heine, contemporáneo de Cantor, al escribir que había que considerar los números irracionales como simples *signos* a los que se debía, pues, atribuir un congruo conjunto de propiedades.

Incidentalmente, fue probablemente la oportunidad de representar el infinito con un signo, lo que favoreció la apertura de un «problema de los fundamentos». El signo era una abreviación que invocaba por sí sola la necesidad de un razonamiento reconducido *ab initio*, a partir del simple dato de los signos mismos. Esto quería decir que se podía empezar a «pensar desde el principio», remitiéndose a esas reglas generales de la lógica que intervienen en la coordinación de objetos nuevos y absolutamente simples, porque la simplicidad del objeto puede inducir, especialmente *al principio*, una reflexión elemental sobre la manera en que se considera que éste debe hacer su «ingreso en la existencia». El asomo de una lógica *elemental*, y al mismo tiempo *defectuosa* (porque está viciada por las paradojas), desencadenó la crisis, pero también mantuvo intacta, por mucho tiempo, la confianza en su superación: el signo era, pese a todo, siempre algo demasiado simple como para no saber cómo resolverlo.

Como es sabido, Hilbert tenía la máxima confianza en la fuerza esclarecedora del signo. Lo dice en su famoso ensayo «Über das Unendliche» de 1926: «Ésta es la filosofía que considero necesaria no sólo para la matemática sino para todo pensamiento, para toda comprensión y para toda comunicación que entren en el ámbito de la ciencia. Con base en ella, en particular, objeto de nuestra consideración matemática son los mismos signos concretos cuya forma, en virtud de nuestra aproximación, es inmediatamente clara y reconocible».[1] Esta claridad y evidencia inmediata no tenía, pues, nada que ver con el *significado* del signo, sino sólo con su ser física y concretamente tal. Un trazo de pluma en un pedazo de papel corresponde a un gesto que pone algo *efectivo*, que quiere suscitar la certeza de que la imagen de ciertas invenciones es más que un simple vacío.

Se comprenden mejor el programa de Hilbert, la esperanza fundacionalista del segundo problema y la «medida extraordinaria» de formalizar las matemáticas si se tiene en cuenta, como escribía Simone Weil, que *sólo* el símbolo embridado en la red de una necesidad lógica lleva a cabo, es decir, *realiza* la realidad. Todo se resume en esto: «*Manejar las incógnitas conformándose a sus propiedades conocidas*».[2]

Manipular los incognoscibles con propiedades conocidas, reconducir el ἄλόγος al λόγος, quería decir en el lenguaje hilbertiano, *grosso modo*, esto: distinguir, al interior de la matemática, los razonamientos sobre el *infinito* de los razonamientos que implican sólo objetos y deducciones *finitas*, y *fundar* los primeros en los segundos. En la matemática, decía Hilbert, existe un núcleo de certezas atribuibles a la intuición más directa de los números enteros y de las operaciones elementales entre números enteros (por ej., 3 + 2 = 5); por otro lado, la matemática también habla de objetos que implican el infinito, es decir, usa *modelos infinitos*, accesibles a la intuición según un grado de evidencia condicionado por enigmas insolubles. Del infinito no se puede dar, en efecto, una *existencia* segura. Es incierto si éste es actual o potencial, si se puede dar una idea

---

[1] D. Hilbert, «Über das Unendliche», en *Mathematische Annalen*, 95, 1925.

[2] S. Weil, *Cahiers*, vol. III, París, 1974, p. 146; traducción al español, *Cuadernos*, Madrid, 2002.

coherente de él o sólo una imagen viciada por las paradojas. Números transfinitos, números irracionales, cuantificadores universales, evocan siempre el espectro del ἄπειρον incognoscible e innombrable.[1] Pero de objetos infinitos se puede hablar, argumentaba Hilbert, siempre y cuando se hable de modo que no se comprometa la verdad de las aserciones elementales, es decir, las rigurosamente finitas. El instrumento de conciliación entre el finito y el infinito era la *Beweistheorie*, la Teoría (matemática) de la demostración. Los objetos infinitos se tenían que denotar entonces con *simples* signos y se tenían que acercar a la matemática clásica, representada con un oportuno formalismo, una *metamatemática* que estudiara la posibilidad de usar esos signos, en el formalismo de primer nivel, sin incurrir en contradicciones. Los razonamientos matemáticos debían ser rigurosamente *finitistas*, en el sentido de que toda discusión, aserción o definición debía mantenerse «en los límites de una productibilidad directa de objetos y de una practicabilidad directa de métodos, pudiendo de tal manera obtenerse dentro del dominio de un examen concreto».[2] La matemática en sí podía seguir ocupándose «libremente» del infinito, podía usar el principio del tercio excluso, el axioma de elección y las demostraciones no constructivas; la metamatemática tenía en cambio que demostrar, con métodos mucho más restrictivos y marcados por el más riguroso finitismo, que la «libertad» de usar el infinito está bien fundada, en el estricto sentido de que es inmune al riesgo de contradicciones.

---

[1] El infinito, daba a entender Hilbert, se introduce *muy pronto* en el razonamiento matemático. Basta sustituir una fórmula inmediatamente intuible como $7 + 1 = 7 + 1$ por una fórmula como $1 + a = a + 1$, donde a está *por cada* número entero. El signo a adquiere entonces una autonomía, un «estatus» que obliga a considerarlo como ente en sí, sin tener que pensar que está en lugar de un número entero particular.
[2] Citado en C. Reid, *Hilbert, óp. cit.*, p. 156.

117

Fundar la aritmética significaba, entonces, encontrar un teorema metamatemático que convalidara la coherencia del sistema formal que debía representarla, y dado que ese teorema debía obedecer a criterios «finitistas», su corolario consistía en una fundación del *infinito* en el *finito*. Pero el infinito se reducía a un simple *signo* manejado por las reglas deductivas del formalismo del primer nivel, por lo tanto un ente ficticio, puramente *ideal*. La idealidad del infinito, mediante la formalización, se transmitía a toda la matemática, que terminaba por asumir connotaciones similares a las de la *fiction bien fondée* ya teorizada por Leibniz.[1]

En las previsiones de Hilbert debía tratarse de una gran empresa de *conciliación*. Una conciliación entre los métodos no constructivos, que él mismo había usado para resolver problemas importantes (por ejemplo, sobre invariantes algebraicos), y los métodos rigurosamente finitos a los que se debía reconducir, según Brouwer, toda la matemática. Los métodos constructivos de la matemática hilbertiana debían, es más, de resultar, en las primeras intenciones, hasta más restrictivos que los teorizados por Brouwer. Los razonamientos por inducción se proscribían y sólo se admitían demostraciones por recurrencia que se detuvieran *en el finito*. Fue Herbrand quien formuló con más exactitud lo que se podía admitir en los procedimientos «finitistas» de la *Beweistheorie*: «No se considera salvo un número finito y determinado de objetos y de funciones; éstas

---

[1] Hilbert delineaba la teoría del *ideal* en su ensayo «Über das Unendliche» (1926) y en el ensayo sucesivo sobre los fundamentos de la matemática, de 1928: D. Hilbert, «Die Grundlagen der Mathematik», en *Abhandlungen aus dem mathematischen Seminar der Hamburgischen Universität*, 6, 1928, pp. 65-85; trad. ingl. parcial «The Foundations of Mathematics», en *From Frege to Gödel...*, ed. J. van Heijenoort, *óp. cit.*, pp. 464-479. Para el problema de la *existencia* desde un punto de vista formalista, *cfr.* el artículo más reciente de A. Robinson, «Formalism '64», en *Logic, Methodology and Philosophy of Sciencie*, ed. Y. Bar-Hillel, Amsterdam, 1965.

están bien definidas, permitiendo su definición calcular sus valores de manera unívoca; no se afirma nunca la existencia de un objeto sin proporcionar la herramienta para construirlo; no se considera nunca el conjunto de todos los objetos x de una colección infinita, y cuando se dice que un razonamiento (o un teorema) es verdadero para todos los x, esto quiere decir que para cada x particular es posible repetir el razonamiento general en cuestión, que no debe considerarse otra cosa que el prototipo de estos razonamientos particulares».[1]

Más tarde, después de los trabajos de Gödel y Gentzen, este punto de vista se sometería a una drástica revisión, y la *Beweistheorie* tendría que incluir no sólo el razonamiento por inducción (cuya ausencia Weyl juzgaba intolerable), sino también procedimientos de inducción transfinita. El infinito estaba destinado a introducirse, circularmente, en aquellos razonamientos que hubieran querido fundarlo.

III. LA ESCUELA DE GÖTTINGEN

El programa de Hilbert no era únicamente un programa de conciliación entre la matemática clásica y la escuela intuicionista. Era también un programa de conciliación, en el sentido más profundo, entre «pensamiento» y «realidad». Paradójicamente la reducción de la matemática a signos carentes de significado quería ser un medio para volver a ganar la «realidad» que estos mismos signos parecían ignorar. Pero acertadamente Simone Weil escribió que justo en la *necesidad matemática* debía haber un principio de *armonía*, y que «no se debe buscar alguna conformidad en el mundo sensible si no es con la intermediación

[1] J. Herbrand, «Sur la non-contradiction de l'Arithmétique», en *Journal für die reine und angewandte Mathematik*, 166, 1932, p. 3. *Cfr.* también J. Ladrière, *Les limitations internes des formalismes*, óp. cit., p. 30.

de la matemática».[1] Y escribía que precisamente ese principio de necesidad, que se manifiesta en la lógica mejor que en ninguna otra parte, es el que garantiza la propia «concepción de las cosas». El simbolismo inscrito en la lógica lleva literalmente a cabo la «realidad».

En el platonismo de Hilbert la «realidad» no podía, sin embargo, reducirse a la materialidad de una colección de signos. Los signos, pese a todo «reales» en su evidencia tipográfica, eran el pretexto para la «libre» concepción de un mundo de abstracciones matemáticas en el que él mismo se había ejercitado en la juventud, «revalorando» el principio de Dirichlet o resolviendo el problema de la base para los invariantes con una demostración de existencia pura. La urgencia de no perder *esta* matemática era lo que movía a Hilbert, aún más que una abstracta o neutral voluntad de fundarla. (Y en efecto Hilbert no pensó en trabajar seriamente en el segundo problema hasta que no se sintió amenazado por Brouwer).

Es indicativo el hecho de que en el mismo artículo («Über das Unendliche») en el que se delineaba el carácter puro de «idealidad», es decir, de *ficción* del razonamiento matemático, flotara continuamente una pregunta: «¿El pensamiento de las cosas puede ser tan distinto de las cosas?». «¿Los procesos del pensamiento pueden ser tan distintos de los procesos reales de las cosas?». El infinito, tenía que reconocer Hilbert, no encuentra correspondencia en la realidad empírica, y por eso *no existe*. Sin embargo, tratando al infinito como ficción y denotándolo con un signo para maniobrarlo con reglas rigurosamente preestablecidas, se restablece esa *armonía preestablecida* que la impenetrabilidad del ἄπειρον parecía excluir. Nosotros pensamos algo que quizá es incomprensible y absurdo en sí; pero luego tenemos a disposición reglas mentales (rigurosamente *finitas* y

---

[1] S. Weil, *Cahiers*, vol. III, *óp. cit.*, p. 143; traducción al español, *óp. cit.*

accesibles a la intuición) que nos permiten *pensar* en este *algo como si* fuera un ente real. El pensamiento, quería demostrar Hilbert, no está demasiado lejos de la realidad, y cuando nos imaginemos una ficción tendremos buenas esperanzas de hacerle corresponder una realidad física.

Siempre había un motivo que se integraba al programa formalista de Hilbert y era sólo aparentemente una antítesis suya: la pasión por la física. La unidad orgánica de matemática y física era un resultado que la moderna Escuela de Göttingen había heredado de Gauss y de Wilhelm Weber; un resultado que muchos (entre ellos Klein, Hilbert, Minkowski, Max Born, Weyl y, más tarde, Courant) perfeccionarían con un trabajo de altísima calidad e inigualable prestigio. A fines del siglo, en el periodo en que Hilbert tenía sus lecciones sobre los fundamentos de la geometría, Klein dio un solemne discurso conmemorativo en ocasión de la dedicación de un monumento, en Göttingen, a Gauss y a Weber. Gauss, además de por la matemática, se había interesado por la astronomía, la geodesia, la mecánica, el electromagnetismo, y junto con Weber había inventado un telégrafo. Justamente esta invención era ahora contemplada, en la ficción artística, por dos científicos, el matemático Gauss y el físico Weber.

Hilbert no era ciertamente alguien que pudiera desatender las esperanzas de Klein en un renacimiento de la tradición. Ya antes del año 1900, había conseguido importantes resultados sobre el Principio de Dirichlet, un problema de física matemática que ya había ocupado a los más célebres exponentes de la Escuela de Göttingen. Después de 1900, Hilbert siguió ocupándose de física, primero de física clásica y luego de teorías relativistas y mecánica cuántica. Las investigaciones matemáticas a menudo estaban ligadas a los problemas de la física, como en el caso de las ecuaciones integrales y del cálculo de las variaciones. Así pues, el juego formalista en el que tenía que resolverse la matemática no era sólo un juego de signos sin significado. El propio Hilbert decía que los axiomas y los teoremas demostrables son sólo las «*imágenes* de las ideas que forman la materia de base de la matemática ordinaria».[1] En realidad, las derivaciones puramente sintácticas no excluían un tejemaneje de significado y de *realidad* de conceptos matemáticos y físicos.

Fue así como Heisenberg pudo escribir: «Indirectamente, Hilbert ejerció la más fuerte influencia sobre el desarrollo de la mecánica cuántica en Göttingen. Esta influencia puede ser plenamente reconocida sólo por quien haya estudiado en Göttingen en los años veinte. Hilbert y sus colegas contribuyeron allí a crear una "atmósfera matemática", y todos los matemáticos más jóvenes se ejercitaron a tal grado en los procedimientos de la teoría hilbertiana de las ecuaciones integrales y del álgebra lineal, que todo proyecto pertinente a esas disciplinas podía desarrollarse mejor en Göttingen que en cualquier otro lugar. Fue una coincidencia particularmente afortunada que los métodos matemáticos de la mecánica cuántica resultaran una aplicación directa de la teoría hilbertiana de las ecuaciones integrales».[2]

La conferencia que Hilbert dio en Königsberg en 1930, a la edad de 68 años, llevaba por título *Naturkennen und Logik*, y en ella se reafirmaba nuevamente la fe en esa armonía preestablecida entre interior y exterior, entre libertad matemática y ley física, ya mencionada en París treinta años antes. El tema central de la conferencia, que era también el eje del trabajo científico de Hilbert, era una vez más el significado y la utilidad mediadora del formalismo, que debía encontrar igual correspondencia en el pensamiento y en el mundo externo.

---

[1] Citado en C. Reid, *Hilbert, óp. cit.*, p. 185. La cursiva es mía.
[2] *Ibíd.*, p. 183.

Los axiomas debían aplicarse tanto a la física como a la matemática, las operaciones mentales del matemático debían corresponder a las del físico. Era pues la *experiencia* la principal matriz de la cual se podían obtener las leyes: «Cualquiera que, a pesar de ello, quiera negar que las leyes universales derivan de la experiencia debe sostener que hay una tercera fuente de conocimiento».[1]

Esta «tercera» fuente no podía ser más que la teorizada por el más celebrado filósofo de Königsberg: Immanuel Kant. El *a priori* no podía, en efecto, ser excluido del conocimiento del mundo, decía Hilbert; pero su posición era decididamente retrasada: Kant había sobrestimado su papel. No sólo las geometrías no euclidianas habían excluido el *a priori* del espacio; sino que ya estaba claro que el principal mecanismo del conocimiento era el propio trabajo del matemático, el misterio de su creatividad, y si no obstante quedaba un *a priori,* éste también debía ser el fundamento del puro conocimiento matemático. El formalismo, sostenido por la Experiencia y la Armonía preestablecida, debía codificar las formas del pensamiento, las reglas de la actividad mental por como ésta efectivamente procede; y esta codificación debía, además, proteger del riesgo de un subjetivismo como el que propugnaba Brouwer.

La augurada conciliación entre «pensamiento» y «realidad» debía en cualquier caso interpretarse, en primera instancia, como un experimentado acuerdo entre la matemática y la *física teórica,* cuyos principios y leyes no tenían —como comentó Hermann Weyl— ningún significado inmediato intuitivo. En teoría, no eran cada una de las proposiciones de la física las que debían confrontarse con la experiencia, sino más bien el sistema teórico en su totalidad. Más que de una *descripción* que reprodujera fielmente lo que está dado, «debía tratarse

[1] *Ibíd.,* p. 194.

123

de una *construcción* teorética, en último análisis puramente simbólico, del mundo».[1] Esto contribuía, en cualquier caso, a quitarle el carácter de absoluta y perentoria necesidad al fundacionalismo de Hilbert; porque aunque hubiera fracasado, no obstante siempre habría quedado el hábito de que éste tenía la tarea de legitimar: el puro y simple «hacer matemática» siempre hubiera encontrado (en la física, en sí mismo y en otra parte) motivos de apoyo y aliciente, que habrían así perpetuado el inquebrantable optimismo de quien simplemente puede constatar, por experiencia, que las «cuentas vuelven». Si en los primeros años de la posguerra Hilbert consideraba «intolerable» la situación de la matemática, se debía principalmente al fermento provocado por la fuerte heterodoxia de Brouwer, por la cual Göttingen tenía más de una razón para sentirse amenazada. Pero ya Brouwer, justamente, había objetado contra la pretensión de que un eventual resultado de coherencia fuera condición *suficiente* para aceptar un sistema formal para la aritmética. Se puede demostrar en efecto, como observa Kreisel, que «la *coherencia en sí no asegura ni la verdad de teoremas aritméticos puramente existenciales* (formalmente demostrados)».[2]

IV. Transformación

El resultado negativo del segundo problema de Hilbert, formulado la primera vez durante la conferencia parisiense de 1900, se suele leer en los resultados de incompletitud de Gödel. Una consecuencia de esos resultados es que las reglas formales que

---

[1] H. Weyl, «Diskussionsbemerkungen zu dem zweiten Hilbertschen Vortrag über die Grundlagen der Mathematik», en *Abhandlungen aus dem Mathematischen Seminar der Hamburgischen Universität*, 6, 1928, pp. 86-88; trad. ingl. en J. van Heijenoort, *From Frege to Gödel...*, *óp. cit.*, p. 484.
[2] G. Kreisel, recensión a L.E.J. Brouwer, *Collected Works*, *óp. cit.*, p. 92.

124

describen a la aritmética no son adecuadas para una descripción *matemática* de la aritmética misma; esto es, una descripción que incluya un teorema de coherencia que nos asegure que usando esas reglas no caeremos nunca en contradicción. Las sucesivas demostraciones de coherencia, empezando por la de Gentzen (1936-1937), hicieron tocar con la mano, por decirlo así, aquella indeseada incursión del transfinito que era preciso incluir en la *Beweistheorie* para superar la imposibilidad señalada por Gödel. Es previsible, pensaba Gentzen, que una demostración de coherencia deba recurrir a términos que *trasciendan* los medios descriptivos de la teoría de los números, pero es al menos de esperarse que la indeseada incursión en esta «trascendencia» no vaya demasiado lejos. Gentzen vio, en efecto, como un sustancial éxito su demostración de no contradictoriedad de la aritmética que incluía, es cierto, una inducción transfinita, pero limitada a los ordinales «constructivos».

Entre procedimiento «constructivo» y procedimiento «finitista» había, en verdad, una considerable diferencia. Si los procesos «finitistas» de la *Beweistheorie* hilbertiana no debían rebasar el finito, los procesos «constructivos» obedecían, en general, a una norma menos restrictiva: éstos también podían desarrollarse en algunos segmentos de la numeración transfinita.

La penetración en el transfinito fue presentada por Gentzen como un movimiento realmente fatal, *necesario*, casi como si el matemático estuviera *obligado*, a su pesar, a reconocer ciertas evidencias. Técnicamente la razón de esta necesidad parecía más bien simple: en la estrategia global de una demostración de coherencia puede ocurrir que la certeza de una demostración dependa de la corrección de un número *infinito* de demostraciones más simples que empuje al razonamiento inductivo más allá del más pequeño ordinal transfinito.

Aun con esta ampliación al transfinito de la teoría de la demostración, Gentzen esperaba pese a ello una supervivencia de aquel programa de *reconciliación* que ya había presagiado Hilbert, el cual quería conciliar el «finitismo» con el «actualismo» de la matemática clásica, los procedimientos finitos de la aritmética elemental con el infinito actual del axioma de elección o del principio del *tercio excluso*. Para Gentzen los polos del acuerdo eran en cambio el *actualismo* y el *constructivismo*. «Trataré de aclarar», escribía, «cómo alguien, a pesar de reconocer la tesis fundamental del constructivismo, aún pueda llegar a la conclusión de que el análisis actualista deba conservarse y desarrollarse».[1]

El formalismo, auguraba Gentzen, ofrece una vía de acuerdo que da la razón a las dos alternativas del dilema (actualismo-constructivismo), rebasándolas sin embargo a ambas. Introduciendo los elementos ideales teorizados por Hilbert, «las proposiciones que hablan del infinito en el sentido de la interpretación actualista son consideradas como "proposiciones ideales", proposiciones que no significan realmente nada de lo que las palabras dan muestra de significar en ellas, sino que pueden ser de la más grande importancia en el perfeccionamiento de una teoría, en la simplificación de las demostraciones y en el hacer más directa la formulación de los resultados».[2]

Para apoyar su tesis, Gentzen podía también citar un juicio de Weyl, el tránsfuga alumno de Hilbert, que en realidad nunca había desconocido al maestro. «En la ciencia natural», había escrito Weyl, «se ha tocado una esfera en la que no hay penetración mediante una apelación a la autoevidencia, en ningún caso; ahí el conocimiento asume necesariamente una forma simbólica. Por tal motivo ya no es necesario […] ser capaces de aislar a la matemática en el reino de la certeza intuitiva: sobre

---

[1] G. Gentzen, *Collected Papers*, ed. M.E. Szabo, Amsterdam, 1969, p. 247.
[2] *Ibíd.*, p. 249.

este plano más alto, desde el cual toda la ciencia parece una, estoy de acuerdo con *Hilbert*».[1]

El teorema de coherencia de la aritmética demostrado por Gentzen no pudo, sin embargo, volverse la «piedra angular» para una fundación de la aritmética. El precio de una intrusión del transfinito en la teoría de la demostración era demasiado alto y juzgado inaceptable por muchos. Weyl demostró escepticismo. Kleene declaró que era una cuestión de gusto personal aceptar al menos como «finito» un método inductivo que implicara el primer segmento de la numeración transfinita. Tarski definió interesante el resultado de Gentzen, pero no tal, sin embargo, que hiciera (a sus ojos) más evidente la coherencia de la aritmética. Robinson consideró una vez más arrolladora la evidencia del segundo teorema de incompletitud de Gödel: no se podía ver cómo un razonamiento cualquiera que demostrara la no contradictoriedad de la aritmética pudiera respetar los auspicios del programa de Hilbert, y mantenerse sin excepciones en el ámbito de lo finito.

Pero un hecho esencial es que los acontecimientos no se agotaron respondiendo al interrogante planteado por Hilbert. La respuesta sugirió la manera de transformar el problema en *otros* problemas, eludiendo en parte la verdad que esa misma respuesta había descubierto. La *Beweistheorie*, sacudida por los teoremas de Gödel, fue bastante elástica como para mantener un sentido y una función precisos. Para demostrar la coherencia de un sistema formal TN para la aritmética se podían evitar aquellos razonamientos de TN que no fueran constructivos. Lo que quería decir que se podía demostrar, con métodos constructivos, que los procedimientos no constructivos de la aritmética no implicaban contradicción alguna. «Constructivo» era todo lo que obedecía a la condición de una verificación

<hr/>

[1] Véase *ibíd.*, pp. 249-250.

«efectiva», que se establece caso por caso. Así pues, aceptando únicamente procedimientos constructivos se tenía que admitir que el infinito era únicamente potencial y no actual. Sin embargo, la matemática no constructiva permitía el uso del infinito actual. Los resultados de Gentzen se resumían entonces en esto: *fundar la matemática que usa el infinito en acto en los razonamientos (matemáticos) que usan sólo el infinito en potencia.*[1] Esto ya no era *fundar* la matemática en el sentido deseado por Hilbert. Pero la propia ampliación (al transfinito) de la teoría de la demostración se transformó rápidamente, como incómoda fatalidad, en el nuevo significado que esa teoría podía asumir, independientemente de cualquier rígido programa fundacionalista.

Desde este punto, toda una orientación debía cambiar. Los teoremas de Gödel y la extensión del dominio de la *Beweistheorie* habían sugerido que los criterios formales no pueden ser *concluyentes*. La secreta ambición del proyecto de formalizar la matemática era la creación de un sistema S autónomo que contuviera en sí su propio sentido y su propia justificación. Después de Gödel y del teorema de Gentzen, esta autonomía se había demostrado imposible, porque la coherencia del sistema S era demostrable sólo recurriendo a una intuición no formalizable al interior de S. El formalismo no desempeñaba un papel prioritario, ni en los mecanismos del descubrimiento o en el orden *histórico* de las invenciones, ni en el orden de la fundación o de la verificación lógica.

El formalismo tuvo por lo tanto que imponerse otras metas: en particular su inobservancia se tuvo que compensar reconociéndole una función generalmente *heurística*. Fue Kreisel, por ejemplo, quien ofreció diversos argumentos como apoyo a esta interpretación.

---

[1] *Cfr.* J. Ladrière, *Les limitations internes des formalismes, óp. cit.*, p. 223.

Ante todo, no fueron las teorías formales en sí y por sí, aclaró Kreisel, las que favorecieron la eliminación de las paradojas. El caso de Zermelo sería indicativo: Zermelo *analizó*, simplemente, el concepto de colección, llegando al final a la idea de una construcción jerárquica de conjuntos que ayudó a *encontrar, a posteriori*, una formalización. La contribución de Zermelo fue por tanto, escribió Kreisel, en su mayor parte un *descubrimiento de los axiomas* de la teoría de los conjuntos, un acto inventivo que se puede colocar de la parte del patrimonio de nociones intuitivas y heurísticas. El mensaje es que éstas son las que cuentan, mucho más que la abstracta intención de fundar la matemática. De Cantor se puede decir lo mismo: «¿No fue Cantor un mártir incomprendido del difundido prejuicio reaccionario contra el uso de la noción de conjunto [...] en matemática? Si es así, las paradojas confirmaron las convicciones intuitivas de esos reaccionarios».[1]

Pero el hecho principal es éste: la finalidad original —y también la más familiar— del programa de Hilbert, escribe Kreisel, reside en la llamada *tradición crítica* de los fundamentos de la matemática. Ésta se preocuparía, en primera instancia, por la posibilidad de una falsa intromisión de errores en las leyes fundamentales de la aritmética (y por lo tanto en las propias leyes fundamentales del pensamiento), y tratarían de descubrir y de evitar estos errores con precauciones *extraordinarias*. Esta tradición crítica sería la principal inspiradora de una dramatización retórica de las paradojas, vistas como «maná del cielo»[2] por cualquiera que intentara obstaculizar con drásticas reducciones la «libertad» inventiva del matemático.

[1] G. Kreisel, «Informal Rigour and Completeness Proofs», en *Problems of the Philosophy of Mathematics*, ed. I. Lakatos, *óp. cit.*
[2] G. Kreisel, «What Have We Learnt from Hilbert's Second Problem?», en *Mathematical Developments Arising from Hilbert's Problems, Proceedings of the Symposium in Pure Mathematics of the American Mathematical Society, Dekallo, Illinois, May 1974*, ed. F.E. Browder, Providence, Rhode Island, 1976.

Pero para quien no quede encantado por la retórica *emotiva* de la tradición crítica, sugiere Kreisel, podría abrirse otro camino: el desarrollo de la teoría de los conjuntos a lo largo de las líneas trazadas por Zermelo y la final certidumbre *práctica* de una confiabilidad del sistema. (Por lo demás, el núcleo «finitista» del fundamento era asumido por el propio Hilbert sin estar obligado al análisis filosófico, y sobre la simple base de una evidencia matemática:[1] la incertidumbre a la que se quería poner remedio era sólo la del uso de los elementos *ideales*, esto es, del infinito). La pregunta puede ser ésta: ¿son las demostraciones formales de Hilbert realmente más seguras que el análisis semántico propuesto por Zermelo? Si imaginamos que la respuesta es negativa, surgiría, entonces, otra inevitable pregunta: ¿qué se puede *hacer* de eventuales demostraciones de coherencia, cómo se pueden usar *matemáticamente*, para finalidades distintas de las fundacionales, los resultados obtenidos en el ámbito de una búsqueda explícita de un fundamento?

Kreisel está listo para ofrecer ejemplos. Un teorema lógico de *compactabilidad* nace, por ejemplo, al margen de un discurso fundacionalista inspirado por los *Principia Mathematica* y por la escuela hilbertiana: aquél se inserta como episodio colateral en un artículo de Gödel (1930) en el que se demuestra la completitud del cálculo de los predicados.[2] Pero este teorema es un resultado de teoría de los modelos de notabilísimo alcance heurístico: sostiene todo el *análisis no estándar* de A. Robinson, incluidos aquí los previsibles giros aplicativos de una reintroducción del lenguaje leibniziano de lo «infinitamente pequeño».

[1] *Cfr.* G. Kreisel, «A Survey of Proof Theory», en *Journal of Symbolic Logic*, 33, 1968, pp. 321-338.
[2] K. Gödel, «Die Vollständigkeit der Axioma des logischen Funktionenkalküls», en *Monatshefte für Mathematik und Physik*, 37, 1930, pp. 349-360.

Algo similar sucedió también para ciertos intentos fundacionales de Tarski inspirados en anteriores intuiciones de Sturm. Tarski demostró que algunas partes elementales de la matemática, como la teoría elemental de los campos reales, ordenados y cerrados, podían considerarse *decidibles*: esto es, para cada fórmula se daba una derivación formal de la propia fórmula o de su negación. Un resultado, éste, pertinente a la abstracta intención de *fundar* la matemática o, como sea, de encontrar formalizaciones adecuadas para algunas teorías suyas. Pero también de esto, escribe Kreisel, se hizo un instrumento heurístico para el desarrollo de la matemática, y se acabó por insistir en ese aspecto instrumental y aplicativo[1] aún más que en el evidente aspecto *concluyente* del resultado de *decibilidad*. Así, remitiéndose a los resultados de Sturm que inspiraron a Tarski, Kreisel comenta: «La intención fundacionalista de Sturm ya no es de actualidad...»; pero los *desarrollos matemáticos* sugeridos por esta intención se volvieron «un importante instrumento científico, especialmente desde que Artin reconoció su relación con el 17º problema de Hilbert [...]. Este problema mostró también la posibilidad de usar los resultados relativos al programa hilbertiano como un instrumento científico, independientemente del diseño fundacionalista original».[2]

En otra parte, Kreisel hasta llegó a incluir en la *ciencia empírica* la parte más interesante de la *Beweistheorie* inaugurada por Hilbert. «En último término», concluye, «creo que el interés de las teorías fundacionales de la demostración reside en ser un medio instrumental en la investigación empírica [...]. Tal conclusión naturalmente es del todo concorde con la idea de la fundación lógica como matemática *aplicada*».[3]

---

[1] Aquí se entiende, evidentemente, una aplicación de instrumentos matemáticos a problemas *matemáticos*, no a problemas físicos o tecnológicos.
[2] G. Kreisel, *What Have We Learnt from Hilbert's Second Problem?*, óp. cit., p. 102.
[3] G. Kreisel, *A Survey of Proof Theory*, óp. cit., p. 362.

Prescindiendo de los estudios propiamente lógicos y fundacionalistas, pero en coherencia con la predilección hilbertiana por el *finito*, en tiempos recientes, para algunos, se desarrolló una propensión general a describir el análisis y las matemáticas del continuo con las técnicas del álgebra y de lo discreto. Se trató también de formular el análisis en términos constructivos (con la obra de Bishop) o algorítmicos (con las presentaciones también esquemáticas de Peter Lax y otros).[1] Y también estos desarrollos pueden contribuir, con justa reivindicación, a algo que asumiría el apelativo confortante de «crecimiento de los conceptos».

El proceso de transformación descrito por Kreisel se puede, en definitiva, resumir en una palabra: *división*. Este término se podría, es más, asociar, desde ahora, al sentido de la διαίρεσις griega, de la que Lakatos sacó no sólo el paradigma para toda investigación de la verdad matemática, sino también una clave de lectura de la «crisis de los fundamentos». Esto se verá mejor más adelante, pero por ahora es suficiente anotar cómo el análisis minucioso y penetrante de Kreisel indica, en sustancia, el desmembramiento del programa hilbertiano en tareas y significados subordinados que acaban por asumir, metabólicamente, todo el significado *científico* de los intentos fundacionales de Hilbert.

Lo que puede parecer extraño (pero no lo es en absoluto) es que la *división*, además de dramático epílogo del programa hilbertiano y viraje crucial de la «crisis de los fundamentos», se haya también convertido en un motivo de obliteración de esta «crisis». Ya Kreisel parece aludir, en efecto, a este *escamotage*. No se puede, sin embargo, olvidar un punto de vista completamente opuesto, el de Wittgenstein: sólo con mucho desapego Wittgenstein hubiera podido acreditar la superación

[1] P. Lax, S. Burstein, A. Lax, *Calculus with Applications and Computing*, vol. I, Nueva York, 1976.

de una «crisis» por medio de una conversión de los propósitos fundacionalistas en «matemática aplicada». En 1930 escribía: «Nuestra cultura está caracterizada por la palabra "progreso". El progreso es su forma, no una de sus propiedades, la de progresar. Ella es típicamente constructiva. Su actividad consiste en erigir una estructura siempre más compleja. Y también la claridad sirve, a su vez, sólo para esta finalidad, no es fin en sí misma. Para mí, al contrario, la claridad, la transparencia son fines en sí mismos. A mí no me interesa levantar un edificio, sino más bien ver con claridad frente a mí los cimientos de los edificios posibles».[1]

Las *Observaciones sobre los fundamentos de la matemática* de Ludwig Wittgenstein serían recibidas muy fríamente por uno de los más prestigiosos discípulos, y herederos, de la escuela de Hilbert: Paul Bernays. Entre lo que Bernays no toleraba estaba una «actitud negativa contra el pensamiento especulativo y una constante propensión a desilusionar»; o aun «una mentalidad ascética en favor de una irracionalidad cuya finalidad es bastante indeterminada».[2] Wittgenstein ya había respondido treinta años antes: «Ser entendido o apreciado por el típico hombre de ciencia occidental me es indiferente, porque él no entiende el espíritu con el que yo escribo».[3] Es, sin embargo, probable que el simple «saber más» sobre un problema, o sea, la pura *ampliación de la experiencia* de hechos relativos a él, proporcione automáticamente, por vías a menudo más eficaces que la propensión filosófica a «mirar en transparencia los cimientos de los edificios posibles», un inigualable poder discriminatorio y, si no, una impensable ganancia de conocimiento. La introspección filosófica y una orientación general hacia la coherencia

---

[1] L. Wittgenstein, *Pensieri diversi*, óp. cit., p. 25.
[2] P. Bernays, *Comments on Ludwig Wittgenstein's «Remarks on the Foundations of Mathematics»*, óp. cit., pp. 511 y 514.
[3] L. Wittgenstein, *Pensieri diversi*, óp. cit., p. 25.

son los únicos instrumentos disponibles, advierte Kreisel,[1] para quien *sabe poco* acerca de algo. No se trata de que esto implique la impotencia de un talento filosófico para elaborar contribuciones de interés (incluso científico) permanente y universal: el mismo Wittgenstein recordaba la sensibilidad *filosófica* de Cauchy al analizar el concepto de límite y Kreisel recuerda la respuesta de Von Staudt, al estilo de la filosofía analítica, a la pregunta «¿qué es un punto al infinito?». Pero, ciertamente, es al menos errado asumir «que los problemas que se nos presentan antes de una (detallada) experiencia "deban" tener soluciones específicamente filosóficas y *a priori*».[2] Fueron la riqueza de detalles y la multiplicidad de datos adquiridos por un examen *a posteriori* lo que aclaró algunos de los tradicionales problemas sobre la naturaleza del espacio y del tiempo. Éstos se beneficiaron mucho de la atención prestada (piénsese en Einstein) a los cuerpos que se mueven a una velocidad cercana a la de la luz, pero sólo después de que el «progreso» tecnológico desarrolló medios suficientes para estudiar esos cuerpos.[3]

Pero considérese finalmente el caso del reduccionismo logicista y el intento de reponer el último criterio de rigor de la matemática en las fórmulas lógicas. Subvirtiendo los pronósticos y volcando la augurada reducción de la matemática a la lógica, el matemático ha aprendido a usar, justo para demostrar los teoremas de la lógica, los principios de la aritmética y de la teoría de los conjuntos.[4] Éste es entonces un resultado que parece estar de completo acuerdo con el estilo de la crítica (filosófica) de Wittgenstein al reduccionismo de Frege y Russell.

---

[1] G. Kreisel, *The Motto of «Philosophical Investigations» and the Philosophy of Proofs and Rules, óp. cit.*, pp. 13-38.
[2] *Ibíd.*, p. 7.
[3] *Ibíd.*, p. 15.
[4] Véase ibíd., p. 31.

CAPÍTULO CUARTO

1. LO QUE ES COMÚN A TODOS

En 1924 Rolin Wavre publicaba un artículo con el alarmista título *Y-a-t-il une crise des mathématiques?*,[1] y citaba las célebres palabras de Poincaré: «Los hombres no se entienden porque no hablan la misma lengua y porque hay lenguas que no se aprenden». Esta referencia implícita a Heráclito («Por lo tanto se necesita seguir lo que se concatena. Y si bien la expresión se concatena, la mayoría vive como si cada quien tuviera una experiencia separada»)[2] resumía con buena aproximación la disgregación del λόγος matemático que tuvo lugar al inicio de la posguerra, y era a la vez el antecedente de aquella *división* que paradójicamente debía tratar de rehabilitarlo.

Nada parecía más implicado, durante algunos años, que la existencia de una lengua común, o simplemente de una lengua, para expresar la naturaleza de las verdades matemáticas. Hilbert quería salvar los criterios del análisis clásico; quería justamente recuperar (después de la crisis de las paradojas) lo que por mucho tiempo había sido, aun desenvolviéndose de varias maneras, un *discurso común a todos*. Pero sus artículos no

[1] En *Revue de Métaphysique et de Morale*, 31, 1924, pp. 435-470.
[2] G. Colli, *La sapienza greca*, vol. III: *Eraclito*, Milán, 1980, fragmento 14 [A 13]; traducción al español, *La sabiduría griega*, Madrid, 1995.

eran definitivamente claros, persuasivos ni inteligibles: de 1928 es una confidencia de Zermelo a Paul Lévy, que revela cómo en Alemania, en los años veinte, nadie entendía exactamente qué quería decir Hilbert.[1] La *palabra*, por ser patrimonio de todos, parecía con todo tener que someterse a un tratamiento de emergencia. Hilbert la redujo a pura ficción; Russell la había convertido en el blanco de una sospecha programática, captando su carácter poco fiable e infinitamente evasivo. A esto se agregó Broer, cuya tesis de doctorado (*Over de Grondslagen der Wiskunde*, 1907) representó la primera objeción seria al logicismo de Russell y el primer delinearse de la escuela intuicionista. Ahora bien, desde el principio Brouwer trató el lenguaje como convención, como instrumento de comunicación de un contenido accesible sólo para la específica, peculiar y *subjetiva* intuición del matemático. Es mejor, empero, advertir de inmediato que lo que Brouwer pensaba del lenguaje se unía a una recuperación de la inmediatez de la experiencia matemática que le faltaba al λóγος «objetivado» de la visión logicista. El solipsismo de Brouwer, cuyas especulaciones podían parecerse por momentos a un sueño privado, fue también la intención más consecuente de volver a recuperar esa *interioridad* en la que se origina el pensamiento matemático y, por lo tanto, una parte de la propia potencia original del λóγος.[2]

---

[1] *Cfr.* la «Introducción» de E. Casari a *Dalla logica alla metalogica*, ed. E. Casari, Florencia, 1979, p. 18.

[2] Parece pertinente al caso examinado lo que Giorgio Colli escribió, en otro contexto, sobre el nacimiento y la evolución progresiva del (*Filosofia dell'espressione*, Milán, 1969, p. 164; traducción al español, Filosofía de la expresion, Madrid, 2000.): «La constricción discursiva que nace en la interioridad pero es ajena al principio de individuación acaba por implicar, con su expansión, una universalidad de sujetos representados, y se vuelve dominación. Los individuos elaboran palabras y lenguaje para después ser dominados por ellos. Éste es el *logos* objetivo, pero con eso no corresponde en absoluto que sea constructivo». Sobre el carácter «privado» de la

Que el lenguaje no lograba expresar lo esencial fue advertido muy pronto por Brouwer, incluso fuera de la experiencia matemática. Durante una serie de conferencias que dio en Delft en 1905 (publicadas con el título *Leven, Kunst en Mystiek*, Delft, 1905) Brouwer afirmaba: «El lenguaje se vuelve ridículo cuando se tratan de expresar matices sutiles de la voluntad que no sean realidad viviente para quien habla; cuando, por ejemplo, los llamados filósofos o metafísicos discuten entre ellos de la moralidad, de Dios, de la conciencia, de la inmortalidad o del libre albedrío».[1] La lógica del discurso, decía Brouwer, es «vida concentrada en el cerebro»; así pues, únicamente puede acompañarse a la vida desde el exterior, y nunca hacerle de guía.

En *Leven, Kunst en Mystiek* el pensamiento científico era tratado con igual pesimismo: «Fijación de la voluntad dentro de los confines de la cabeza»,[2] lo llamaba Brouwer. Justamente la *cabeza* le parecía cristalizar, separándolas del resto, las pulsiones a las que pensaba reconducir ciertas empresas científicas. La «verdad científica» no era otra cosa que la variante cerebral de una «infatuación del deseo».

Pero si la ciencia era una variante del deseo, debía arrastrar en consecuencia su mismo, incesante, vicio de autorreproducción. Todas las ramas de la ciencia, decía Brouwer, acaban por toparse con dificultades cada vez más profundas. Puede subir muy alto, pero entonces se vuelve intrincada y constreñida

---

especulación de Brouwer *cfr.*, entre otras, las observaciones de N.D. Goodman en «Reflections on Bishop's Philosophy of Mathematics», en *The Mathematical Intelligencer*, 5, 1983, p. 64; sobre el sentido del término ξυνόν («lo que es común» o, como traduce Colli, «lo que se concatena») *cfr.* también M. Buber, «What is Common to All», en *Revue of Metaphysics*, 11, 1957-1958, pp. 359-379.
[1] L.E.J. Brouwer, *Leven, Kunst en Mystiek*, Delft, 1905; trad. ingl. de algunos extractos en L.E.J. Brouwer, *Collected Works*, vol. I, ed. A. Heyting, Amsterdam, 1975, p. 6.
[2] *Ibíd.*, p. 4.

por el aislamiento. Sus resultados se vuelven «independientes», sus fundamentos objeto de estudio, y muy pronto se resuelven en una nueva rama de la ciencia. El fin se confunde entonces con el medio y el medio con el fin; todas las empresas acaban por tener resultados imprevisibles, y todos los esfuerzos son naturalmente desviados de su propósito original: «El medio tiene por su cuenta una dirección hacia un punto de vista, con todo, pequeño del fin. Aquél se mueve no sólo en la dirección del fin, sino también en otras dimensiones».[1]

Esta inasibilidad del objetivo era, por lo demás, un resultado de la metafísica predilecta de Brouwer, esto es, de la metafísica de los *Vedānta*. De allí provenía también el relato de la escisión entre sujeto y objeto, del desmembramiento del hombre cósmico (el *purusa* del *Rgveda*, x, 90) y de la intrínseca disposición a la fuga de lo que se perfila como alimento del conocer. La *Aitareya Upanisad* (iii, 3) explica cómo de las ocho fisuras del *purusa* provienen otros tantos arquetipos: palabra, respiro, visión, oído, tacto, mente, procesos excretores y funciones sexuales. Su destino es ser aquejados por el hambre y por la sed, por una necesidad de comida que se expresa en la petición de una «morada» (*āyatana*) y en la fatal separación de un interno y un externo. Los ocho arquetipos se encarnan en las correspondientes fisuras del hombre natural, del *purusa* individualizado, cuyo lema se vuelve: «Que yo pueda gozar de los objetos» (*Maitrāyanīya Upanisad*, ii, 6). Desde este punto, la *extraversión*, el volverse hacia el exterior del Sí asume las connotaciones de un acto potencialmente ilimitado. La generación del alimento (*anna*) de las facultades cognoscitivas se traduce en una propensión suya a *huir*, a sustraerse a la presa del ojo, del oído, de la *mente* y de la *palabra*.

---

[1] *Ibíd.*, p. 3.

Como es de imaginarse, las primeras especulaciones de *Leven, Kunst en Mystiek* provocaron más azoramiento que adhesión. Korteweg, relator de tesis de Brouwer y redactor de la *Revue de Métaphysique et de Morale*, advirtió esa notoria, coactiva moderación en acreditar observaciones metafísicas al margen de cuestiones científicas. En respuesta a las sentencias de Brouwer, escribió que no estaba en condiciones de apreciarlas: «Es cierto que cerca de nosotros se abren estos abismos inconmensurables, pero no me gusta caminar cerca de los precipicios, me pone nervioso y menos disponible al trabajo que debo desarrollar».[1]

Por otro lado, aun las más moderadas premisas filosóficas del intuicionismo de Brouwer, maduradas en los años posteriores a las hipérbolas de *Leven, Kunst en Mystiek*, a menudo se consideraron superfluas y voluminosas. En 1934, durante un congreso en Ginebra donde aún flotaba en el aire la proclama de una «crisis de los fundamentos» lanzada trece años antes por Weyl, Marcel Barzin imputaba a un mero «sistema filosófico» las propuestas limitadoras (y a la vez revolucionarias) de Brouwer. Hacer filosofía está fuera de discusión, se sobreentendía; y pese a todo, junto a la de Brouwer, se requería considerar otras filosofías, igualmente plausibles y opinables, como aquellas que consideran los números ideas platónicas o abstracciones extraídas de la experiencia.

No hay que excluir, pues, que la formalización de la lógica intuicionista, por obra de Heyting, había acelerado el reconocimiento de la superfluidad de los contornos metafísicos. En 1932 Gödel demostró que, si a los conceptos primitivos del cálculo proposicional de Heyting se hacen corresponder los que en el cálculo clásico se indican con los mismos símbolos, el

---

[1] Citado en D. van Dalen, "Brouwer: the Genesis of his Intuitionism", en *Dialectica*, 32, 1978, p. 296.

cálculo proposicional intuicionista *H* se puede hacer presentar como un subconjunto propio del usual cálculo proposicional *A*, y que con una asociación distinta entre conceptos ocurre lo contrario, es decir, *A* es un subsistema de *H*. El objetivo declarado de Gödel era también demostrar que un resultado análogo vale para la *aritmética entera y teoría de los números* (con la asunción de un oportuno conjunto de axiomas). «También aquí», declaraba, «se puede dar una interpretación de los conceptos clásicos mediante los intuicionistas de manera tal que todas las proposiciones demostrables a partir de los axiomas clásicos valen también para el intuicionismo».[1]

Este resultado no disminuyó, por supuesto, el interés por el intuicionismo. La demostración de Gödel, que se desarrolla en el ámbito de la matemática del primer orden, mantuvo intacto el interés por una aplicación de los principios intuicionistas a una matemática de orden superior al primero.[2] Kleene abrió también el camino a una interpretación de la lógica intuicionista en los términos de una teoría general de los algoritmos y de la calculabilidad debida a Gödel, Herbrand, Church, Post, Turing. Él le reconocía a esta teoría un origen histórico distinto, pero también una fuerte afinidad de intenciones con el programa de Brouwer. Un nexo se reconocía, escribía Kleene, en la conclusión de ambos de que la aritmética ofrece problemas que nunca se pueden resolver completamente; Brouwer, por un lado, había visto en el principio del tercio excluso la presunción de que todo problema matemático debe ser resoluble, y lo había empapelado justamente por este motivo; la teoría

[1] K. Gödel, *Memorie dagli «Ergebnisse eines mathematischen Kolloquiums»*, en E. Casari, ed., *Dalla logica alla metalogica, óp. cit.*, pp. 159-160.

[2] *Cfr.* por ejemplo G. Kreisel, «Foundations of Intuitionistic Logic», en *Logic, Methodology and Philosophy of Science*, ed. E. Nagel, P. Suppes, A. Tarski, Stanford, 1962, pp. 198-210.

de los predicados recursivos era, por lo demás, capaz de definir *ejemplos positivos* de esa imposibilidad de resolución.

Con su teoría de la «factibilidad recursiva» de las fórmulas lógicas, expuesta por primera vez en 1945, Kleene apuntaba hacia un desarrollo de la tesis de Brouwer: una proposición existencial como «*existe* un número *n* que tiene la propiedad P», escribía, es un juicio parcial, una comunicación incompleta, de un aserto más específico que explique cómo un procedimiento *de cálculo* llega a valorar un *n* para el que valga P. Es decir, el aserto existencial debía presuponer un tejemaneje de *información* sobre los detalles de un proceso que ofreciera garantías sobre la efectiva existencia de semejante número *n*. Y tal proceso había que pretenderlo definido en el ámbito de la teoría de las funciones generales recursivas.[1]

Pero es difícil decir si estos desarrollos estaban en el espíritu o en las intenciones de la filosofía de Brouwer. Recientemente se ha observado que la principal diferencia entre intuicionismo y matemática clásica está justamente en el modo distinto de considerar la *objetividad*.[2] Brouwer decía que los entes matemáticos existen cuando son efectivamente *construidos*; pero esta connotación de constructibilidad era esencialmente subjetiva, referida al *sujeto* que opera y elige entre un conjunto de posibilidades *sin salirse nunca de sí mismo*. Otras teorías constructivistas no tuvieron prejuicios hacia la objetividad. Bishop, por ejemplo, consideraba que la matemática era una creación mental y que en el análisis siempre se evidenciaba un

---

[1] *Cfr.* S.C. Kleene, «On the Intuitionistic Logic», en *Proceedings of the 10th International Congress of Philosophy*, Amsterdam, 1948; S.C. Kleene, «On the Interpretation of Intuitionistic Number Theory», en *Journal of Symbolic Logic*, 10, 1945, pp. 109-124; A.S. Troelstra, *Metamathematical Investigation of Intuitionistic Arithmetic and Analysis*, Berlin, 1973.

[2] *Cfr.* A. Ghose, «Different Notions of Constructivity – Their Ontology», en *Dialectica*, 32, 1978, pp. 245-253.

aspecto de efectiva constructibilidad; pero estaba lejos de considerarlo una cuestión privada del sujeto: «La matemática, una creación de la mente, es menos arbitraria que la biología o que la física, creaciones de la naturaleza; los seres que imaginamos habitantes de otro mundo en otro universo, con otra biología y otra física, desarrollarán una matemática que es esencialmente la nuestra».[1]

Para Brouwer la *objetividad* y la existencia independiente eran en cambio sustituidas por la capacidad mental de producir entes matemáticos más allá de cualquier límite. Así, una función no podía ser una relación bien determinada y objetiva entre dos conjuntos; sino más bien el resultado (eventualmente ilimitado) de una progresión de elecciones individuales. Detrás de la matemática de Brouwer se entrevé la inspiración original (tomada quizá de la *Bhagavadgītā*, xv, 4 y 6) de un regreso al Sí, de la referencia a un lugar central, un primer impulso creador en el que se reabsorba toda extraversión y toda existencia separada. Pero si el origen del disentimiento de Brouwer estaba en el perenne conflicto entre interior y exterior, entre el yo y el mundo, en el mismo conflicto debía entonces radicarse uno de los principales aspectos de la «crisis de los fundamentos», de la que el propio Brouwer fue el primero en favorecer su advenimiento.

Brouwer daba a entender que el objeto adquiere una intencionalidad autónoma, desde el momento en que el medio invade otras dimensiones de las prefiguradas en el fin. Ahora bien, como se ha dicho, también ocurre que el desequilibrio hacia el objeto corresponda a una concentración y fosilización del acto mental en la *cabeza*. La observación es menos disparatada de lo que parece si se coteja con ciertas páginas de *La persuasione*

---

[1] Citado en N.D. Goodman, *óp. cit.*, p. 65.

e la rettorica de Carlo Michelstaedter. Ante todo, si Brouwer observaba (en 1905) que la verdad científica es una infatuación del deseo, Michelstaedter ponía en boca de un científico imaginario la aserción opuesta, presentada como patente obviedad: «Pero nosotros no miramos las cosas con el ojo del hambre y de la sed, nosotros las miramos objetivamente».[1] Empero, observaba Michelstaedter, esta objetividad pretende, con todo, un *medio* de transmisión: el ojo, el oído, la piel; en el caso de Brouwer, la *cabeza*. Esto ya nos pone en el enredo de la relación objeto-sujeto, porque no se puede salir *fuera* del ojo, del oído o de la piel. Y esto es obvio. Pero lo que importa es que la intromisión de un *medio* entre nosotros y el mundo nos impone una relación enigmática: es decir, la relación con nuestras propias facultades asumidas como potenciales órganos independientes y secretamente tiránicos. El trastorno del gozoso, advertía Michelstaedter, la búsqueda del placer por el placer, por ejemplo en el comer, corresponde a una *boca que quiere vivir por sí misma*. Y así puede ocurrir con el juego que deje de presentarse como total participación: cediendo a la tentación de estudiar el objeto sistemáticamente, sin emociones y con fría curiosidad, se da la razón sólo a la parte de sí antepuesta a la nueva investigación. Y para volver aún más *intensa* esta «obtusa vida autónoma de los sentidos», la ciencia multiplica su potencia con ingeniosos aparatos (microscopios, telescopios, micrófonos, etc.). De aquí una suerte de *extraversión* del órgano, de *desequilibrio* del ser, y un consecuente sometimiento a una voluntad de poder que se mueve en la parcialidad y en la fragmentación. Así se constituye la «realidad objetiva»; y para el hombre prepuesto a su organización Brouwer había reservado estas palabras: «El intelecto lo ha hecho [al hombre] perder la desconcertante independencia e inmediatez de cada una de

---

[1] C. Michelstaedter, *La persuasione e la rettorica*, Milán, 1982, p. 122.

sus imágenes vagantes, conectándolas entre ellas, en cambio, con el Sí. Así, el intelecto ha hecho de manera que el hombre persevere en un estado de aparente seguridad en una "realidad", que él mismo se ha fabricado en su arrogancia, que ha ligado a la causalidad, pero en la que debe de sentirse, en definitiva, completamente impotente».[1]

«Esclavo de su voluntad» (*willing slave*), había ya definido Séller al hombre lanzado a la conquista de todo lo que encuentra de la cuna a la tumba;[2] y se debe argüir que esta misma *voluntad* en la que Brouwer veía el fundamento y el elemento de certidumbre del lenguaje está contaminada por la misma esclavitud e impotencia.

Los grandes temas que se alinean con la investigación matemática de fines del siglo XIX, que se resumen en los términos «infinito actual», «espíritu», «libertad», «voluntad», aparecen puntualmente en las primeras especulaciones de Brouwer, pero como invertidos o vistos «en negativo». Es como si en un instante la gran esperanza de la creatividad y del fundacionalismo *fin de siècle* se tropezara brutalmente con la propia imagen lisiada y caricaturesca. En la parte de la tesis *Over de Grondslagen der Wiskunde* censurada por Kortewg, y hacía poco redescubierta y traducida por Van Stigt,[3] el «libre» desarrollo de la facultad creadora es visto en sus efectos ilusorios y cegadores, en el resultado de condensación de un objeto hostil y rebelde. Este objeto es justamente «lo que es común a todos los hombres»,[4] el pensamiento recíprocamente comunicable

---

[1] L.E.J. Brouwer, *Leven, Kunst en Mystiek*; trad. ingl. *óp. cit.*, p. 3.

[2] P.B. Shelley, *Ode to Liberty*; trad. it. en *Liriche e frammenti*, ed. C. Chiarini, Florencia, 1939, pp. 160-161.

[3] W.P. van Stigt, «The Rejected Parts of Brouwer's Dissertation on the Foundations of Mathematics», en *Historia Mathematica*, 6, 1979, pp. 385-404.

[4] *Ibíd.*, p. 400.

en que consiste la ciencia, la trama exteriorizada de relaciones causales artificialmente sobrepuestas a lo que sucede original y espontáneamente en la naturaleza. Para Brouwer la relación *causal* es la fuente del poder y del mal; tiene una naturaleza esencialmente *matemática* y consiste en la original facultad mental de vincular en secuencia y de ver en relación recíproca, en el tiempo, acontecimientos distintos. Este papel prioritario de la causalidad no puede sino hacer pensar en Schopenhauer (como también subraya Van Stigt); la vicisitud del *Zauberlehrling*, en la que Schopenhauer vio la conclusión natural del primer acto de dominio garantizado por el principio de causalidad, encuentra entonces una perfecta correspondencia en las tesis de Brouwer. «Quienes gobiernan ya están condenados», anota Brouwer, «y condenadas están las cualidades que promueven el gobierno del hombre».[1]

Las sentencias de *Leven, Kunst en Mystiek* y la parte censurada de *Over de Grondslagen der Wiskunde* pueden verse, y quizá también el propio Brouwer las vio, como ajenas a la vena principal de las investigaciones fundacionales. Sin embargo, la actitud mística de distinguir en el pensamiento científico una potencial caída, una fuga pecaminosa del centro del ser, debió a su vez de funcionar, irónicamente, como poderoso coadyuvante a un indudable talento matemático.

Las primeras especulaciones de Brouwer contenían *in nuce* los principales motivos de oposición al logicismo y al formalismo, todo tendiente a una *objetivación*, a la categórica afirmación de un aparato de signos existentes en sí y por sí. En 1912 Brouwer diría: «A la pregunta sobre dónde reside la exactitud matemática, las dos partes responden de manera distinta; el intuicionista dice: en el intelecto humano, el forma-

---

[1] *Ibíd.*, p. 394.

lista dice: en el papel».[1] Como decir: hay una distinción clara entre discurso e inteligencia, entre lógica expresada en signos e *intuición* de la verdad. La segunda es infinitamente más rica y más auténtica que la primera; el lenguaje lógico siempre es un elemento accesorio, el resultado de una observación *a posteriori* que sirve para transmitir o para evocar imágenes, pero no para hacer de guía al pensamiento matemático. Para Russell se requería, para pensar, proveerse de principios lógicos rigurosos e inflexibles; de otra manera, decía, se arriesgaban las paradojas; Brouwer argumentaba que justo la lógica, falsamente emancipada de la intuición matemática más directa, había generado las antinomias. ¿Qué era la paradoja del cretense Epiménides, o del mentiroso, si no el efecto de una separación de la pura concepción de verdades matemáticas y de una exasperación del aspecto lógico de la lengua? Que la crisis de los fundamentos de la matemática haya seguido de cerca el delinearse de un sustrato lógico suyo es indudable. Pero mientras Russell consideraba legítima la desviación hacia la lógica y esperaba distinguir en las paradojas un mero accidente de recorrido, Brouwer denunciaba esa desviación como distorsión de la matemática, y veía en la crisis de las antinomias su indefectible corolario.

En una carta de 1907 Brouwer ofrecía un ejemplo elemental de la irreductibilidad de la matemática a la lógica. Tomemos, decía, el teorema que dice que los ángulos en la base de un triángulo isósceles son agudos. Y bien, este teorema puede presentarse como teorema lógico diciendo que el predicado «isósceles» implica al predicado «ángulo agudo» para cualquier triángulo posible. En tal caso se pueden pensar abstractamente los triángulos como conjuntos de puntos de un espacio S y se

---

[1] L.E.J. Brouwer, «Intuitionisme et Formalisme» (1912); trad. ingl. «Intuitionism and Formalism», en *Bulletin of the American Mathematical Society*, 20, 1913, p. 83. Ahora en L.E.J. Brouwer, *Collected Works, óp. cit.*, p. 125.

puede, por lo tanto, imaginar que la región de S, correspondiente a los triángulos isósceles, *está contenida* en la región de S correspondiente a los triángulos con ángulos agudos en la base. Esto es *verdad*, y nadie puede, por lo tanto, acusar de incorrección una versión semejante de los hechos. Pero el matemático, que así formula ese teorema, *piensa* de manera no conforme a la imagen sugerida por el aserto lógico. Él no piensa en dos conjuntos de puntos, uno de los cuales contenga al otro, sino que más bien concibe una construcción geométrica con base en la cual concluye que un triángulo isósceles con los ángulos rectos u obtusos en la base es un absurdo. En otros términos, la interpretación que da del teorema no es *lógica*, sino *matemática*.[1]

Más que plantearse como pensamiento *objetivo*, la lógica indicaba la presunción de fundar la matemática en un acto de perfecta *conciencia* sobrepuesta a la esfera heurística. El análisis de Russell y la *Beweistheorie* de Hilbert afirmaban indirectamente que nosotros sabemos ejercer, *conscientes y presentes a nosotros mismos*, un completo dominio sobre nuestros pensamientos matemáticos. Al contrario Brouwer, aun afirmando la prioridad del sujeto, no exaltaba de él, respecto a las otras, una especial facultad de control consciente. La voz intuicionista se aliaba en ese sentido con las brillantes observaciones de Poincaré y Hadamard sobre el mecanismo del descubrimiento científico y sobre los automatismos del trabajo onírico.

En cierta medida, tales observaciones deponían el trabajo consciente en favor de la erección de un puro *misterio del pensar* como primer problema digno de considerar. «El verdadero misterio», concluía Hadamard, «es la existencia de cualquier pensamiento, de cualquier proceso mental, *cualquiera que éste sea*, estando tales procesos mentales conectados —de una

---

[1] *Cfr.* D. van Dalen, *Brouwer: the Genesis of his Intuitionism*, óp. cit., pp. 299-300.

147

manera de la que no sabemos nada más de cuanto los hombres sabían hace miles de años— con el funcionamiento de algunas de nuestras células cerebrales».[1]

Ahora bien, la tesis de Brouwer era que la certeza subjetiva de la intuición matemática supera por mucho a la de los sistemas de control *formal*. Y es esta tesis («mística» a su modo) la que mejor podía conciliar el formalismo con la libre explicación de un talento. «En términos moderados», comentaría más tarde Kreisel, «la alternativa "mística" consistiría en el hecho de que nosotros poseemos, incluso en matemática, un conocimiento que simplemente es más convincente que cualquier análisis que se nos proponga —de los fundamentos actuales de este mismo conocimiento, no menos que de los fundamentos posibles—».[2] También el «misticismo» era, por lo tanto, capaz de reforzar la idea de una matemática no formalizada y heurística. Tanto más (y éste es un punto decisivo) cuanto que el «misticismo» de Brouwer y su consecuente interés por los procedimientos constructivos *precedieron*[3] (e inspiraron) su trabajo *matemático*, por ejemplo sus brillantes investigaciones en topología.

Entre las primeras cosas que Brouwer escribió encontramos: «Que la matemática y sus aplicaciones sean culpables deriva de la intuición del tiempo, que es directamente advertida como culpable».[4] Brouwer nunca dejó de pensar que justamente el *tiempo* es el inicio y la prerrogativa de toda actividad matemática. Pero justo en el tiempo, aun tradicionalmente asimilado

---

[1] J. Hadamard, *Essai sur la psychologie de l'invention dans le domaine mathématique*, París, 1975, p. 47; traducción al español, *Psicología de la invención en el campo matemático*, Buenos Aires, 1947.
[2] G. Kreisel, recensión a L.E.J. Brouwer, *Collected Works*, óp. *cit.*, p. 93.
[3] *Ibíd.*, p. 89.
[4] Citado en D. van Dalen, *Brouwer: the Genesis of his Intuitionism*, óp. *cit*, p. 301.

a la subjetividad, tenía origen una fatal separación del objeto, una irreparable pérdida de libertad y de significado. Y, mejor que en ningún otro lado, este mecanismo se percibe en las páginas de Meister Eckhart, autor predilecto de Brouwer. Eckhart escribía precisamente que lo creado, tomado en sí como multiplicidad desplegada en el tiempo (y en el espacio), no es «libre», porque tiende a asimilarse a un conjunto de relaciones inmanentes, de vínculos horizontales que llaman la atención sobre la solidaridad recíproca de objetos separados de su origen (casi idéntica la alusión de Brouwer a la ciencia como conexión objetiva de las cosas fuera del Sí).[1] Todo lo que se exilia de nuestra *intimidad*, todo lo que hacemos echándolo *al exterior* como presunto hecho *objetivo* («objetivo» vale justamente por «echado afuera»), decía Eckhart, está simplemente *muerto*. («Omnia vero opera qua operamur propter quid aliud extra ipsum, qui solus vere intimus est nobis et essentie illabitur, tupote esse, mortua sunt, eo quod in ipsis talis operibus nos movet et movemur ab aliquo extra, sicut mortuum et iam non vivum»).[2] Toda proyección externa de la acción implica esclavitud, pérdida de solidaridad entre sujeto y objeto y se opone a la exasperada verdad del artículo (uno de los veintiocho condenados por la ortodoxia): *Deus proprie non praecipit actum exteriorem.*

Asimismo, en una nota juvenil de Brouwer se lee sobre una posible retorsión, casi un contragolpe maléfico, que el objeto ejercería en su condición de *res externa*: «Desde el momento en que el sometimiento del ambiente [al desarrollo de la humanidad] conduce cada vez más lejos del estado natural que originalmente sostuvo al género humano, todo ambiente así conquistado y vuelto adecuado se volverá, en definitiva, hostil

---

[1] Véase arriba, p. 139.
[2] Citado en la «Introducción» de G. Faggin a Meister Eckhart, *La nascita eterna*, ed. G. Faggin, Florencia, p. xxv.

al hombre mismo».[1] Y la raíz del mal que de esto resulta es siempre la imaginada por Eckhart y retomada más veces por Brouwer: el inmenso (e ilusorio) poder que resulta de mirar al mundo como sistema de relaciones causales inmanentes regulado por el tiempo; o, más en general, y simplemente, del vislumbrar relaciones de objetos *entre ellos mismos*, fijando en alguna «verdad científica» el fatal alejamiento del Sí.

Desde que Brouwer empieza a enlistar los motivos de disentimiento con el formalismo de Hilbert, es siempre éste el tema que predomina. Por ejemplo en 1912, en el discurso inaugural en la Universidad de Amsterdam, Brouwer polemizaba sobre la «presunta existencia de un mundo de objetos matemáticos, un mundo independiente del individuo pensante, que obedece a las leyes de la lógica clásica, entre cuyos objetos pueda existir la "relación que hay entre un conjunto y sus elementos"».[2] Brouwer oponía a esto ideas, reglas y limitaciones que debían de parecer *revolucionarias*, y como tales atractivas para muchos, pero también, para la mayoría, inútilmente restrictivas. Entre éstas, las sucesiones de libre elección, una nueva definición del continuo y la exclusión del principio del tercio excluso: innovaciones que siempre aludían a la necesidad de una referencia al sujeto. Por ejemplo, el tercio excluso proviene de poner un sello de verdad o de falsedad sobre cualquier aserción matemática, y postula una objetividad independiente del sujeto y de sus medios de conocimiento efectivo. Pero la misma noción de *verdad*, objetaba Brouwer, no se puede traducir en una propiedad *determinada* por una aserción cualquiera en sí y por sí. La verdad es más bien el resultado de una operación mental del sujeto y de sus capacidades de realización del contenido matemático en discusión. Constatación, ésta, muy

---

[1] Citado en W.P. van Stigt, *óp. cit.*, p. 394.
[2] L.E.J. Brouwer, «Intuitionism and Formalism», óp. cit., p. 87.

compatible con las novedades propugnadas por Einstein en su relatividad restringida o, en general, con la incipiente intrusión del observador en el mundo explorado por el físico.

Hilbert y Brouwer, irreductibles adversarios en el periodo crítico del debate sobre los fundamentos, concordaban al menos en un punto: la aceptación, *en primera instancia*, únicamente de los procedimientos matemáticos constructivos. Tampoco la cuestión del infinito podía constituir un absoluto, recíproco prejuicio. Hilbert lo admitía obviamente en la matemática, aun con la garantía de una demostración (constructiva) de coherencia. Brouwer lo usaba de manera implícita en muchos razonamientos, aun negando la existencia del infinito actual.[1]

Si ni la constructividad ni el infinito eran los nudos esenciales del conflicto, Hilbert y Brouwer debían su desacuerdo mutuo a otro motivo. A Hilbert le interesaba mantener intacta la objetiva veracidad de la matemática clásica, permitiendo al matemático seguir siendo lo que siempre había sido. Brouwer quería *corregir* la manera tradicional de hacer matemática, en nombre de un rechazo de la objetividad que provenía de una *Weltanschauung,* madurada en los textos de los *Vedānta* y de Meister Eckhart. Y la matemática de Brouwer poseía en efecto un carácter completamente peculiar que la alejaba no poco de los criterios y del estilo más usuales. Y, con todo, fue justo Brouwer quien definió a la matemática de la manera más vaga (y circular), pero no obstante más exacta, como «una actividad de la comunidad matemática en su complejo».[2]

---

[1] M. Dummett, en *Elements of Intuitionism*, Oxford, 1977, observa que el teorema de Gödel que establece la equivalencia entre aritmética intuicionista y aritmética clásica nunca fue interpretado como demostración *finitista* de la coherencia de esta última. Y esto es de sí una indicación del grado de alejamiento del *finito* en el que también Brouwer debió de incurrir.

[2] Citado en A. Heyting, *L.E.J. Brouwer,* en *Contemporary Philosophy*, ed. R. Klibansky, Florencia, 1968, vol. I, p. 312.

II. LA CRISIS DE HERMANN WEYL

No debe extrañar que Hermann Weyl, durante algunos años tan cercano a las tesis intuicionistas, fuera atraído por Fichte, o que leyendo el *Rgveda* tomara nota de las palabras que cierran el himno 129 aludiendo a una posible ignorancia divina sobre las causas de lo creado: «¿Dónde ha ocurrido esta creación, si la ha producido o no, aquel que mira a este mundo desde la más alta de las sedes celestes, sólo él lo sabe, o quizá tampoco él lo sabe?».

En una de las obras de Fichte más leídas por Weyl, *Die Bestimmung des Menschen*, se reconoce en la naturaleza del objeto una posición del yo y, a la vez, una *fuerza* antagonista que obliga a la conciencia a tomar una posición pasiva, y a la obediencia automática de sus propias leyes. «*La conciencia de una cosa fuera de nosotros*», había escrito Fichte, «*no es otra cosa en absoluto que el producto de nuestra facultad representativa*» y «en lo que llamamos conocimiento y observación de las cosas, conocemos y observamos siempre sólo a nosotros mismos».[1] En un pasaje retomado por Weyl, Fichte declaraba incluso: «[el espacio] no es visto sino intuido, y en él mi propio ver es intuido. La luz no es sin mí, sino que está dentro de mí y yo mismo soy la luz».[2] Pero, agregaba asimismo Weyl, la manera en que se revela y se desarrolla esta intuición está notablemente condicionada por la *experiencia*. Y este condicionamiento desempeña un papel decisivo, porque desplaza irrevocablemente el eje de referencia hacia el *exterior*. Ya Fichte se había preguntado cómo debía disponerse una *voluntad* que fuera absolutamente soberana, no subordinada a leyes que no fueran propias. Para ello, escribía,

---

[1] Véase la trad. it. *La missione dell'uomo*, Bari, 1970, pp. 95-96.
[2] Citado en H. Weyl, *Philosophy of Mathematics and Natural Science*, Princeton, 1949, p. 130; ed. orig. *Philosophie und Mathematic der Naturwissenschaft*, Munich.

no es suficiente que la voluntad no esté *anticipada* por nada, es decir, que sea *primera* en cada acto suyo. Es también necesario que no *produzca* nada a lo que después deba someterse como a una fuerza ajena. Si la voluntad diera origen a un segundo elemento, y éste a un tercero, y así ininterrumpidamente, su fuerza sería rota por la resistencia de un mundo viviente *motu proprio*, la calidad del producto ya no correspondería del todo al objetivo final prefigurado, y «la voluntad no quedaría libre, sino que estaría en parte limitada por las leyes características de su heterogénea esfera de acción».[1]

También es cierto que no se puede *precisar* cómo un «simple aliento», una «presión de la inteligencia sobre sí misma» (como lo es la voluntad), pueda darse como principio del movimiento de la materia. Más bien es necesario descifrar este movimiento imaginándose un sistema de leyes del objeto móvil. Para evitar testimonios absurdos frente al tribunal de la razón se requiere, por lo tanto, dar crédito a una norma externa y vinculante que se opone a la conciencia como imperiosa objetividad. Sin embargo, escribía Fichte, quien cede a la tentación de obedecer a la razón objetiva de una manera exteriorizada pierde su libertad más auténtica. Ser una voluntad autónoma, soberana, implica una *renuncia* al mundo terrestre y una pérdida de adhesión a sus intrínsecas e inmanentes necesidades logísticas. Y esto quiere decir proyectarse en una región ultramundana, que además es el lugar predestinado, el auténtico reino preelegido por el hombre.

Evidentemente, Fichte tenía en mente, como ejemplo privilegiado de *exterioridad*, un mundo *material*, perceptible, del cual fuera claro el aspecto de irresistible objetividad e independencia del yo. Pero ¿cómo podía plantearse la cuestión en relación con la matemática? A fines del siglo, eran indiscutible-

---

[1] G. Fichte, *La missione dell'uomo*, óp. cit., p. 150.

mente muchos los que suscribían la idea de una conciliación idealista entre exterior e interior que privilegiara la posición soberana de un yo consciente y que, al mismo tiempo, estuviera sufragada por la *razón positiva*. A esto contribuían el carácter infinitamente seductor de las creaciones de Dedekind y Cantor, la axiomática de Hilbert, la tematización de una «libertad» del matemático, los comentarios filosóficos de Le Roy o de Poincaré. Ahora se temía que el «espíritu» tuviera que rendirse a una imprevista e invencible resistencia «externa», y que, en cambio, para reconquistar el acuerdo entre pensamiento y signo, se requiriera reformular todas las matemáticas (Brouwer, Weyl) sobre bases nuevas o, en cualquier caso, adoptar programas de emergencia (Hilbert).

Para Brouwer y Weyl debía de tratarse de una revolución del conocimiento, de un cambio de los hábitos mentales en favor de un nuevo modo de pensar. Por lo demás, las propias invenciones matemáticas de fin de siglo habían promovido una apertura a la *novedad*, permitiendo distinguir en los objetos matemáticos una calidad insólita e inaudita, y transformándolos en algo que aún podía desarrollarse de maneras imprevisibles. Brouwer continuaba en el fondo una tradición de novedad y de potencialidad revolucionarias ya inaugurada por Cantor, Frege y Peano. La tentación revolucionaria fascinó a Weyl durante un breve periodo, pero Brouwer, todavía en 1948, escribía: «La amplia creencia en la validez universal del principio del tercio excluso en matemática está considerada por el intuicionismo como un fenómeno de historia de la civilización, de la misma manera que la vieja creencia en la racionalidad de π o en la rotación del firmamento alrededor de un eje que pasa por el centro de la tierra».[1]

[1] L.E.J. Brouwer, «Consciousness, Philosophy and Mathematics», en *Proceedings of the 10th International Congress of Philosophy*, Amsterdam, 1948, p. 1247; ahora en L.E.J. Brouwer, *Collected Works, óp. cit.*, p. 492.

A la atención de Weyl se ofreció también la crisis sincrónica de la ciencia física, con las teorías relativistas, el principio de indeterminación y la mecánica cuántica. Tampoco es fortuito que en 1918 saliera en Munich la primera edición de *Der Untergang des Abendlandes* de Oswald Spengler. Schrödinger y Weyl leyeron ambos ese libro que proclamaba la inminente caída del orden constituido, el fin inevitable de lo que la razón había construido en Occidente. Ambos sostuvieron que era oportuno eliminar el ya obsoleto principio de causa, y en el aspecto de la crisis matemática Weyl vio lo análogo al reaccionario principio causal en el formalismo de Hilbert y en la idea de fundar la aritmética en la lógica. Así, la percepción de una posible transformación radical debió de hacerle parecer legítima la censura de la razón clásica, realizada en *Das Kontinuum* (1918).[1]

Un rasgo peculiar de la actitud científica de Weyl, en los primeros años de la posguerra, era el de considerar soluciones *globales* de la crisis. *Todo* el análisis debía reformularse sobre nuevas bases: la *entera* disposición del matemático hacia la verdad debía cambiar. Esto es indicativo de la permanencia, después del descubrimiento de las paradojas, de la idea de una *unidad* del conocimiento, aun dimensionada a condiciones de extrema emergencia. Los principios de la matemática debían transformarse respecto a las previsiones optimistas de Frege, pero siempre debía ponerse un *fundamento* que garantizara su corrección y confiabilidad. El fundamento y la unidad se consideraban *necesarios*, y la agudización de la crisis se explica, aun antes que en términos de *división* de esa unidad, en el extremo intento de mantenerla en vida, inclusive a costa de

<hr>

[1] *Cfr.* P. Forman, *Weimar Culture, Causality and Quantum Theory 1918-1927*, Pittsburgh, 1971. Véase también la recensión de F.J. Dyson del volumen de Yu. I. Manin (*Mathematics and Physics, óp. cit.*), en *The Mathematical Intelligencer*, 5, 1983, pp. 54-57.

una mutilación de la matemática o de una revolución abierta a cualquier eventualidad. Pese a todo, la *división* tuvo que seguir, pero entonces pronto se encontró de acuerdo con un antídoto a la propia crisis: la fuerza del puro trabajo científico, de aquella obvia y natural empiria de la que el matemático siempre se ha servido y como sea, más allá de cualquier problema fundacional o de crisis de los fundamentos. Lo que era difícil prever, empero, era la duración relativamente modesta de esta crisis. La idea spengleriana funcionó en el *breve periodo* de los descubrimientos de Heisenberg y antes de que Gödel llegara a descubrir los límites del formalismo hilbertiano. Pero después de que estos acontecimientos «descargaron», por así decirlo, la energía de la crisis, mostrando en fórmulas su punto de arribo, prevaleció en definitiva el juicio del científico «positivo», del científico que usa los mismos motivos de deflagración de un orden por mucho tiempo augurados como instrumentos de cálculo ordinarios. La física de Heisenberg se volvió tan común y consuetudinaria como la de Newton; las innovaciones de Gödel confluyeron, enriqueciéndolas desmedidamente, en «investigaciones fundacionales» privadas de su inicial diseño de *fundar* la aritmética. Tampoco los descubrimientos de Gödel marcaron la victoria del intuicionismo sobre su adversario más próximo, sobre Hilbert y sobre el formalismo.[1] Simplemente cambió la perspectiva; el problema se «resolvía» con la ayuda de instrumentos que eran *en sí mismos* susceptibles de profundización y de nuevas atenciones. La crisis era archivada con el sucesivo advenimiento de una competente literatura que proclamaba que quizá nunca había realmente existido.

---

[1] *Cfr.* la recensión citada de F.J. Dyson, p. 55.

La proclama lanzada por Weyl en su artículo de 1921 «Über die neue Grundlagenkrisis der Mathematik»[1] tuvo asimismo un valor y un efecto relativamente limitados. En ese artículo Weyl apoyaba las tesis de Brouwer con la pasión de un revolucionario, porque pensaba que las tesis intuicionistas eran capaces de promover una auténtica *revolución*. Pero Weyl había sido también alumno de Hilbert, es más, el alumno destinado a tomar su lugar en la Escuela de Göttingen. Aun durante el periodo en que estuvo más cerca de las tesis de Brouwer, Weyl no pudo olvidarse de haber transcurrido a los dieciocho años el periodo más bello de su vida estudiando el *Zahlbericht*, escrito y publicado por su maestro pocos años antes. Después de la muerte de Hilbert (14 de febrero de 1943) escribió un largo artículo[2] conmemorativo en el que, además de elogiar al maestro y resumir sus mayores contribuciones científicas, asumía una posición de relativo distanciamiento de lo que había escrito en 1921 sobre la «crisis de los fundamentos de la matemática». Un artículo, comentó, escrito en la exaltación de los años de principios de la posguerra en Europa, e indicativo del clima de tensión de aquel periodo.

Los hechos sobresalientes del momento, escribía Weyl, se podían resumir brevemente así: Dedekind y Frege habían renunciado a sus propuestas (fundacionales) sobre la naturaleza del número y de las proposiciones aritméticas; Russell había elaborado la teoría de los *tipos*, la cual, salvo por una «reductibilidad» forzada, era incapaz de explicar el continuo. En cuanto a Brouwer, él había tenido el mérito de abrir los ojos sobre la medida en que el *daily work* del matemático rebasaba el límite de la evidencia directa e indiscutible.

[1] En *Mathematische Zeitschrift*, 10, 1921, pp. 39-79; reimpreso con un *Nachtrag, Juni 1955*, en *Selecta Hermann Weyl*, Basel, 1956, pp. 211-248.
[2] H. Weyl, «David Hilbert and his Mathematical Work», en *Bulletin of the American Mathematical Society*, 50, 1944, pp. 612-654; reimpreso en C. Reid, *Hilbert, óp. cit.*

Pero, en definitiva, lo que Weyl recriminó era únicamente el desconocimiento de Hilbert de los méritos de Brouwer. Hilbert nunca había soportado las tesis reductivas del matemático holandés, y su alarma había crecido cuando Weyl, uno de sus mejores alumnos, se había alineado con el intuicionismo. En Hamburgo, en 1922, Hilbert había respondido «con rabia y determinación» al programa fundacionalista de Brouwer, y había lanzado una advertencia a Weyl: no se trataba, como él creía, de una *revolución*, sino de un *Putsch* que se debía truncar con rapidez desde el principio. Todavía en Hamburgo, en 1927, la adhesión de Weyl al intuicionismo ya era más templada que en 1921. La pasión revolucionaria se había transformado en voluntad de defensa y en política de mediación. Él admiraba la obra de Brouwer, y Hilbert, decía, no podía no aceptarla como una importante contribución a la investigación sobre los fundamentos. Pero nada lo separaba del programa epistemológico de Hilbert. La radical reinterpretación de la matemática clásica en términos de formalismo estaba justificada por la *emergencia*, y la *Beweistheorie* aceptaba en el fondo parte de las tesis de Brouwer: «Respecto a lo que acepta como evidente en este razonamiento "metamatemático", Hilbert es más realista que el rey, más exacto tanto que Kronecker como que Brouwer [...]. La aritmética elemental puede fundarse en este razonamiento intuitivo, como explica el propio Hilbert, pero necesitamos del aparato formal de variables y de "cuantificadores" para revestir al infinito de todo lo importante que a él se acompaña en la matemática superior. Entonces Hilbert prefiere imponer un corte preciso: se vuelve estrictamente formalista en matemática, estrictamente intuicionista en metamatemática».[1]

Pero la mediación de Weyl no benefició mucho a las relaciones recíprocas entre Hilbert y Brouwer. Cuando el entusiasmo

---

[1] C. Reid, *Hilbert, óp. cit.*, p. 270.

por la «revolución» intuicionista, a finales de los años veinte, empezó a declinar, Brouwer fue, pese a todo, invitado a dar una conferencia en Göttingen. Él repitió su habitual fórmula: «Nosotros *no sabemos* si en la representación decimal de π se requiere una sucesión de diez 9». Ésta no es una propiedad, quería decir Brouwer, que se pueda considerar en absoluto, independientemente de nuestro conocimiento, *verdadera* o *falsa*, y por ello es necesario excluir el *tertium non datur*. Pero alguien objetó, y obtuvo de rebote una respuesta seca y poco conciliadora. Hilbert se levantó, finalmente, proclamando otra vez que el programa de Brouwer mutilaría las matemáticas. Cuando se sentó fue aprobado por un estruendo de aplausos.

La actitud más difundida entre los matemáticos de aquel entonces se resumía, nos recuerda Constante Reid, en una observación de Hans Lewy, que estaba presente en la conferencia de Brouwer en Göttingen: «Lo que Hilbert quiso decir en esa ocasión me parece perfectamente apropiado. Si debemos afrontar todas las dificultades que nos dice Brouwer, entonces ya nadie querrá ser matemático. Después de todo, se trata de un trabajo humano. Hasta que Brouwer no nos presente una contradicción en la matemática clásica nadie lo escuchará.

»Ésta es la manera, a mi parecer, en que la lógica se ha desarrollado. Se han aceptado principios hasta cuando no se ha advertido que éstos podían producir contradicciones, y entonces se ha procedido a modificarlos. Creo que siempre será así. Puede haber un montón de contradicciones escondidas aquí y allá, y, en cuanto salgan, todos los matemáticos querrán haberlas eliminado. Pero hasta entonces seguiremos aceptando esos principios que nos hacen avanzar con mayor velocidad».[1]

El punto decisivo era éste: Brouwer no había encontrado contradicciones *en la matemática clásica*. En estas condiciones

[1] *Ibíd.*, p. 184.

el «progreso» podía parecer de nuevo una necesidad prioritaria respecto a lo que Wittgenstein llamaba «ver con claridad los cimientos de los edificios posibles».

III. LA PRESCRIPCIÓN POSITIVISTA

Escribía Cassirer en *Sustancia y función*: «Ya no hay lugar para ninguna manifestación espontánea del pensamiento; antes bien, el pensamiento se resuelve enteramente en su objeto y es determinado y guiado por éste».[1] En estas palabras, que parecen denunciar una servidumbre, una pérdida de «libertad» de pensamiento, se ocultaba en realidad una visión optimista y conciliadora, que ofrecía un *sistema* de verdades objetivas en que el yo pudiera reflejarse y reconocerse fielmente. El mundo, quería decir Cassirer, no es una *creación* de la mente, sino un territorio suyo de *conquista*, un conjunto extrapersonal de hechos por descubrir y dominar. En esto la mente del matemático se parece a la del astrónomo o del geólogo: el matemático se interna en el universo de la lógica como si éste fuera un mundo real independiente del cual quiere descubrir sus leyes, afinidades, relaciones funcionales. Pero su penetración no tiene carácter empírico: las novedades conceptuales, escribe Cassirer, se generan por los principios lógicos fundamentales ya operantes en la primera organización de un sistema. Su procedencia no es «externa», por así decirlo, sino que ya está implícita en las combinaciones extraíbles de un conjunto de ideas preexistentes y «*Ningún* número —sea entero, fraccionario o irracional— "es" algo distinto de lo que éste ha sido hecho en determinadas definiciones conceptuales».[2]

La armonía entre εἶδος y lengua planteada de este modo cesó con el descubrimiento de las antinomias, y para restable-

---

[1] E. Cassirer, *Sostanza e funzione*, óp. cit., p. 414.
[2] *Ibíd.*, p. 84.

cerla Brouwer pensó que tenía que cambiar la relación del yo con el mundo. No más el sujeto que se adecua a un sistema, sino una progresión de conceptos cuya verdad depende de lo que hace y produce «efectivamente» el sujeto. Aquí, sin embargo, no se trata únicamente de la vieja cuestión: «¿los objetos matemáticos existen por sí mismos y debemos descubrirlos, o bien los inventamos nosotros?». El dilema es por lo demás irresoluble. Por un lado, el matemático que prefiere «descubrir» antes que «crear» siempre se encuentra después ajustando cuentas con su propia imaginación.[1] Por otro lado, si se insiste (contra el «realista») en la arbitrariedad consciente de las elecciones y en la *libertad* teorizada por Brouwer, se olvida que los entes matemáticos, una vez imaginados, tienen propiedades no distintas a las de un ladrillo o de un metal: propiedades que *imponen construir de manera determinada*, prescindiendo de las finalidades y de las intenciones.[2]

En el plano de la heurística, de la praxis matemática, el realismo de Hermite o de Gödel valen probablemente cuanto el subjetivismo y el constructivismo de Brouwer. Ambas posiciones son opinables, cuya fuerza se mide en función de los resultados que logran obtener si se unen al talento. Sin embargo, durante la crisis de los primeros años de la posguerra, el problema se transformó en un dilema decisivo: no tanto porque el abstracto tentativo de resolverlo mereciera una atención exagerada, sino porque una primacía de la *objetividad* podía pasar por causa indirecta de la incipiente difusión del nihilismo en

---

[1] *Cfr.* en E.W. Beth, J. Piaget, *Epistémologie mathématique et psychologie*, París, 1961, p. 109. Por ejemplo, así escribía Poincaré de Hermite, que le reprochaba a Cantor su exasperado idealismo: «Realista en teoría, él era idealista en la práctica. Hay una realidad por conocer, y ésta es externa a nosotros e independiente de nosotros; pero todo lo que podemos saber de ella depende de nosotros, y no es otra cosa que un devenir, una especie de estratificación de sucesivas conquistas. El resto es real pero eternamente incognoscible».
[2] *Cfr.* G. Kreisel, recensión a L.E.J. Brouwer, *Collected Works, óp. cit.*, p. 91.

Europa. No sólo Brouwer demonizó al «objeto» (lo que se podría imputar, aunque erróneamente, a razones exclusivamente científicas); más tarde Husserl insistió con igual vehemencia en la misma idea en su célebre conferencia en el *Kulturbund* de Viena en mayo de 1935. «Hay problemas enteros», sostenía, «que son generados por la ingenuidad, en virtud de la cual la ciencia objetivista toma lo que llama el mundo objetivo por el sistema total del ser, sin notar que la subjetividad que crea la ciencia no tiene su lugar legítimo en ninguna ciencia objetiva».[1] La matemática, en particular, era una ciencia admirable, admitía Husserl, pero considerando a fondo su racionalidad y sus métodos era evidente su naturaleza simplemente *relativa*: «Ella ya presupone el aporte fundamental de una disposición; ahora bien, este aporte está él mismo totalmente desprovisto de racionalidad efectiva».[2]

Lo que contara para el hombre una crisis de los fundamentos de la *matemática* se puede deducir del respiro y del *pathos* de los análisis de Weyl y de Brouwer. Pero fue Husserl quien sostuvo con fuerza y de la manera más explícita la inseparabilidad de las ciencias de los destinos del hombre europeo: «Sin duda», escribía, «la filosofía universal y todas las ciencias particulares representan un aspecto parcial de la cultura europea. Pero toda mi interpretación implica que esta parte ejerza, por así decirlo, el papel del cerebro: de su funcionamiento normal depende la auténtica salud espiritual de Europa».[3]

Pero si la salud espiritual de Europa se tenía que apoyar en la de las ciencias, ésta era forzosamente inestable: no tanto porque se había tenido que suscitar un (irresoluble) problema de los

[1] E. Husserl, «La crise de l'humanité européenne et la philosophie», en *Revue de Métaphysique et de Morale*, 1950, p. 252.
[2] *Ibíd.*, p. 253.
[3] *Ibíd.*, p. 247.

fundamentos sino porque no se había tenido la prudencia de librarse de él a tiempo. En el caso de Brouwer no había, empero, mucho que temer: se podía tomar lo mejor de sus ideas pasando por alto su oscura inspiración metafísica. El propio intuicionismo no abrazaba, por lo demás, una tesis que se pudiera decir idealista y antipositivista. Ya el subjetivismo y el solipsismo de Brouwer se desarrollaban sobre la experiencia del tiempo, que a su vez provenía de «sucesiones de sensaciones», asimilables a los *Protokollsätze* de los positivistas lógicos.[1] Pero lo que más cuenta es que la matemática «subjetiva», atemperada por una rigurosa exigencia de efectividad y de positividad científica, estaba más próxima a una «empiria del espíritu» que a algo del tipo de una «imaginación idealista». El término «empiria» se opone al absoluto «sistema en sí» del neokantismo, aún prefigurado en la *Beweistheorie* de Hilbert, e indica un solo hecho esencial: que las verdades matemáticas no derivan de los principios, sino de progresivos descubrimientos y observaciones de otros hechos matemáticos, según una filiación que a menudo parece accidental e imprevisible.

No es de extrañar cómo Hermann Broch, aunque atraído por las tesis del intuicionismo, acabó por advertir la despiadada autonomía de la ciencia de los discursos sobre el *ser*, y la victoria final de la praxis sobre la afirmación de principio. «Hasta Dios», comentaba (quizá inspirado por una página del *Di divisione naturae* de Escoto Eriugena), «ha perdido el derecho de intervenir en su propia creación. En virtud de su puro saber, que es su acto creador (un acto que está por encima de todo pensamiento, de toda inducción y de toda deducción), Dios debe dejar el mundo "a sí mismo" (en el verdadero doble significado del término), y no puede decidir allí nada; antes bien, para liberar continuamente su creación de las antinomias

---

[1] *Cfr.* A. Heyting, *L.E.J. Brouwer, óp. cit.*

y para hacer que permanezca como creación ética él debe delegar todas las decisiones al "hijo" empírico que piensa humanamente. Así, también la filosofía debe dejar a la ciencia a sí misma; porque, además, sólo siguiendo la prescripción positivista —en este caso plenamente válida— aquella puede adquirir una dignidad análoga a la de la ciencia».[1]

---

[1] H. Broch, *Erkennen und Handeln*, ed. H. Arendt, Zurcí, 1955. Probablemente Broch conocía, por medio de Mann y Schopenhauer (*ibíd.*, p. 69), estas palabras de Escoto Eriugena (*De divisione naturae*, libro II, § 28, Oxonii, 1681; rist. anast., Frankfurt, 1964, p. 83): «*Pater enim* […] non judicat quenquam, sed omne judicium dedit filio; caliginem tamen humus quaestionis sanctus Epiphanius Constantiae Cypri Episcopus, in libro, quem de fide scripsit, eligantissime accuratissimeque aperuit, dicens, "Patrem solummodo nosce futurum judicium, non solum per praescientiam, sed etiam per experimentum. Pater quidem per experimentum cognoscit judicium, jam enim re ipsa omne judicium dedit filio; omnino enim Pater peregit judicium, dum omne illud dedit filio. Filius vero ac scit, ac nescit judicium. Praescientia namque scit, quia nondum re ipsa factum est judicium", hoc est, segregatio reproborum ab electis, siquidem adhuc messis ecclesiae frumento et zizaniis mixta est».

CAPÍTULO QUINTO

I. «CREO FORMAS EN MI MENTE...»

En la cima de las creaciones (o descubrimientos) matemáticas que precedieron a la crisis de los fundamentos podría ponerse como efigie una reflexión del *Hiperión* de Hölderlin: «Creo formas en mi mente, pero aún no sé guiar mi mano...».[1] Cuando Borel, al alba del siglo, aconsejaba *esperar*, porque el transfinito aún no estaba sufragado por el apoyo de un aparato suficiente de verdades matemáticas, aludía justamente a esto: al darse de una imagen mental aún lejana y retrasada, muy poco consuetudinaria o familiar al trabajo matemático. Pero esta espera, esta ἀδιαφορία, no tiende a favorecer una verdadera reconciliación: cuando la mente transmite a la mano la iniciativa, ésta la toma sin demasiadas formalidades, eliminando a su beneficiario o dejándolo atrás a una distancia insalvable.

Wittgenstein insistió más de una vez en el carácter relativamente *periférico* del trabajo intelectual, en el hecho de que la mano avanza, por decirlo así, a escondidas del cerebro: «En una investigación científica decimos todo lo posible; hacemos muchas afirmaciones de las que no comprendemos su papel en la investigación. En efecto, no es que digamos todo con

[1] F. Hölderlin, *Hyperion*, en *Sämtliche Werke*, 2 vols., Stuttgart-Tübingen, 1846, vol. I; trad al español, *Hiperión*, Madrid, 2003.

una finalidad precisa; más bien *es nuestra boca la que habla*. Avanzamos por medio de procedimientos tradicionales de pensamiento, hacemos, automáticamente, inferencias de conformidad con las técnicas que hemos aprendido. Y en ese punto debemos ante todo analizar lo que hemos dicho».[1] Es como decir, para utilizar nuevamente una metáfora de Wittgenstein, que la mano suele dibujar garabatos sobre el papel, y que únicamente un posterior análisis crítico puede extraer de éstos un sentido acabado.

Que un movimiento de la mano pueda volverse *automático*, en el sentido propio de un movimiento *contrapuesto* (μάτην) a una intención racional, Rilke lo imaginó de varias maneras. En las *Historias del buen Dios* el Creador pierde un control directo de lo que se está haciendo sobre la Tierra. Sus manos se mueven a escondidas de él, pelean entre ellas, y su insubordinación bien se aviene con aquella pequeña distracción, distracción de un minuto, que provoca la irreparable ajenidad de Dios de la historia del mundo. Se forma entonces un hiato insalvable entre el *saber* y el *ver*. Dios sabe *todo*, dice la historia; pero quien sostiene que Él *ve* todo es un ángel rebelde que interviene en el instante en que Dios se concentra en su propia imagen para dar forma al ser humano. El ángel sugiere que el nexo entre el mundo y su creador queda intacto y continuo, pero quizá no se da cuenta de que la *existencia* pretende el arbitrio y la libre elección, la autonomía y la posibilidad de infracción. Una tradición dice que el círculo de los ángeles rebeldes es el décimo,[2] y que el diez no sea el sucesor de nueve salvo a costa

---

[1] L. Wittgenstein, *Pensieri diversi, óp. cit.*, pp. 120-121. La cursiva es mía.

[2] Según San Buenaventura, *Liber Secundus Sententiarum*, Distinctio IX, Quaestio VII, en *Opera Omnia*, Roma, 1589, tomo 4, p. 142: «Supra novem ordines angelorum addetur ordo decimus ex his, qui in vita ista non prevenerunt ad tantam meritorum excellentiam, ut exaltentur ad ordines angelorum: sedmeritis Christi salvati, decimum tenent gradum, sicut pro forum salute sol iustiae Christus per

de una caída y de un rescate. Pretender que Dios vea todo es como querer que la creación se desate en una sucesión de instantes y de acontecimientos claramente perceptibles, y que Dios conozca el mundo mirando en la lente distorsionada evocada por la imagen de esa sucesión. Pero Dios mira de otra manera, y la idea de Lucifer es justamente sincrónica al tomar la forma del hombre; es decir, de aquel que en esa lente deberá mirar realmente.

En *Los apuntes de Malte Laurids Brigge*,[1] Malte cuenta sobre su mano que, alargada bajo la mesa para recoger un lápiz, empieza a moverse por su propia voluntad, merodeando y palpando con movimientos autónomos e independientes. Él observa la mano alienada primero con curiosidad, luego con una sensación de horror, como frente a lo irreparable. «Me quedaría de buen grado», son las palabras de Malte, «entre los significados que se me han vuelto caros».[2] Pero hay una fuerza que induce a la disipación, a la fragmentación, a la expropiación, y le sucede entonces una angustia al pensar que un botoncito de la camisa se vuelve más grande que la cabeza y que «cualquier número empieza a crecer en el [...] cerebro hasta no encontrar más espacio».[3] El caso más frecuente es que lo invisible, lo no ordinario, lo que se sustrae a la conciencia más obvia, irrumpa inesperadamente como «una erupción de la piel», un tumor o una segunda cabeza que aparentemente participa del cuerpo, pero ya provista de existencia propia y

---

decem gradus descendit, quod signatum fuit in facto miraculo Ezechiae». Una interpretación análoga de los diez aparece en Dante (*Convivio*, II, v, 12; Florencia, 1968, parte primera, p. 139: *cfr.* allí citas análogas de Pietro Lombardo, San Gregorio Magno, Santo Tomás).

[1] Bajo este perfil la relación entre Wittgenstein y Malte ya ha sido anotada por A. Gargani en *Wittgenstein tra Austria e Inghilterra*, Turín, 1979.

[2] R.M. Rilke, *Die Aufzeichnungen des Malte Laurids Brigge*, Leipzig, 1910; traducción al español, *Los apuntes de Malte Laurids Brigge*, Madrid, 1997.

[3] *Ibíd.*, p. 49.

definitivamente refractaria a toda reabsorción. En la experiencia de Malte es la *parte*, el *fragmento* el que se rebela: la insubordinación proviene de la pérdida de la unidad. Pero en la angustia de esta pérdida también está el riesgo de la novedad, como en el recuerdo de los juegos solitarios en la lejana gran habitación de su casa de infancia. En aquel lugar apartado Malte reencontraba objetos imprevisibles, ropa olvidada, viejas máscaras y disfraces y «en definitiva posibilidades de transformación». Ponerse un traje, un frac, un uniforme dejado hace años, acercarse luego a un espejo «compuesto de varios recuadros, cada uno de un verde distinto», ya implicaba una irrupción de lo *distinto*, una improvisación, una eliminación de la uniformidad de un mundo inmóvil y preestablecido. Pero el espejo ya devolvía, por un instante, una imagen no deseada y ajena. «Algo repentino, autónomo», algo «completamente distinto a lo que ustedes imaginaban» y que no obstante en la sucesiva, momentánea reconquista de la imaginación ejercía un *poder* indiscutible, prescribiendo una secuencia de gestos, de expresiones y hasta de ideas.

La magia transformista «creaba» imágenes que luego imponían a la mano de Malte recitar una parte conforme: «Mi mano, sobre la cual caía y volvía a caer la punta del puño, no era en absoluto mi mano de siempre; se movía como un actor, sí, podría decir que se observaba a sí misma, por más exagerado que parezca». Pero llegaba un momento en que un gesto incontrolado de la misma mano, autónoma y «creativa» a su modo, mandaba inadvertidamente algo en pedazos. Entonces «parecía que todo estuviera en pedazos», seguía la desesperación, y la relación entre Malte y el espejo se invertía: «Puesto que ahora él era el más fuerte, y el espejo era yo. Yo miraba aquel gran, terrible desconocido frente a mí, y me parecía monstruoso estar solo con él. Pero en el mismo instante en que yo pensaba eso llegó el extremo: perdí el conocimiento, simplemente me desmayé. Durante un segundo tuve un indescriptible, doloroso y vano deseo de mí, después ya sólo fue él: no hubo nada que no fuera él».[1]

II. El poder de los signos

Más de un testimonio podría suscitar la sospecha de que el mito goethiano del *Zauberlehrling*, del aprendiz de brujo que padece la abierta insubordinación de fuerzas evocadas por él mismo, no es completamente ajeno a los mecanismos de la invención matemática.

Es fácil suponer que la matemática no se sustrae a esa ley antinómica de la creatividad descrita del modo más general por Jerome S. Bruner en su ensayo *On Knowing, Essays for the Left Hand*. Según Bruner sería el objeto, a cierto estadio de cualquier acción creadora, el que tomaría la delantera. Éste reclamaría, en una cierta fase, como un cumplimiento coherente, un desarrollo no claramente delineado o previsto durante la inspiración inicial. Y la inteligencia creadora se sometería de buen grado a esta petición. Bruner despierta de algún modo un arquetipo cuando escribe sobre una *libertad de ser dominados* como connotación intrínseca del acto creador. El emerger de un vínculo impuesto por el objeto como respuesta al acto de ponerlo en el mundo sería un acontecimiento fatal, profundamente necesario, debido a la urgencia de librarse «del interno y caótico pulular de las posibilidades». Por lo tanto, una relativa victoria de la forma sobre la materia caótica; un momentáneo triunfo de la criatura solar sobre las fuerzas de una creatividad virtualmente antagonista, propensa a deshacer lo que no se puede conmensurar a la vastedad de su pura potencia.

---

[1] *Ibíd.*, p. 83.

Bruner compara el objeto del conocimiento con las míticas estatuas semovientes; pero ¿qué quieren decir realmente las estatuas que se mueven? Ya Platón sugirió que la búsqueda de la verdad puede proceder como un autómata, por medio de la anamnesis. Basta que el alma aprenda una sola cosa para que logre encontrar por sí misma todas las otras, *casi como en sueños* (*Menón*, 85c); esto, porque se dice que la naturaleza está toda emparentada consigo misma, y está toda sujeta en una red de acontecimientos partícipes.[1] Pero quizá este automatismo se desarrolla aún mejor a la insignia de la «reanudación»; porque la «reanudación», como escribió Kierkegaard, tiene el mismo movimiento que la reminiscencia pero en un sentido opuesto: lo que se *recuerda* es pasado y «se retoma» únicamente retrocediendo; mientras que la verdadera *reanudación* quiere decir recordar procediendo hacia adelante.

Por muy arriesgado que sea el acercamiento es verdad, ante todo, que la reanudación está en antítesis al recorrido constante de la voluntad, al paciente esfuerzo de dominio que rechaza lo accidental, lo arbitrario, la *ocasión* que da a luz a la novedad. También es por esto que la reanudación, como nos dice Kierkegaard, es la realidad de la vida. Aquélla vuelve a proponer el milagro de la renovación, detiene quedando la proximidad del recuerdo, la familiaridad de lo que se deja atrás al proceder. Por esto implica una preconcepción, un ya ser de lo que se emprende, un estado anterior que define la repetitividad de la esencia, su permanecer inmutable del antes al después.

Es conocido el acercamiento de la reanudación al τὸ τί ἦν εἶναι aristotélico, que se traduce como «el hecho para un ser de seguir siendo lo que era» (É. Bréhier) y, por lo tanto, la «esencia» como conjunto de los elementos que perseveran

---

[1] *Cfr.* Platón, *Eutidemo*, 294a: «Todos [...] saben todo, basta que sepan una sola cosa».

inalterables. Pero esta esencia se revela en la más sofisticada administración del *recuerdo* y del *olvido*, del ir adelante o atrás, alternativamente, detrás de estas dos corrientes de sentido opuesto. Porque lo que se debe impedir, sugiere en resumen Kierkegaard, es empantanarse en alguna permanencia, en alguna circunstancia particular de la vida, lo que asegurará la «perfecta suspensión», y en consecuencia al alejamiento y la espontaneidad de la acción. Dedekind dio en el fondo un brillante ejemplo de lo que puede significar una «reanudación» para la matemática. Sus *cortaduras* «retoman» literalmente intuiciones ya experimentadas o aún latentes en especulaciones anteriores, de las proporciones de Eudoxo y Euclides a las construcciones geométricas de Cusa, a la teoría de los irracionales de Hamilton.[1] Y entonces es como si se determinara con el tiempo, por medio de repeticiones sucesivas y perfeccionamientos, un verdadero τὸ τί ἦν εἶναι, una esencia que siempre se manifiesta con la marca de la novedad, mirando, por decirlo así, *hacia adelante*, y aun proyectada hacia atrás en experiencias similares ya transcurridas. Es común representarse un número irracional como un par de sucesiones contiguas, porque demasiadas, repetidas experiencias han «obligado» a imaginárselo como punto de equilibrio de dos sucesiones aproximantes de lados opuestos. Y la teoría de Dedekind, aun siendo innovadora, se entrega intencionalmente a esta sedimentación, dejando entender que lo irracional es la cortadura porque ya lo *había* sido de manera más o menos latente en el pasado, y porque la experiencia pasada *obligaba* ahora a asumir el concepto de una forma explícita y determinada.

---

[1] E.H. Hawkes, «Note on Hamilton's Determination of Irrational Numbers», en *Bulletin of the American Mathematical Society*, 7, 1901, pp. 306-317. En cualquier caso, es dudoso en qué medida Hamilton inspiró efectiva y directamente a Dedekind. Pero la cuestión es aquí relativamente irrelevante.

También los movimientos del recuerdo y del olvido, que Kierkegaard ponía entre las reglas directrices del vivir, intervienen a menudo en la matemática. La teoría de los grupos continuos de Sophus Lie quedó inutilizada durante mucho tiempo, hasta ser «retomada» en los últimos veinte años por los fundamentos teóricos de la física de las partículas. El álgebra de Grassman fue ignorada en el siglo xix, pero se volvió una referencia importante para la física del siglo xx. Ciertas especulaciones de Weyl o de Hamilton padecieron también ellas momentos de olvido y sucesivas fases de revalorización y de redescubrimiento. Y es notable la circunstancia[1] de que estas alternancias de olvidos y de reanudaciones se desarrollan generalmente en *largos intervalos de tiempo*, tanto que hace perder la previsión del último y más maduro significado de lo que se va descubriendo poco a poco. Esas vicisitudes corresponden a menudo a descubrimientos que un matemático llamaría esporádicos o accidentales. Ocurre al momento que no se sepa colocar un hecho nuevo dentro de alguna disciplina ya probada; pero una estrategia sobreintencional corrige a largo plazo esta invencible miopía de la mirada, haciendo inesperada justicia de un indebido olvido o de un inútil recuerdo.

La más reciente historiografía de la matemática, en especial con los estudios de Wilder y de Crowe sobre las leyes de evolución de las ideas, ha reconocido esta relativa independencia y *resistencia* de los conceptos a un poder de control consciente. Por ejemplo, en la versión de Crowe, la primera ley dice textualmente: «Nuevos conceptos matemáticos a menudo avanzan no detrás de un orden, sino en oposición a los esfuerzos, a veces denodados, de los matemáticos que los crean».[2]

---

[1] *Cfr.* F.J. Dyson, «Unfashionable Pursuits», en *The Mathematical Intelligencer*, 5, 1983, pp. 47-54.

[2] M.J. Crowe, «Ten "Laws" Concerning Patterns of Change in the History of Mathematics», en *Historia Mathematica*, 2, 1975, p. 162. *Cfr.* también R.L. Wilder,

Esta justicia del tiempo a la insignia de la «reanudación» parece obedecer, en cualquier caso, a una férrea lógica del *cumplimiento*. Bruner ejemplifica citando la teoría de los grupos, que *pretende* una prolongación en abstracciones sucesivas (por ejemplo, las categorías). Y retrocediendo se podría obviamente ver en la teoría de los grupos la *conclusión* (provisional) de las investigaciones de Hamilton y de Galois, de Lagrange y de Cauchy. Se confirmaría así la sentencia de Leibniz (*Teodicea*, § 360): «*el presente está grávido del porvenir*, y [...] aquel que ve todo ve lo que es, lo que será». Incidentalmente, las mismas palabras de Leibniz se podrían añadir a la proclama de Dedekind, para quien el hombre es de raza divina y tiene el poder de crear. El hombre, escribía Leibniz (*Teodicea*, § 147), es como un pequeño Dios en su microcosmos, que gobierna a su modo y según los criterios de su visión. Dios le permite hacer, respetando su albedrío, pero luego convierte sus elecciones, sus creaciones y sus errores en adorno de un macrocosmos infinitamente más amplio.

Encontrar los *criterios* de esta más amplia o «divina» estrategia en la matemática es la cosa más difícil. Un aspecto podría consistir, como ha sugerido Lakatos, en la transmutación de los conceptos por medio de la conjetura, la crítica y la división. En general, se imponen, en cualquier caso, los dos aspectos inseparables de todo recorrido histórico: la pérdida del fin inmediato y la consecuencialidad del cumplimiento. Ambos concurren en una incurable impotencia de la voluntad como capacidad consciente de elegirse una meta y perseguirla. Así, bien se pueden adaptar a la matemática estas palabras de Nietzsche (que se propagan luego en la obra de Schnitzler, Musil y Broch): «Para toda acción dirigida a un fin es como para el presunto finalismo del calor irradiado por el sol: casi

---

Evolution of Mathematical Concepts, Nueva York, 1968.

la totalidad es desperdiciada, mientras que sólo una parte casi insignificante tiene "fin", tiene "sentido"». De ahí, precisamente, la derrota de la voluntad: «¿por qué "un fin" no podría ser un *fenómeno concomitante*, en la serie de modificaciones de las fuerzas agentes que provocan la acción conforme al fin, un pálido fantasma proyectado en la conciencia para servirnos de orientación sobre lo que ocurre, como un síntoma mismo del suceder y *no* como su causa? Pero con ello hemos criticado a la *voluntad misma*: ¿no es una ilusión tomar como causa lo que emerge en la conciencia como acto de voluntad?».[1]

Por otro lado, la acción reclama un proseguimiento, un cumplimiento coherente, como dice Bruner. Y éste es un principio que Nietzsche extraía de los comentarios de Deussen a la metafísica de los *Vedānta*: «La obras se hacen pagar por quien las ha realizado —éste es un pensamiento fundamental de la filosofía de los *Vedānta*—. El propio mundo entero no es otra cosa que el precio que tiene que pagar quien ha realizado esas obras».[2] Pero la deuda contraída por el «autor de obras» debe reflejarse en el propio carácter *productivamente* plasmador del proceso orgánico. El mundo, decía Nietzsche, *está creado por nosotros*, y no puede ser de otra forma porque la iniciativa se transmite, por así decirlo, de lo incondicional a lo condicional, del dios a la criatura (aunque luego el intelecto pone necesariamente lo incondicional y actúa y juzga de conformidad con esta posición).

Que los símbolos matemáticos, una vez creados, están provistos de «poder hermético»,[3] de una fuerza que conduce a nuevos actos creadores al parecer no hay dudas. Especialmente

[1] F. Nietzsche, *Frammenti postumi 1885-1887*, óp. cit., p. 238 ; traducción al español, *Obras completas de Federico Nietzsche,* Madird, 1932.
[2] F. Nietzsche, *Frammenti postumi 1884*, en *Opere*, ed. óp. cit., vol. VII, tomo 2, p. 183; traducción al español, *Obras completas de Federico Nietzsche,* Madird, 1932.
[3] P.J. Davis, R. Hersh, *The Mathematical Experience*, Boston, 1981, p. 125.

cuando se designan con *signos* apropiados, los conceptos (matemáticos) se parecen a lo que Hofstadter[1] llama «símbolos activos»: subconjuntos de sistemas complejos que generan por medio de activaciones recíprocas, que establecen asimismo sus posibles valencias semánticas, otros subsistemas distintos y cada vez más complejos.

Es conocido, por ejemplo, el hecho de que la teoría de las categorías y el álgebra homológica nacen y se desarrollan con la observación de que muchas propiedades de sistemas matemáticos se pueden unificar y simplificar en virtud de especiales *diagramas de flechas*, los cuales, justamente por medio de esta simplificación «visual», ayudan a encontrar nuevas construcciones y nuevas estructuras conceptuales.

Un ejemplo más elemental lo dan los números imaginarios. Cuando Cardano se ocupó de la resolución de las ecuaciones de tercer grado estos números entraron en la «existencia» matemática. Pero su introducción no fue el efecto de una imaginación «libre» y soberana que sabe por sí sola lo que es necesario hacer o no hacer. Acertadamente Waismann afirma que los imaginarios se introdujeron *por sí mismos* en los cálculos, por medio de necesidades algorítmicas precisas, e incluso en contraste con la voluntad y la intención del matemático. A pesar de que Cardano obtuvo la resolución de una ecuación cúbica utilizando raíces cuadradas de números negativos, y a pesar de que el sentido común aconsejara rechazar semejantes rarezas (ningún número elevado al cuadrado es negativo), los cálculos que las utilizaban daban un resultado correcto y sensato y terminaban por imponer el consejo opuesto: el de considerar estos signos como nombres de entidades nuevas, provistas de un especial «status existentiae». Así, escribe Waismann, «parece que justo en el operar con fórmulas, es decir, en el algoritmo

---

[1] Véase *Gödel, Escher, Bach...*, *óp. cit.*

matemático mismo, se oculta una fuerza autónoma que nos empuja adelante a nuestro pesar, fuerza que en el caso considerado llevó a los matemáticos a usar los números imaginarios».[1]

Análogo es el comentario de Felix Klein: «Los números imaginarios siguieron su camino [...] sin la ratificación y también en oposición a los deseos de cada matemático, y obtuvieron más amplia difusión sólo gradualmente y en la medida en que se demostraron útiles».[2]

Además de ser el resultado de una *necesidad* algorítmica, el número imaginario representó también la ocasión para ulteriores desarrollos algebraicos y geométricos, en el sentido de una progresiva *abstracción* de la matemática. Al crecimiento del álgebra abstracta contribuyeron no poco, por lo demás, la misma existencia y las mismas propiedades combinatorias de *signos* operacionales cuya potencialidad heurística se podía, en un primer momento, legítimamente desconocer. Esta contribución se originó por el uso de los signos introducidos por Leibniz para el cálculo diferencial e integral, y por el descubrimiento *a posteriori* de que estos signos obedecían a las mismas propiedades combinatorias que las potencias (por ejemplo, el diferencial enésimo de un producto era formalmente análogo a la potencia enésima de un binomio). Esta sola analogía ya llevaba a Lagrange a concluir que muchos nuevos teoremas, que habría sido muy difícil descubrir por otras vías, ahora se volvían accesibles; y la oportunidad más consecuente muy pronto se volvía la de considerar a los símbolos de las operaciones de derivaciones y de diferenciación como cantidades algebraicas, del mismo modo que las x y las y a las que ésas se aplicaban.

La técnica de la «separación de los símbolos» introducida por Louis François Arbogast en 1800, las investigaciones de

---

[1] F. Waismann, *Einführung in das mathematische Denken*, Wien, 1936.
[2] Citado en M.J. Crowe, *óp. cit.*, p. 163.

Fourier y las contribuciones de Cauchy sobre el cálculo de las operaciones (1827) reforzaron la evidencia de una fuerte analogía entre potencias e índices de diferenciación; y ésta muy pronto fue capaz de sugerir consideraciones sucesivas sobre la naturaleza del álgebra y, por último, sobre los propios fundamentos de la matemática. El «salto» especulativo se inspiró en la escuela inglesa de Babbage, Herschel, Peacock, que vieron en ese descubrimiento la semilla de una novedad no suficientemente reconocida por las escuelas continentales. Boole inventó una pura álgebra de signos con base en propiedades combinatorias finalmente abstraídas del particular significado que los símbolos pudieran asumir en el álgebra o en el cálculo diferencial o funcional. Y este estilo se avenía bien con la emergente teoría de los grupos algebraicos, que, desplazando la atención de los objetos (matemáticos) a las *leyes* a las que éstos se someten, liberaba al razonamiento de la necesidad de una *particular* interpretación de los signos.[1]

Cuánto puede atribuirse este proceso a una especie de automatismo, de crecimiento espontáneo de la idea por giros casuales, imprevistos y por sucesivas conquistas mentales impuestas por la analogía y por la abstracción, puede deducirse de un comentario de Robert Woodhouse, que se remonta a 1801: «Sería realmente una singular paradoja o una rara fortuna si la verdad no siempre alcanzada por la meditación tuviera inesperadamente que resultar de operaciones no correspondientes a la idea, dirigidas sin principio, sin finalidad o regularidad».[2]

Hermite quizá estaría dispuesto a ver en estas «operaciones sin principio» los movimientos de un organismo viviente; justo como seres vivientes él consideraba, en efecto, nos cuenta

---

[1] Esta historia fue trazada de manera exhaustiva por E. Koppelman, «The Calculus of Operations and the Rise of Abstract Algebra», en *Archives for History of Exact Science*, 8, 1971, pp. 155-242.
[2] *Ibíd.*, p. 229.

Poincaré, a los entes más abstractos. En su denodado realismo, incluso cuando no lograba ver a los entes matemáticos de manera clara y detallada, Hermite, con todo, percibía en ellos una unidad interna, un principio de organización que los hacía diferentes a una muerta composición artificial; o por lo menos cabía pensar que el mismo artificio no podía ser otra cosa que vida y movimiento.

Incluso Cantor, a quien Hermite recriminaba crear los objetos matemáticos en vez de limitarse a descubrirlos, debía de presentir una revancha final del objeto sobre la presunta «libertad» del matemático. Por un momento, es cierto, el condicionamiento externo de los hechos no excluía una apariencia de «libertad», porque se dirigía contra el vínculo de un *hábito* y contra la fuerza carcelaria de ciertos prejuicios. (Se diría que la «libertad» es «libertad» de oponerse a una constricción anterior). Pero cuando ya estaba cerca de descubrir en la sucesión de los índices de derivación un nuevo tipo de números, los números transfinitos, Cantor tuvo también que reconocer la fuerza autónoma y antagonista de los conceptos: «Aquí vemos una generación dialéctica de conceptos, que conduce siempre más adelante, y queda libre de todo arbitrio y a la vez es necesaria y lógica en sí».[1]

Lo que escribió Ludwig Fleck (en *Entstehung und Entwicklung einer wissenschaftlichen Tatsache*, 1935) —que el conocimiento exige la máxima coacción y la mínima arbitrariedad de pensamiento— nunca es *tan poco* evidente como en el acto de la invención. Pero hasta en ese acto la necesidad y la «coacción» se suman al arbitrio, porque no hay duda de que allí toma cuerpo, más allá de una apariencia de «libre» elección, algo que compete a la propia unidad y estrategia del objeto.

---

[1] Véase «Introduction» de P.E.B. Jourdain a G. Cantor, *Contributions to the Founding of the Theory of Transfinite Numbers*, óp. cit., p. 36.

Kreisel escribe que los fundamentos de la matemática carecen incluso de algo que se parezca a los principios de la física o de la química, como «el aislamiento de sustancias químicamente puras» o «la tabla periódica».[1] Escribe, por ejemplo, que los conjuntos no pueden nacer de elementos fundamentales, de principios, por decirlo así, de una aritmética «nuclear». Por tal motivo, ellos se parecen demasiado a los objetos de la ordinaria experiencia matemática. No obstante, si se habla de principios (en matemática), éstos podrían identificarse, en definitiva, justo con aquellos objetos de la experiencia ordinaria que más hayan mostrado poder de innovación y desarrollo creador. Se podría pensar entonces en los números imaginarios, en los cuaternios (en los hipernúmeros, en general),[2] en los infinitesimales, sin tener necesariamente que proveer, por ejemplo para estos últimos, un fundamento lógico del tipo delineado por Robinson con el análisis no estándar. El cálculo de Leibniz ha inspirado el análisis y, por medio del cálculo operacional, el álgebra moderna, sin necesidad de la lógica ni de la teoría de los modelos.

III. MITO Y CREATIVIDAD

¿Hay en el mito una huella del vínculo al que se sujeta quien crea? Un vínculo en el sentido más literal se puede reconocer en la interminable lista de dioses *atados* o impedidos en el movimiento, de Era a Prometeo, de Cronos a Tántalo, de Marte a Efesto. En la mitología de Snorri, Loki está atado más veces a

---

[1] G. Kreisel, recensión a L.E.J. Brouwer, *Collected Works, óp. cit.*, p. 91.
[2] *Cfr.* las propuestas, en ese sentido, de C. Musès, en «Applied Hypernumbers: Computational Concepts», en *Applied Mathematics and Computations*, 3, 1976, pp. 211-228; y 4, 1978, pp. 45-66. Véase también J.H. Conway, *On Numbers and Games*, Nueva York, 1976 y D.E. Knuth, *Surreal Numbers*, Reading, Mass., 1974.

Odín y colgado cabeza abajo. A menudo se trata de potencias divinas a las que corresponde un ambiguo μεταξύ, un estar en medio entre cielo y tierra, entre infierno y empíreo, y que, no obstante, desempeñan un papel determinante en el drama de la creación. La tradición órfica asigna a Zeus el papel de demiurgo, un demiurgo que Platón prefiere, en cambio, dejar innombrado. Pero Prometeo, como se sabe, ayuda a Zeus en la *repartición* de las cosas; y esta repartición es el propio fundamento del reino de Zeus. El término clave que aclara este punto lo usa Esquilo en el *Prometeo encadenado* (440), donde el hijo de Japeto, encadenado y lacerado por un pájaro que le devora el hígado, recrimina a los númenes usurpadores haber *distribuido* ellos los poderes. Pero esta distribución a la que alude la forma διώρισεν no es un simple «honrar», «coronar» de gloria o de poder. Genialmente, Simone Weil traduce διώρισεν como *limitar, marcar los límites*, y ve en la relación entre Zeus y Prometeo, más allá del castigo, una profunda solidaridad, a no ser que (audazmente) una final identidad de naturaleza.

Esta solidaridad tiene como dos caras, una negativa y referida al suplicio del titán, la otra positiva y orientada al perdón y al rescate. Prometeo da a entender que se encuentra atado sólo por su implicación dentro de un orden, de una medida cósmica fundada en el ritmo, en la cadencia, en el *número*. Orden y vínculo se implican uno en el otro, y ambos son consecuencia y solución al sacrificio de la unidad que el imperio de Zeus sobrentiende y administra. Esto se intuye perfectamente por el verso 241 de la tragedia de Esquilo, donde Prometeo declara estar despiadadamente *envuelto* por el nuevo *orden*: ἀλλά υηλεῶς ὧδ' ἐρρύμισμαι (ἐν = dentro, ῥυθμίζω = dispongo en medida regular, ordeno, dirijo): Prometeo está encadenado, se diría, por el propio *número*, del cual es padre y maestro. Sobrevive por lo demás el augurio de una reconciliación (vv. 190-192), de una pacto que no es otra cosa que una identidad de actitud en la μῆτις, en la perspicacia y en la sabiduría. En el fondo fue Prometeo, cuenta Eurípides (*Ión*, 452), quien atendió el parto de Palas Atenea desde la «cima» de Zeus, después de que éste devoró a Metis, más sabio que los dioses y que los mortales (Hesíodo, *Teogonía*, 886). Prometeo fue entonces copartícipe del acto esencial de la creación que consiste, dice el orfismo, en *devorar* un principio paterno de sabiduría, llenándose de su poder para hacerlo un devenir extrínseco, multiforme y ordenado.

Se sabe cuán cerca estaba Prometeo del destino del hombre y cuánto era en el fondo, él mismo, el *creador*. Prometeo sustrajo al hombre a la ignorancia del hermano Epimeteo, regalándole el fuego y la posesión de una chispa divina, superando, de esta manera, con el engaño, la insalvable distancia entre el dios y la criatura mortal. Pero también en esto hay un vínculo, un fatal y necesario encadenamiento del dios. Platón relata que el don prometeico tuvo como primer efecto la erección de altares y de imágenes sacras. Pero toda imitación es capaz de robar o de apoderarse de al menos un poco del original. Decía Plotino, en la cuarta *Eneada*, que pensaba que los antiguos sabios erigían templos y estatuas por el simple motivo de que «el Alma se deja atraer fácilmente por doquier», haciéndose de buen grado prisionera de cualquier imagen que refleje su íntima naturaleza y su invisible esencia. El templo acerca al dios al hombre, pero entonces el vínculo es la indefectible consecuencia del desdoblamiento provocado por la imagen reflejada, y su fuerza se propaga por el creado «radiante de almas», siguiendo los sucesivos estadios de filiación que de un ser hacen surgir otros seres, de formas vivientes otras formas vivientes, sin descanso y «de perspectivas siempre nuevas»,[1] ordenadas y sustentadas

---

[1] *Enneadi*, IV, 2, 9, ed. V. Cilento, vol. III, Bari, 1973, p. 197.

por una suerte de principio de plenitud que opera en todos lados. En el espejo de la creación el dios que persigue sus efectos puede, entonces, distinguir su imagen atada o fragmentada: «y si él mismo, el creador, está encadenado», escribió Plotino, «eso quiere decir que, en cierto sentido, él está en contacto con la criatura de sus manos».[1]

Si Prometeo está atado a una roca, Efesto, que lo encadena (y que es su consanguíneo), padece también él un destino de segregación: es lisiado y relegado a una isla. Otros «fabros» de la mitología céltica conocen el mismo destino.[2]

Lo que es «el carácter productivamente plasmador» de la criatura, la transferencia, en ella realizada, de la creatividad y de la iniciativa innovadora, es un proceso que se multiplica y se irradia hacia todos lados. Se vuelve *infinito*, en el sentido atribuible a la falsa infinitud.

Acertadamente, Kierkegaard escribía en los *Diarios* (§ 1034) que la intelectualidad padece el mismo suplicio que Tántalo: un pensador experimenta las penas del infierno hasta que no logra alcanzar la certeza, circunscribir lo que quería saber; pero después se encuentra siempre en un nuevo punto de partida, y aun acumulando pruebas, detalles, resultados parciales, tiene siempre la impresión de que la idea verdadera, realmente concluyente, vendrá la próxima vez.

Freud asignó a la insaciabilidad de cualquier pasión y de cualquier apetito los ejemplos míticos de incesante crecimiento nuevo, de innovación después de una muerte aparente. En su ensayo sobre «La adquisición del fuego» el hígado de Prometeo

---

[1] *Ibíd.*, p. 198.
[2] *Cfr.* G. Chiesa Isnardi, «Il fabbro sovrumano nella letteratura nordica», en *Il Superuomo e i suoi simboli nelle letterature moderne*, ed. E. Zolla, vol. v, Florencia, 1977.

funge de metáfora de una libido indomable, como las cabezas de la Hidra que reaparecen después de haber sido cortadas. Pero el fuego sustraído a Zeus, y que Freud asimila a metáfora de libido, es también capacidad mágica de restablecimiento de la fuerza de la creación y de la ilusión mágica; es virtual continuación de la obra del primer demiurgo. Esquilo dice que el fuego prometeico servía para desarrollar todas las artes (la τέχνη); el hombre, rebelde al dios, adquiere sus poderes y causa su abdicación, y una poderosa, infinita iniciativa está ahora en sus manos. Prometeo es el primer guardián del fuego, y hasta que el fuego no se apague, su hígado será devorado y siempre volverá a crecer.

Quizá no sea una casualidad que el neoplatonismo llegue a inspirar algún comentario reciente sobre el significado de la numeración transfinita. A ello alude precisamente Jean Ladrière en sus ensayos[1] sobre los límites del formalismo. Ladrière parece distinguir una cierta capacidad de *autorreflexión* del infinito matemático, y en el progresivo desarrollo de la abstracción formal intuye una metáfora de la vida temporal de la conciencia. Todo *acto* de posición y de circunscripción de una teoría, dice, precede a una *proyección* hacia el exterior que supera la inmanencia de ese acto y desemboca en la tematización de sistemas siempre más amplios y complejos. Proyección y tematización superan, por decirlo así, el presente, rebasando los límites de la efectividad y anticipando, por consiguiente, el futuro, esto es, los resultados (también inalcanzables) de un devenir potencial. En las matemáticas el instrumento de esta amplificación sería típicamente el método diagonal inaugurado por Cantor: éste conduce al continuo superando lo numerable; decreta la

---

[1] Particularmente en «Les limitations des formalismes et leur signification philosophique», en *Dialectica*, 14, 1960, pp. 279-328 y en «Objectivité et réalité en mathématique», en *Dialectica*, 20, 1966, pp. 215-241.

incompletitud de los sistemas formales de la aritmética y aleja sin remedio la posibilidad de una explicación total y perfecta. La teoría plotiniana de los números; el proceso de descenso de la unidad por sucesivos desdoblamientos y reflexiones; el darse, de todas las cosas, una «figura de exterioridad» que avanza, a su vez, por cuenta propia reflejándose en existencias sucesivas: serían todas circunstancias confrontables con el crecimiento proteiforme de la infinitud matemática. Lo indefinido de la sucesión de los enteros se *reflejaría* (como el tiempo) con un margen de excedencia, explica Ladrière, en una suerte de imagen objetivada. Esta excedencia corresponde a acontecimientos matemáticos relativamente precisos: por ejemplo, el objeto que huye al intento de enumeración de un conjunto, la proposición indecidible o indemostrable de un sistema lógico-deductivo, o más en general, el ámbito de lo *intuitivo* que no se deja explicar decisivamente en lo *formal*. La misma excedencia desempeña, con todo, un papel determinante: dando a la imagen una apertura y provocando, por lo tanto, una especie de falla y la inevitable voluntad de llenarla, favorece la emergencia de una infinitud de segundo grado: el transfinito.

Un sistema formal, escribió Ladrière, constituye ante todo una suerte de «lenguaje objetivado», que se opone al lenguaje «vivido» o «intuitivo». El lenguaje intuitivo hunde por lo demás sus raíces en ese impenetrable contexto de nuestras acciones y hábitos que dan la más vasta contribución a la formación del orden gramatical del pensamiento, de la manera intuida por Wittgenstein. Pero nosotros tenemos siempre la posibilidad de proyectar el curso del lenguaje interior en un término *exterior* capaz de reproducirlo y «en la medida en que nosotros proyectamos así, fuera de nosotros mismos, el lenguaje vivido, el movimiento viviente de la palabra se echa hacia atrás y no deja frente a nosotros más que objetos (o, más exactamente, pseudobjetos, ya que no se trata de objetos naturales), que nosotros podemos reconocer, manipular, someter a distintas organizaciones».[1]

Pero no se trata, obviamente, de manipulación arbitraria. Gonseth explicó cómo la esencia de lo discursivo comprende un cierto carácter de exigencia *autónoma*, que se puede suponer pertenece a un cierto *horizonte de realidad*.[2] La actividad discursiva se parece, en el fondo, a un proceso creativo durante el cual se delinea la formación de un cuerpo lingüístico regulado por leyes propias, no inmediatamente accesibles o distinguibles, y cuyo sentido se construye poco a poco *desde el interior*, en virtud de un mecanismo definitivamente poseído por el objeto. «Un discurso», escribe Gonseth, «tiene alguna analogía con un organismo: está como animado por una intención de coherencia. El discurso trata así de imponer ciertas normas de uso a los elementos que participan en él».[3]

Tal circunstancia tiene un reflejo inmediato en el *sentido*. ¿Qué significado se puede, en efecto, atribuir a una palabra que no esté de alguna manera subordinado a la intención, aún por descubrirse toda, del organismo al que pertenece? Antes de entender qué es un número, un punto o una recta será necesario apropiarse del sentido global del cuerpo lingüístico en el que estos entes se definen. Y entonces podrá ocurrir que un número no sea exactamente lo que inicialmente elegimos que fuera, sino algo que progresivamente corresponde más al sentido general que nos impondrá el complejo discursivo en formación. Puede, por lo tanto, parecer verosímil lo que escribió Ladrière sobre los límites de la arbitrariedad subjetiva en la creación matemática: «El aparente subjetivismo de la elección

---

[1] J. Ladrière, «Les limitations des formalismes et leur signification philosophique», *óp. cit.*, p. 308.
[2] «Le problème du langage et l'ouverture à l'expérience», en *Dialectica*, 12, 1958, p. 288.
[3] *Ibíd.*, p. 293.

de los criterios conduce a una adaptación más rigurosa a las exigencias de la objetividad, es decir, a los imperativos del objeto mismo».[1] Incluso, escribía Ladrière, no hay ni siquiera una iniciativa pura del pensamiento que se pueda llamar *creación*. El acto de abstracción que impele al ser matemático a aparecer está él mismo ordenado por una urgencia de generación y de desarrollo que proviene de él mismo, casi como si se tratara de un principio finalizante para el pensamiento.

Pierre Boutroux observó cómo el ente matemático no está cerrado en sí mismo, estando cargado como de una capacidad de irradiación, que dilata su ser en los momentos más singulares e imprevisibles: «El hecho matemático es más rico que la síntesis de la que es expresión, ya que contiene en potencia una infinidad de nuevas síntesis, una infinidad de proposiciones que se pueden separar de él y que no se habían contado».[2]

Émile Boutroux escribió en 1903 que nada *externo* se imponía, ni debía imponerse, al espíritu del matemático. Y esta declaración estaba muy de acuerdo con la «libertad» teorizada por Cantor. Pero once años después, el propio Boutroux, en la prelusión de un congreso de filosofía de la matemática en la Sorbona (1914), encontraba los límites de esta «libertad»: explicó que en el espíritu del matemático «se desarrolla un drama similar al que se produce generalmente en el espíritu de un novelista. Éste empieza por imaginarse a sus personajes y tiene la impresión de crearlos según su fantasía. Luego se propone hacerlos hablar y actuar de acuerdo con el carácter que les ha impuesto. Pero resulta que durante el relato los personajes se separan del espíritu del novelista, se ponen a hablar y a actuar a su manera y, a tal punto, se resisten abiertamente a su intérprete

---

[1] J. Ladrière, «Objectivité et réalité en mathématique», *óp. cit.*, pp. 225-226.
[2] P. Boutroux, «L'objectivité intrinsèque des mathématiques», en *Revue de Métaphysique et de Morale*, 1903, pp. 573-592.

y declaran que no dirán aquella palabra tal que éste pretende hacerles pronunciar. En apariencia, nacidos del capricho del autor, los personajes son ni más ni menos que seres, existentes en sí mismos y por sí mismos.

»Del mismo modo las esencias matemáticas, que parecen depender de nuestra imaginación, son, para el matemático que [...] sigue al detalle su crecimiento, se desvelan, ante él, se manifiestan mucho más que construirlos, y que coteja con el objeto de estudio del naturalista antes que con las invenciones arbitrarias del prestidigitador. Interrogado sobre su método de trabajo, Henri Poincaré respondió que lo guiaba su propio argumento de investigación y no podía dirigir él mismo su camino».[1]

Dos años después León Brunschvicg pareció retomar las metáforas de Boutroux casi literalmente. Lo impresionó una carta de Flaubert que aludía a la dificultad de hacer corresponder las *ideas* con los *hechos* que se estaban desarrollando en su *Saint-Antoine*: «La deducción de las ideas rigurosamente seguida no tiene en absoluto su paralelo en la trama de los hechos».[2] Brunschvicg percibió allí un comentario indirecto a una sentencia de Leibniz sobre el carácter racional y a la vez empírico del procedimiento matemático: «En la matemática la experiencia puede ser garante, en todo momento, del razonamiento».[3] Pero el carácter empírico atribuible a una parte de la invención matemática se refiere justamente a esos hechos no completamente sometidos al arbitrio, y que la elaboración puramente intelectual le habrá costado entender. También existen reglas

[1] É. Boutroux, «Allocution au Congrès International de Philosophie Mathématique», en *Revue de Métaphysique et de Morale*, 1914, pp. 571-580.
[2] G. Flaubert, *Correspondance*, París, 1887-1893; traducción al español *Correspondencia*, Madrid, 1992.
[3] L. Brunschvicg, "L'Arithmétique et la Théorie de la connaissance", en *Revue de Métaphysique et de Morale*, 1916, pp. 331-342.

cuya legitimidad es, por decirlo así, completamente empírica, y cuya explicación teórica sería un absurdo.[1] También en ese caso se está obligado a reconocer una independencia del objeto, su rechazo a la petición de dominarlo con el instrumento de un aparato deductivo de infinita potencia representativa.

«Nada responde mejor que el número entero», escribió Brunschvicg, «a la idea de una creación puramente intelectual. A partir de un límite [...] nosotros ya no disponemos, para contar, de una intuición directa: el número se vuelve un ser ideal que está enteramente constituido desde adentro por los procedimientos intelectuales de la enumeración. Podrá entonces parecer, al menos a una mirada de superficie, que el número entero es el producto de un artificio o de una convención. Pero un hecho es, en cualquier caso, seguro: que, una vez puesto en el mundo, todo número presenta una naturaleza individual objetiva que escapa a cualquier deducción general, a cualquier anticipación del razonamiento. La razón que le ha dado el nacimiento está reducida a estudiarlo desde afuera, exactamente como la madre está obligada a recurrir a la observación para entender el carácter del hijo, el humor que lo afecta en tal día y a tal hora».[2]

La prioridad en la elección de estas metáforas corresponde, sin embargo, a Josiah Royce. La prolusión de Boutroux de 1914 parece literalmente inspirada, en efecto, en este pasaje de *The World and the Individual*: «En la matemática pura el estudioso tiene que ver con ciertos objetos que, en apariencia, son productos de definiciones puramente arbitrarias. El matemático construye estos objetos, por ejemplo, los objetos del análisis puro, más o menos como quiere. Sus ideas son al mismo tiempo sus hechos. Hasta este punto se debería, pues,

---

[1] *Ibíd.*, p. 335.
[2] *Ibíd.*, p. 332.

suponer que ninguna duda sobre la existencia podría trastornar al matemático. Pero si observamos con más atención vemos que cuando el matemático ha construido cierto concepto de algún reino de objetos ideales, puede surgir la cuestión ulterior de si, *dentro de este reino,* se puede encontrar o no un objeto que presente determinadas condiciones nuevas, las condiciones, pongamos, de un dado problema. Y esta cuestión es tal que para el matemático responderle no es en absoluto objeto de su elección arbitraria. Sin duda él ha creado su mundo de objetos matemáticos. Este mundo existe, casi diciendo, por decreto suyo, o sea, es real, como diría el realista ordinario, únicamente en su cabeza. Es parecido al reino de las hadas de los niños. Pero una vez creado, este mundo, en su forma eterna y solemne, es tan irreductible como el espíritu rebelde que un mago hubiera evocado de los abismos.

«También los poetas nos han dicho a menudo cómo sus héroes, una vez creados, con frecuencia se han vuelto, casi diciendo, vivos a su modo, de manera que el poeta ya no puede regular su conducta voluntariamente. Aún mucho más, y por una razón mucho más rigurosa, los objetos del matemático, una vez creados, son independientes de su particular voluntad».[1]

Royce decía que «cuando pensamos deseamos», y asimismo, parafraseando a Hegel, que el mundo es una «voluntad incorporada». ¿Puede pues el número sustraerse a esta voluntad? Se puede responder que en la metafísica de Royce cualquier idea, más allá de su aspecto puramente representativo, es portadora de una intención, de una *voluntad,* precisamente. Toda idea tiene un significado externo, así como también un significado *interno,* que refleja el modo en que se propone obrar sobre cosas con las que la idea, directa o indirectamente, interfiere. Pero, entonces, es como si la idea matemática, cuando se concibe,

---

[1] J. Royce, *The World and the Individual*, Nueva York, 1900-1901.

se volviera receptáculo de un significado interno que ya no es posible medir de manera categórica y exhaustiva. La actividad del matemático, decía Royce (que de ello sabía bastante, aunque fuera indirectamente), no se decide con la realización total de una voluntad predeterminada; no hay realización más que parcial, fragmentaria. «El matemático encuentra su camino en el mundo eterno [el mundo de las *verdades* que logra descubrir] por medio del experimento sobre los hechos transitorios de la experiencia interna e ideal que tiene del contenido de este instante».[1] Tiene lugar así una especie de paradoja: la heurística se polariza en el fragmento, en el momento efímero, que refleja sólo de manera imperfecta la visión ideal a partir de la cual se derivó todo tentativo; y con todo, no obstante este momento se transforma pronto en verdad eterna, en reino de validez universal; un reino, por supuesto, nunca definido *completamente* y, sin embargo, dotado de un principio de unidad orgánica, que coordina los resultados parciales y le impone otros obedeciendo a un fin nunca del todo entendido o alcanzado. El acto inventivo se puede entonces comparar, escribe Royce, con el momento poético de una poesía de Robert Browning: «The Last Ride Together». «¿Desde cuándo», dice el amante de Browning, «han estado juntos brazo y mente? ¿Qué corazón *concibió* y *osó* de este modo? ¿Qué acto se manifestó enteramente tal cual había sido su concepto? ¿Qué voluntad no sintió el obstáculo de la carne?». Así, el matemático pretende significar más de lo que encuentra, y también encuentra datos ajenos a lo que pretende significar. Él está siempre metido en una infinita variedad de cosas finitas, en un éxito siempre parcial o en una realización jamás alcanzada conscientemente. «El acto nunca experimenta, para nosotros, todo lo que era el pensamiento» y «todo lo que se refiere a la inmediatez de

[1] *Ibíd.*, p. 249.

nuestra actual vida consciente se manifiesta incontrolable».[1] Ahora bien, el matemático es como el amante de Browning, para quien el instante es, de cierta manera, la eternidad. «Él percibe en un momento efímero. Cada una de sus miradas a los hechos es como el brillo de la luna sobre el agua. Empero, *lo que* él ve dura por todos los siglos».[2]

Aunque los símbolos, con su poder hermético, den muestra de moverse «por sí mismos», por medio de maniobras que aparecen en un primer momento sin plan ni finalidad, vale no obstante aquella apertura a la *finalidad* que Kant le reconocía al juicio, en particular cuando éste está metido con leyes empíricas *posibles*, es decir, aún desconocidas o por descubrir. Este concepto de «finalidad», explicaba Kant en la *Crítica del juicio*, no hay que entenderlo como un concepto de la naturaleza, porque éste no puede atribuir nada al objeto en sí; corresponde a un principio «trascendental» que se refiere pues a la *facultad cognoscitiva*, e indica que hay en cualquier caso un *problema*, en nuestro intelecto, de hacer una experiencia coherente de los fragmentos que la observación empírica le propone. Esta disposición natural a la unidad es seguramente *a priori*, decía Kant, porque independientemente de cualquier conjunto de datos se tiene la necesidad (revelada por el placer de toda síntesis heurística) de poner orden en lo particular y en lo contingente.

Debido a este principio finalizante nunca se dejará de imaginar un orden final, infinito, en el que deba concluirse todo proceso de conocimiento, y que siempre se descubrirá incompatible con los medios inventados para describirlo. Pero ¿por qué no suponer, asimismo, que a un principio semejante pueda pues corresponder una fuerza mental *eficaz*? Provocado por ésta se modelaría, y se ampliaría, un símbolo según un

---

[1] *Ibíd.*, p. 150.
[2] *Ibíd.*, p. 246.

orden que se sabrá reconocer siempre como el «preciso», por mucho tiempo esperado o buscado.

La necesidad trascendental de finalidad es con todo siempre alimentada y renovada, con un mecanismo de retroacción, por las *cosas* que poco a poco se «crean». Popper ha escrito acertadamente que la estructura teleológica de la mente no es únicamente *dada*; ella *se desarrolla* en virtud de una constante acción de retorno que le viene de la palabra, de la gramática, de las estructuras del conocimiento *objetivo*, de todo lo que contribuye a formar el llamado «tercer mundo». A este «tercer mundo», escribe Popper, le corresponde un alto grado de *autonomía*, y la matemática ofrece primeramente un patrimonio de hechos, verdades y teoremas objetivos no intencionales y, sin embargo, capaces de generar *nuevas* intenciones y finalidades.

Una prevaricación del objeto, representada hoy como implacable fuerza de seducción por Jean Baudrillard,[1] parece en ocasiones ser capaz de romper ese sobrio e inteligente equilibrio de fuerzas descrito por Popper. Pero si es verdad que el conocimiento es una mezcla de acción-reacción entre el yo y el mundo, también puede ocurrir que el aprendizaje esté obligado a oscilar *en el tiempo* entre los dos polos —interno y externo— de manera que *exalte alternativamente* ya sea a uno o a otro. La respuesta a la «crisis de los fundamentos» se ha seguramente beneficiado, tras el redescubrimiento *lógico* y *matemático* de una irreductibilidad entre los dos polos, de una marcada inclinación hacia el «exterior», de una escucha indiscriminada de sus peticiones y sus imperativos. Resultará que esta inclinación es el corolario de una técnica de dominio desde siempre eficaz, tanto en la realidad como en el mito: un *divide et impera* en completo y paradójico acuerdo con cierto grado de abdicación y de impotencia.

---

[1] *Les stratégies fatales,* París, 1983.

CAPÍTULO SEXTO

1. ÚLTIMOS TENTATIVOS

«El gusto tanto por el método como por la objetividad»,
escribió Hao Wang en un memorable trabajo de 1954, «es
el pecado de origen del lógico formal. Por esto él paga con
constantes frustraciones y viviendo a menudo la vida de un
intelectual proscrito».[1]

Efecto frustrante y proscripción serían para Wang dos
aspectos, el primero intrínseco y el otro de contorno, de una
actividad considerada simultáneamente demasiado rígida por
los filósofos y demasiado especulativa por los matemáticos.
Tarea principal del lógico formal sería la de comprimir, escribe Wang, una desalentadora cantidad de hechos difíciles
y refractarios (como lo son generalmente las construcciones
matemáticas) en un sistema más o menos rígido, general y
abstracto. Pero escasas condolencias obtiene él por sus propios
fracasos, y quizá es su propio temperamento el que lo aleja de
los efectos más vagos y menos rígidos de la verdad filosófica.

No obstante, la lógica formal y la axiomática reciben
justo de la filosofía la exacta individuación de su irrepetible

---

[1] H. Wang, «The Formalization of Mathematics», en *Journal of Symbolic Logic*,
19, 1954, p. 241.

peculiaridad; y es en cambio esta peculiaridad la inesperada realización de un ideal filosófico. Y en efecto, un sistema de reglas de inferencia y de axiomas intuitivamente claros y plausibles, junto al complejo de teoremas derivables, ¿qué otra cosa serían si no la más nítida reproducción de la idea cartesiana de conocimiento? En la tercera de las *Règles pour la direction de l'esprit*, nos recuerda Wang, Descartes había aconsejado tener anclado el pensamiento a un doble binario: por un lado la *intuición* clara y distinta de los principios, por el otro la *deducción* para las consecuencias que se quisieran extraer de ellos. Y la ciencia no debía admitir nada más, porque «para lo que es de la inteligencia no se debe admitir por añadidura, y todas las otras vías deben ser rechazadas como sospechosas y expuestas al error».[1] Una alabanza especial iba a la *deducción*: ésta permite salvar ese vacío de *memoria* que de otra manera volvería evanescente la conexión entre los principios y las más lejanas consecuencias, fijando el razonamiento demostrativo en un mecanismo reproductible y delegando de tal manera el esfuerzo imaginativo a un proceso automático.

Pero el término «automático» es ya de por sí poco tranquilizador. En una de sus posibles derivaciones αὐτόματον indica en griego lo que piensa (μάω, μάομαι) por sí (αὐτό)[2] y prevé por añadidura una idea de ímpetu, de deseo irrefrenable.[3] Para otra interpretación, la de Aristóteles (*Física*, 197b),

---

[1] R. Descartes, *Règles pour la direction de l'esprit*, en *Oeuvres et Lettres*, París, 1953, p. 45 ; traducción al español, *Dos opúsculos: Reglas para la dirección del espíritu. Investigación de la verdad*, México, 1972.

[2] *Cfr.* E. Boisacq, *Dictionnaire étymologique de la langue grecque*, Heidelberg, 1950, p. 103.

[3] Homero usa con frecuencia el verbo μάω (o similares) para indicar deseo, afán, ansias, etc.; y quizá no sea irrelevante, por lo que se dijo en el capítulo anterior, que en μάω se reconozca la raíz men-, de la cual Prometeo (*cfr.* K. Kerényi, «Il linguaggio della teologia e la teologia della lingua», en *Atti del Convegno «L'analisi del linguaggio teologico. Il nome di Dio»*, vol. I, Roma, 1969, pp. 23-32, y E. Zolla, «Le parole della cosmogonia», en *Conoscenza Religiosa*, 1-2, 1972, p. 42).

αὐτόματον está compuesto de αὐτό (por sí) y μάτην (sin finalidad, para nada), de donde el posible significado de algo que procede por cuenta propia *en antagonismo* a la finalidad inicialmente predeterminada por la inteligencia creadora. Para Aristóteles αὐτόματον es la «casualidad», lo imprevisible, y con seguridad éste es un sentido al que el significado moderno del término «automático» podría volverse a conectar con el antiguo, y de tal manera hacer prever una inquietante admisión de incalculabilidad.

El automatismo prefigurado en la lógica deductiva de Russell y Whitehead presentaba en el fondo desde el principio cualidades intrínsecas no perfectamente claras ni dominables. Eso era en primera instancia imputable a la propia existencia de cuantificadores universales y existenciales (del tipo «para cada» y «existe un *x* tal que») que fueran referidos a conjuntos no finitos de objetos. Esta circunstancia, como observaba Hermann Weyl,[1] cambia radicalmente la naturaleza del problema respecto al más elemental cálculo proposicional, y nos obliga por sí misma a un planteamiento *constructivo*. La misma necesidad de proceder paso a paso en la cadena de las deducciones formales imponía, por lo demás, escribía una vez más Weyl citando una máxima de Fries, una suerte de «*oscuridad primordial de la razón*»,[2] que nos advierte de una vez por todas que la verdad no está en posesión nuestra, y que debemos alcanzarla por medio de la *acción*.

Esta nota de Weyl no puede no recordar, incidentalmente, una célebre sentencia (de 1887) de Friedrich Nietzsche: «La verdad no es [...] algo que exista y que sea para encontrar, para descubrir, sino algo *que es para crear* y que da el nombre a un *proceso*, y aun a una voluntad de sometimiento, que por sí

---

[1] *Philosophy of Mathematics and Natural Science*, óp. cit., p. 15.
[2] *Ibíd.*, p. 16.

misma nunca tiene fin: introducir la verdad, como un *processus in infinitum, un activo determinar, no* un tomar conciencia de algo "que" sea "en sí" fijo y determinado. Es una palabra para la "voluntad de poder"».[1] Y más aún «La vida», recordaba asimismo Nietzsche, «está fundada en el presupuesto del creer en algo que perdura y que vuelve regularmente [...]. El hombre proyecta su impulso de verdad, su "fin" en cierto sentido fuera de sí como mundo del *ser*, como mundo metafísico, como "cosa en sí", como mundo ya existente».[2]

Esta proyección de la que escribe Nietzsche encuentra una puntual correspondencia en el mundo de la matemática. Reflexionando sobre el significado de la objetividad, Ladrière llegó a conclusiones no distintas a las de Nietzsche por medio del reconocimiento de los límites del método axiomático y del constante reenvío al dato experimental: «La inadecuación de los sistemas axiomáticos», escribe, «muestra que no es posible caracterizar las entidades matemáticas (como los conjuntos, los números enteros, los números reales, y así sucesivamente) por medio de este método, de encerrarlas de alguna manera y de una vez por todas en el cuadro relativamente simple de un sistema bien conocido, de determinarlas así en el *a priori* de un formalismo puro. Hay siempre reenvío a una experiencia. Sin duda esa experiencia [...] no es del orden de una intuición, de una simple captura [...], porque ella es experiencia de un objeto que se descubre únicamente en sus articulaciones, que no es en modo alguno del orden de la cualidad pura».[3]

Sería obvio advertir en estas palabras una implícita refutación del «platonismo» matemático: Ladrière concluye (como Nietzsche) que es impropio referirse a una «esencia»,

---

[1] F. Nietzsche, *Frammenti postumi 1887-1888*, en *Opere*, ed. cit., vol. VIII, tomo 2, p. 43; traducción al español, *Obras completas de Federico Nietzsche*, Madird, 1932.
[2] *Loc. cit.*
[3] J. Ladrière, *Objectivité et réalité en mathématique*, óp. cit., pp. 222-223.

que sería tarea del matemático aprehender de un solo golpe y de manera definitiva. El rasgo fundamental que distingue al «platonismo» impondría, en cambio, una contemplación del objeto como enteramente libre de toda atadura con el sujeto reflexivo: su única exigencia sería la no contradicción.[1] Sin embargo, es innegable que la misma tradición «platónica», con los sistemas axiomáticos de Zermelo, Fraenkel, Von Neumann, Bernays, reconoce el valor insustituible de los procesos constructivos.[2] El propio Bernays, aun propenso a reconocer una *cualidad* propia al ente matemático, dice implícitamente que las nociones matemáticas permanecen abiertas a sugerencias empíricas, ocurrencias extemporáneas o imprevistas, que nada comparten con un proceso rígidamente analítico y deductivo. La matemática, explica,[3] nunca es una aclaración en nuestra conciencia de verdades que, en principio, ya hemos adquirido y, por lo tanto, poseemos implícitamente. Sería paradójico sostener que todo lo que debemos aún descubrir ya está decidido de antemano. Esto sería apenas plausible si la matemática tuviera un carácter puramente «analítico», pero este término es ambiguo, no claro. Si analítica es una ciencia que contempla proposiciones irreductibles a la observación de eventos naturales, físicos o biológicos, se podría suponer que esta connotación corresponde sin duda a la matemática. Pero

---

[1] *Cfr.* P. Bernays, «Sur le platonisme dans les mathématiques», y A. Fraenkel, «Sur la notion d'existence dans les mathématiques», en *L'enseignement mathématique*, 34, 1935, pp. 53 y 20.

[2] Así Bernays demuestra el más evidente interés por la matemática intuicionista, a su modo de ver capaz de superar con sus razonamientos abstractos los elementales métodos «combinatorios» utilizados por Hilbert. Gödel y Gentzen, recuerda, han demostrado, entre otras cosas, que la coherencia de la aritmética intuicionista implica la coherencia de la teoría axiomática de los números. (*Cfr.* «Sur le platonisme dans les mathématiques», *óp. cit.*, p. 69).

[3] P. Bernays, «Some Empirical Aspects of Mathematics», en *Information and Prediction in Science*, ed. S. Dockx y P. Bernays, Nueva York, 1965, pp. 123-128.

se trata de una hipótesis que despista, buena a decir verdad para despertar la infundada sospecha de que la matemática no tiene un *propio* patrimonio de descubrimientos y de hechos empíricos; que toda cadena deductiva está toda implícita en las premisas iniciales; en definitiva, que la matemática no puede descubrir nada realmente desconocido.

Kant preconizó que las cosas son distintas, lo cual fue más o menos afirmado fugazmente por muchos matemáticos y ampliamente demostrado por Lakatos en *Proofs and Refutations*. En el caso de Bernays sería útil agregar una breve alusión suya a la lógica. Tampoco ésta sería en realidad «analítica» en sentido estricto;[1] en las deducciones siempre se pone en marcha un mecanismo inventivo y un consecuente emerger de ideas atribuibles a las premisas iniciales, por consiguiente algo (en el sentido tradicional kantiano) «sintético», fundado realmente en experiencias, implícitas o explícitas, en las que sólo la abstracción impide en ocasiones reconocer un merecido carácter de novedad adquirida empíricamente. Ni siquiera Kant, agrega Bernays, había logrado decir esto de la lógica.

El automatismo del sistema lógico-deductivo inaugurado por los *Principia Matemática* admite, por tanto, aunque no sea más que por su íntimo connubio con la matemática (que, como en el fondo había previsto Poincaré, la lógica no está en condiciones de absorber *completamente*), un margen de imprevisto y de extemporaneidad, una constante remisión a lo empírico, a la iniciativa inventiva fundada en la observación de hechos y propiedades también elementales, de una dimensión aparentemente desproporcionada a ciertos potenciales desarrollos. Y esta connotación del *método* inventivo, de la técnica de aproximación a problemas aún no planteados o resueltos, está asimismo íntimamente ligada a la naturaleza del objeto

---

[1] *Ibíd.*, p. 125.

matemático y a las condiciones que éste es capaz de imponer a la inteligencia que lo ha concebido. «Nosotros no hacemos sino reconocer lo que se impone», escribe Ladrière.[1] «A lo sumo nosotros ofrecemos la aportación de nuestras expresiones a lo que está dirigido a nuestra actividad definitoria. El objeto matemático posee por sí mismo una capacidad inagotable de extensión y generalización. Éste no está cerrado en sí mismo, aloja innumerables virtualidades, llama en principio desarrollos indefinidos, es siempre anunciador de nuevas perspectivas».[2] No es absurdo pensar que el sentido arcaico de αὐτόματον se adapte mucho mejor a un semejante objeto absolutamente no estático, dotado de dinamismo propio e irreductible a toda previsión que a lo que podríamos, en resumen, llamar un proceso determinista.

Desde esta perspectiva, los teoremas de incompletitud de Gödel y los sucesivos análisis de Henkin, Kleene, Church, Post, Myhill, Wang sobre los límites del formalismo asumen un aspecto que, por otro lado, atenúa un aparente dramatismo suyo. Precisamente en la *incompletitud* de los sistemas formales se ha visto recientemente un defecto en absoluto paralizante, porque la matemática se debe parecer a una ciencia infinitamente elástica y dinámica antes que a un sistema cerrado y estático. El teorema de Gödel que demuestra la incompletitud de toda formalización de la aritmética no quiere decir, escribe por ejemplo Chaitin,[3] que los matemáticos deban resignarse a no entender las propiedades de los números, sino más bien que deben formular nuevas hipótesis o agregar nuevos axiomas cuando se encuentren con que tienen que entender y ordenar más extensas colecciones de hechos, observaciones y teoremas.

[1] *Objectivité et réalité en mathématique*, óp. cit., p. 229.
[2] *Ibíd.*, pp. 229-230.
[3] «Information - Theoretic Limitations of Formal Systems», en *Journal of the Association of Computing Machinery*, 21, 1974, pp. 403-424.

Pero *antes* de la larga serie de resultados «negativos» provocados por las revelaciones de Gödel había prevalecido el *pathos* de una distinta afirmación de valores, porque la matemática de fines del siglo XIX había preparado el advenimiento del infinito actual, y aún faltaba una prueba de su no contradicción. La matemática empírica, creativa, heurística, no cesaba mientras tanto de existir y desarrollarse, ignorando las frustraciones de quien quería asimismo fijarle un fundamento. André Weil observaba acertadamente que la llamada «crisis de los fundamentos» (un apelativo «estrafalario» para Weil) no podía dañar a *esta* matemática, sino más bien favorecerla: «[La matemática] la ha atravesado no sólo sin daño sino con gran provecho. Cada vez que vastos territorios son conquistados al razonamiento matemático es necesario preguntarse cuáles son los medios técnicos permitidos en la exploración del nuevo dominio».[1] Sin embargo, para muchos la esperanza predominante seguía siendo la de fundar una matemática del infinito. Lo que contaba era que un resultado semejante no podía agotarse en el uso de números transfinitos, de axiomas especiales o de estructuras bastante amplias y abstractas (pero siempre parciales). Hilbert pensaba que una ciencia del infinito podía confiarse a un teorema (de coherencia) concerniente a la *totalidad* de la aritmética. Tenía una importancia relativa que las paradojas no comprometieran, por sí mismas, la formación de conjuntos infinitos (la teoría de Zermelo incluía estos conjuntos y evitaba las paradojas): era el *sistema* (como había subrayado acertadamente Cassirer) el que se perfilaba aún como única, deseable realización del infinito en acto.

Durante treinta años después de la conferencia en París de 1900, la fe de Hilbert seguía puesta en el método axiomático. La tentación irresistible siempre era la de creer que donde el

[1] A. Weil, «L'avenir des mathématiques», en *Les grands courants de la pensée mathématique, óp. cit.*, pp. 308-309.

«espíritu» plantea postulados, allí también hay una posibilidad de resolución de todos los problemas planteados en los términos de esos postulados. Fundándose por un lado en la aparente «libertad» de elección, el método axiomático parece restringir, por otro lado, el albedrío de las condiciones dentro de las cuales se pretende pensar; restringirlas a un punto, se diría, en el que se tienen bajo los ojos, sin adornos ni desvíos semánticos, *exactamente* los términos precisos de la cuestión. Luego, pensaba Hilbert, todo puede reducirse a un juego combinatorio de signos, aun contrayendo implícitamente una deuda: demostrar que las contradicciones son imposibles. Pero no se encontró el modo, quizá durante demasiado tiempo, de anular esta deuda. Los interminables, vanos intentos de resolver la cuestión de la no contradicción de la aritmética atestiguan esta prolongada ausencia de condensación, de coagulación del esfuerzo; y la ausencia prolongada de un resultado refuerza, al mismo tiempo, la idea de una *necesidad* de la resolución: en el transcurso de los años, además de dudar sobre el poder efectivo del matemático, Hilbert se volvió siempre más indeciso en la afirmación de esa necesidad. Hubo, con todo, fases alternas de confianza. Inicialmente, en el Tercer Congreso Internacional de los Matemáticos, en Heidelberg en agosto de 1904, Hilbert pensaba que ya tenía cerca la solución. Se trataba de introducir signos y composiciones elementales de signos interpretables como axiomas de la aritmética. Otras secuencias de signos eran pues deducibles de secuencias de signos, entre las cuales Hilbert consideraba, con un simple razonamiento demostrativo, que no debían existir contradicciones. De esta manera, escribía, podía darse una «reconstrucción lógica del pensamiento matemático» que alojaba sin dificultad las abstracciones de Cantor: números ordinales de todo tipo, conjuntos infinitos y números cardinales (los *Alef* de Cantor). Esas abstracciones tampoco eran, como el propio Hilbert expresaría sólo más tarde, entes *ideales* para manipular con cautela, es decir, con la reserva de aislar en un núcleo de certeza sólo las proposiciones finitistas: la afirmación de la *existencia* del *infinito*, se declaraba, era perfectamente legítima desde el momento en que los conceptos representados por los signos estaban exentos de contradicción.

Pero esta conclusión era incorrecta. El escollo mal encubierto y que apenas salió a la luz en la conferencia de Heidelberg (se hacía alusión en las líneas finales eludiendo todo análisis explícito) era la obligación de un recurso al *principio de inducción*: cuando se quiere demostrar la no contradicción del sistema es preciso imaginarse una especial repetición (precisamente aquélla definida por el principio de inducción) que forma ella misma parte del sistema: en efecto, el principio inductivo interviene en los postulados de Peano. De aquí una crítica incontrastable de Poincaré, y una extenuante búsqueda (no sólo de Hilbert) de *otras* versiones de la regla inductiva, o de aclaraciones del *sentido* que se pudiera atribuir a esta regla sin incurrir en circularidad. Ésta no fue, en cualquier caso, una búsqueda de *resultado* incierto, porque el concepto de *recursión* retomado (después de Dedekind) en 1923 por Skolem, y sucesivamente por Gödel, Péter y sobre todo por Kleene, sirvió para aclarar el sentido que Hilbert pretendía dar a la inducción en el ámbito de la matemática. En el «modo de pensar recursivo» de Skolem —es decir, en la aritmética recursiva primitiva— Hilbert tuvo finalmente que reconocer el ámbito más apropiado para la formalización de su *Beweistheorie*; el principio de inducción formalizado en la teoría de los números —en particular en el sistema Z elaborado por Hilbert y Bernays (1934)— era, por lo demás, «más fuerte» que la recursión primitiva; en definitiva, el teorema de incompletitud de Gödel y el teorema de no contradicción de la aritmética de Gentzen demostraron que un distinto y aún más poderoso principio inductivo era en realidad necesario para resolver ciertos problemas metamatemáticos.

Desde principios de la posguerra, cuando volvió a considerarse seriamente el problema de la coherencia de la aritmética, Hilbert pensó en dirigir en clave dudosa ciertas afirmaciones de su primera conferencia en París. Allí había declarado que el matemático *nunca* se reducirá a decir «ignorabimus». Diecisiete años más tarde, en Zürich, se preguntó de rebote: «*¿Un problema matemático implica siempre una resolución?* Problema capital al que se relaciona, de manera subordinada, el siguiente: ¿el resultado de una investigación matemática es siempre comprobable?».[1]

Los esfuerzos más significativos por demostrar la no contradicción de la aritmética se prolongaron más allá de 1920. Hilbert intervino en varias conferencias, además de en Zürich, en Copenague y en Hamburgo; siempre impulsado por la urgencia de una resolución *final* que acallara cualquier posible duda sobre la legitimidad del análisis clásico y cualquier tentación de excluir del cuerpo matemático sectores enteros del análisis o de la teoría de los conjuntos. En una conferencia publicada posteriormente en los *Matematischen Annalen* en 1923, Hilbert volvía a proponer su proyecto de restituir coherencia lógica a los entes «ideales» de la matemática y por ello aventuraba una posible perífrasis de los términos que más podían comprometer esta coherencia; esto es, los términos «cada» y «existe». Si digo: «entre estas tizas que tengo bajo los ojos hay una tiza roja», o bien «*cada* tiza, entre las que tengo aquí enfrente, es blanca», obro de manera patentemente legítima, porque puedo descomponer mi enunciado en una serie *finita* de comprobaciones elementales (la comprobación de cada tiza). Pero si el «hay» o el «cada» se refieren a un conjunto *infinito* de objetos, como sucede a menudo en matemática,

---

[1] D. Hilbert, «Axiomatisches Denken», en *Mathematische Annalen*, 78, 1981, pp. 405-415.

la certeza vacila y, virtualmente, se entrometen errores: esos mismos errores, explicaba Hilbert, que se cometen en análisis cuando se extienden a sumas o productos infinitos teoremas válidos para las sumas y los productos finitos. En el caso de un número finito de tizas vale también la regla del *tertium non datur*, porque cualquier pregunta sobre el «cada» o sobre el «existe» puede resolverse al pasarle revista uno por uno. Pero el mismo *tertium non datur* no puede trasponerse automáticamente a conjuntos infinitos, para los cuales es imposible un examen semejante. La matemática intuicionista había trazado en este punto un surco definitivo, no superable salvo deshaciéndose de aquella regla lógica (el *tertium non datur*) que, no obstante, parecía simplificar y abreviar gran cantidad de deducciones. El propio Hilbert, que por esta aclaración debía un incómodo reconocimiento a Brouwer, estuvo obligado a admitir que si decimos que una propiedad A no vale para todos los objetos de un conjunto infinito no podemos por ello deducir la existencia *efectiva* de un objeto para el cual A no vale. Los dos casos, apuntaba, no se contraponen contradictoriamente, y por lo tanto no pueden excluir la intromisión de un *tertium*. Sin embargo, ya eran demasiadas las demostraciones matemáticas que usaban este recurso; es decir, ya eran demasiadas las inferencias de la existencia efectiva de algún ente matemático fundadas en la demostración de la contradicción de una hipótesis diametralmente opuesta y simétrica. (Esto es, si es contradictorio que un *x no* exista, entonces *x* existe). Y sobre todo parecía legítimo pensar que los *resultados* de estas demostraciones eran *pese a todo* correctos. Eran por lo tanto la fe en un instinto de lo verdadero y el homenaje a una irrevocable facticidad científica los que sugerían la oportunidad de una *permanencia* de esas dudosas reglas lógicas: era preciso buscar un conjunto de axiomas de los que aquellas reglas fueran una consecuencia lógica y cuya aceptabilidad estuviera garantizada por una demostración de coherencia del sistema deducible por los axiomas. Era lo que Hilbert se proponía aún hacer, hacia 1923, por medio del llamado *operador* E.

La idea, aún incierta y enigmática, era evitar el uso del término «cada» reconduciendo la propiedad A en cuestión, en lugar de a un entero conjunto E de objetos, a *un* particular objeto *t* de referencia elegido oportunamente en E. Por ejemplo, si llamamos E al conjunto de todos los hombres y A al atributo «ser corruptible», el objeto de referencia puede ser un hombre de tal inviolable incorruptibilidad que, de ser corruptible, todos los hombres lo serían (en general ese objeto es el que tendría menos razones o probabilidades de poseer el atributo A). Hilbert definía los términos «cada» y «existe» con dos axiomas de este tipo:

1) el objeto particular *t* posee la propiedad «A» equivale a: *cada* objeto de E posee la propiedad «A»;

2) el objeto particular *t* posee la propiedad «no A» equivale a: *existe* un objeto de E que posee la propiedad «no A».

En otras palabras, todo se reconducía a postular la existencia de un elemento *t* del conjunto E tal que, poseyendo *t* la propiedad «A» (o «no A»), era seguro que *cada* objeto de E poseía la propiedad A (o que existía un objeto de E al que era atribuible la propiedad «no A»). Axiomas como 1) o 2) debían llamarse, sugería Hilbert, *axiomas transfinitos*, porque su función, al explicar el sentido de «cada» y «existe», era la de justificar el libre uso del transfinito en matemática. El elemento *t* debía pensarse determinado por una «función transfinita» E, que por lo tanto acababa por asumir todo lo problemático del uso del infinito en matemática, porque justamente los términos «cada» y «existe» eran las principales metáforas lingüísticas del infinito.

El añadido de axiomas como 1) y 2) podía, pues, legitimar el uso del *tertium non datur* para conjuntos infinitos. En efecto, mientras que no podemos afirmar que la proposición «cada objeto de E posee la propiedad "A"» es el exacto contrario de la proposición «existe un objeto de E que posee la propiedad "no A" (porque no se ha dicho que se dé efectivamente un objeto tal cuando la primera proposición se demuestra falsa), es en cambio seguro que decir «el objeto *t* posee "A"» es lo opuesto, sin la intromisión de un *tertium*, a decir «el objeto *t* posee "no A"».

Junto con otros axiomas, los axiomas transfinitos debían poner finalmente las bases de una teoría de la demostración, y justificar de esta manera, con la amplia perífrasis de la *Beweistheorie*, el uso de ficciones de otra forma enigmáticas. Estas ficciones se resumían, como se ha dicho, en la constante intromisión del *infinito* en todo razonamiento matemático; y en efecto los teoremas de incompletitud de Gödel fueron luego entendidos como prueba de una inobservancia del puro formalismo sintáctico a la comprensión del concepto de infinito.[1] Prescindiendo de Gödel, la idea misma de fundar el infinito en las deducciones de la teoría de la demostración estaba en cualquier caso sujeta a error; no un error de principio, por decirlo así, sino de pura facticidad física: la probabilidad de equivocarse en las largas argumentaciones de la metamatemática era en efecto particularmente elevada, por el mismo motivo que esas argumentaciones eran estrictamente *finitistas,* y no podían por lo tanto beneficiarse de estratagemas obtenibles de las ficciones que tenían la obligación de fundar. En otros términos, como apuntaron Bernays y Kreisel, un método fundacional basado en un estricto finitismo no podía responder a un criterio de segura confiabilidad.[2]

---

[1] *Cfr.* G. Kreisel, «Hilbert's Programme», en *Dialectica*, 12, 1958.
[2] *Ibíd.*, p. 191. Véase también G. Kreisel, *The Motto of «Philosophical Investigations» and the Philosophy of Proofs and Rules, óp. cit.*

Quizá hay una posibilidad de sortear el problema: hacer ejecutar a la máquina las demostraciones que requerirían una elaboración humana demasiado larga y por lo tanto estarían sujetas, en todo caso, al riesgo de errores. La demostración que el matemático no puede comprender claramente, o cuyos pasos requerirían más de una vida para pasarles revista a todos, se volvería entonces un resultado empírico, es decir, la constatación *a posteriori* del *éxito de un experimento*. Ésta no es sólo una posibilidad teórica, porque la reciente resolución del problema de los cuatro colores[1] confía la prueba de un lema, en todos sus detalles, a la velocidad y a la precisión de una máquina. La verdad de este lema —y por lo tanto del teorema de los cuatro colores— hoy se considera inalcanzable con los medios *a priori* de la pura razón matemática. Ésta siempre desempeña la tarea de elaborar una original y compleja teoría que da significado a la intervención de la calculadora, pero luego tiene también que sujetarse, obedeciendo a una pura conveniencia heurística, a una forma de delegación y de abdicación que refuerza aún más la imagen de una matemática empírica, difícilmente distinguible, por cualidad de certeza, de cualquier ciencia natural.

Por medio del operador E Hilbert fue capaz de descubrir nuevas posibilidades demostrativas, posteriormente recogidas por Ackermann y por Von Neumann, que durante los años veinte esperaron acercarse a la solución del segundo problema

---

[1] El problema de los cuatro colores es el siguiente: ¿los mapas planos, o esféricos, pueden estar pintados con no más de cuatro colores de manera que las regiones colindantes nunca sean del mismo color? La respuesta afirmativa de K. Appel y W. Haken (con la asistencia de J. Koch) está contenida en el artículo «Every Planar Map is Four Colorable», en *Illinois Journal of Mathematics*, 21, 1977, pp. 429-567. Véase también K. Appel, W. Haken, «The Solution of the Four-Color Map Problem», en *Scientific American*, 137, 1977, pp. 108-121; T. Tymoczko, «The Four-Color Problem and its Philosophical Significance», en *The Journal of Philosophy*, 76, 1979, pp. 57-83.

formulando demostraciones de coherencia de versiones simplificadas, o limitadas, de la aritmética. No faltó tampoco, justo antes de las revelaciones de Gödel, un difundido optimismo sobre la posibilidad de extender esos éxitos a una versión *integral* de la teoría de los números, pero no se puede excluir que los escritos hilbertianos eran demasiado vagos y compendiosos, demasiado poco convincentes, en definitiva, para tomarse como un éxito definitivamente adquirido. Como se ha dicho, antes de 1930 tampoco faltaron alusiones explícitas a la escasa claridad de Hilbert, incluso por parte de quienes no pertenecían a la canónica fila de los opositores intuicionistas.

En una respuesta inmediata al artículo en que Hilbert introducía el operador E, Michele Cipolla, entre otros, juzgaba poco clara y demasiado esquemática la demostración de no contradicción de la aritmética que allí se proponía. Por ulteriores razones técnicas juzgaba incluso superflua esa demostración, y entraba en polémica finalmente con la misma legitimidad de existencia de aquel distinto y particular elemento *t* que, elegido oportunamente en un conjunto E, podía «representar» de alguna manera el comportamiento de *todos* los objetos de E. Un elemento similar, escribía Cipolla, quedaba indefinido, faltando la enunciación de una ley que permitiera designarlo. Pero más allá de las puras razones técnicas entraba sistemáticamente en juego un estilo, una elección general de intenciones, que parecía favorecer una legítima permanencia de la duda en lugar de una búsqueda absoluta de unidad y de verdad. A propósito de la verdad, Cipolla observaba: «Las verdades matemáticas no son como un continente que se va descubriendo poco a poco. Los descubrimientos matemáticos son consecuencia de creaciones particulares de la mente, varias y cambiantes en la diuturna, afanosa indagación que tienen detrás el incesante desarrollarse y afinarse de la inteligencia. Es por esto que la Matemática, la más luminosa de todas las Ciencias, es como ellas un perpetuo devenir».[1] Y por lo tanto, concluía, es vano esperar resolver todas las dudas; por lo demás, las razones de duda podían ser de alguna manera *confinadas*, separadas de los problemas vitales de la ciencia, y retenidas en alguna zona apartada y suficientemente abstrusa de la matemática donde no convergieran urgencias aplicativas. Así, según Cipolla, se podía esperar volver superfluo para el análisis el principio de Zermelo (el axioma de elección); ya Leonida Tonelli había liberado a la teoría de la medida según Lebesgue de la necesidad de aplicar ese principio. Asimismo, esta vieja estratagema, que confía la prosperidad a la astucia de una exclusión, podía así ayudar en torno a la matemática a no jugarse su propia suerte en cuestiones demasiado directas o peligrosas.

II. Incompletitud e indecibilidad

Después de 1930, los resultados de incompletitud y de indecibilidad de la aritmética acreditaron la tesis de que la matemática es consecuencia y desarrollo de un fragmentario e inagotable trabajo creador. «Fragmentario» quiere decir, en resumen, lo contrario de «total»: es el recurso heurístico, el resultado parcial o imperfecto que termina por imponerse en lugar del *sistema* de verdades augurado por muchos o teorizado como dato adquirido. Ni las aclaraciones posteriores ofrecieron una solución sustancial: aunque parcialmente destituida, la incompletitud dejaba el campo a otras formas de limitación de los poderes del formalismo, y a la consecuente resignación a la imposibilidad de aclarar todos los conceptos en el ámbito de un único, definitivo universo lingüístico.

---

[2] M. Cipolla, *Sui fondamenti logici della Matematica secondo le recenti vedute di Hilbert*, en *Annali di Matematica*, serie IV, tomo I, 1924, p. 28.

Los clásicos resultados de incompletitud y de indecibilidad conocieron alguna anticipación. Por ejemplo, en su artículo de 1941 propuesto para su publicación y rechazado, Emil Post escribe haber anticipado casi una década, si bien de manera parcial e imperfecta, los resultados de Gödel y de Church. En 1925 Paul Finsler utilizó una técnica demostrativa inspirada en el método diagonal de Cantor y en la paradoja de Richard para exhibir una proposición simultáneamente falsa y formalmente no decidible. En el trabajo de Finsler hay ideas similares a las utilizadas posteriormente por Gödel, y puntualmente emergentes en sucesivos análisis de Church, Tarski y Kleene. El método diagonal ofrece tanto a Finsler como a Gödel un medio para el reconocimiento de una suerte de demarcación imperfecta, de un límite crítico, entre un lenguaje formalizado y un universo metalingüístico que lo supere. Se diría que en el primero está indefectiblemente presente una falla de la cual se continúa necesariamente en el segundo, de tal manera que ninguna ampliación del sistema logre *cerrar* herméticamente cada verdad demostrable en el ámbito de una totalidad sin salidas. La diferencia entre Finsler y Gödel está en el grado de explicación de lo que se entiende por sistema *formal*. Finsler lo entendió como un lenguaje con tendencia omnicomprensiva, definido por una gramática imaginaria y por un diccionario en el cual se explicara el sentido de cada palabra y de cada frase. Gödel lo concibió de manera sustancialmente más circunscrita, pero justamente por esto más preciso y confiable. Para Gödel debía tratarse, en definitiva, de uno u otro de los dos grandes sistemas formales elaborados a finales de la primera década del siglo para eludir las asechanzas de las paradojas: el sistema de los *Principia Mathematica* (incluidos los axiomas de Peano para la aritmética) o bien la teoría axiomática de los conjuntos de Zermelo, perfeccionada posteriormente por Fraenkel, Von Neumann y Bernays.

Gödel estableció que en un sistema que formalice la aritmética existe una proposición verdadera, pero no demostrable, y
por lo tanto que la «verdad» no corresponde exactamente a la
«demostrabilidad» (o «derivabilidad»). Como se vería después,
esta inobservancia del formalismo no era sustancialmente
corregible. En 1950 Leon Henkin[1] trató de eliminar la proposición indecidible de Gödel ampliando la noción de *modelo*
de un sistema formal. Esto es, encontró la oportunidad de
utilizar una clase más general de modelos, junto a aquellos
estándar que ofrecen la interpretación más directa e intuitiva,
de manera que, para algunos de ellos, se hiciera coincidir la
verdad con la demostrabilidad. Henkin logró demostrar que la
proposición crítica de Gödel resultaba *no verdadera* (además de
indemostrable) en el ámbito de modelos no estándar, lejanos
del significado más obvio, por decirlo así, atribuible a las fórmulas del sistema. Las proposiciones *verdaderas*, con el apoyo
de modelos no estándar, eran en cambio todas demostrables.

Los resultados de Henkin, sin embargo, transferían de
alguna manera a otra parte el «defecto» de incompletitud de
un sistema formal. Ellos se apoyaban en la que podía con-
figurarse como una ulterior incongruencia del formalismo:
la ambigüedad de la interpretación de las fórmulas. La existencia de modelos no estándar, no regulares (la llamada «no
categoricidad» de los sistemas formales), podía pensarse como
una inadecuación *semántica* del formalismo. Ella confirmaba
la imposibilidad de un significado unívoco: las fórmulas del
sistema no indicaban por sí mismas, de manera clara, a qué
dominio de objetos se debían referir, y por lo tanto la verdad
de los teoremas era esencialmente *relativa*, es decir, dependiente
de la *elección*, relativamente arbitraria, de una u otra entre las

---

[1] L. Henkin, «Completeness in the Theory of Types», en *Journal of Symbolic Logic*,
15, 1950, pp. 81-91.

posibles interpretaciones. La solución de Henkin, por lo tanto, iba en detrimento de la claridad que podía esperarse de un sistema lógico-deductivo. O incluso la imposibilidad, decretada por Gödel, de cerrar la aritmética en un único lenguaje formalizado *consistía* en la misma ambivalencia, en la misma imperfección de ese lenguaje.

Retrospectivamente, otros resultados subrayarían indirectamente la gravedad de la falla abierta del teorema de Gödel. Algunos trabajos tendieron a alcanzar la completitud para fragmentos circunscritos por la aritmética; así, John R. Myhill[1] sacrificó a la completitud algunas nociones de uso común en la teoría de los enteros, como los operadores de negación y de cuantificación universal. Otros tentativos, como el de Wang publicado en compendio en 1954,[2] se movieron en la dirección de una drástica ampliación del universo lingüístico. Wang llegó a definir una teoría muy general y poderosa; pero siempre se trataba de una teoría *abierta*, que se podía extender indefinidamente y articularse en sistemas ordenados según una numeración transfinita. En cada uno de esos sistemas el fenómeno de incompletitud se resolvía, con todo, en un sistema sucesivo en el orden establecido, de conformidad con la circunstancia ya aludida en el trabajo de Gödel de que la verdad indemostrable en una teoría podía ser debidamente reconocida como tal en una adecuada *metateoría*.

La de Wang era, en cierto sentido, una perspectiva unificadora, que rozaba la idea límite de un sistema finalmente exhaustivo. Los contornos de esta realidad, sin embargo, seguían siendo más bien imprecisos y vagos porque la jerarquía transfinita de sistemas, en que consistía el esquema general de

---

[1] J.R. Myhill, «A Complete Theory of Natural, Rational, and Real Numbers», en *Journal of Symbolic Logic*, 15, 1950, pp. 185-196.
[2] H. Wang, *The Formalization of Mathematics, óp. cit.*

Wang, no era a su vez un sistema *determinado,* sino más bien el más sofisticado instrumento descriptivo de una realidad *en devenir,* en que la imperfección de cada paso reenviaba siempre a un paso sucesivo, marcado a su vez por los mismos caracteres de incompletitud y ambigüedad.

Después de Gödel, Church publicó un artículo (en 1936) en que abordaba el «problema de la decisión» para un sistema formal: dada una proposición escrita en el lenguaje del sistema, establecer con un procedimiento de cálculo si esa proposición es extraíble de los axiomas con las reglas de inferencia preestablecidas. Más precisamente, los elementos que definen un sistema formal son: 1) un conjunto numerable de *símbolos* arbitrarios; 2) un subconjunto de las sucesiones de esos símbolos, consistente en las llamadas fórmulas *bien formadas;* 3) un conjunto de fórmulas *bien formadas* interpretables como *axiomas;* 4) reglas de inferencia que permitan extraer de los axiomas otras fórmulas *bien formadas,* entendidas como *teoremas* o como pasos sucesivos de las *demostraciones* de teoremas. Demostraciones y teoremas consisten, pues, en puras *listas de símbolos* generables de forma mecánica, sin la intervención de alguna acción extemporánea del «espíritu» que supere las operaciones permitidas por las reglas de inferencia. Esta lista de símbolos es lo que se puede definir como un conjunto *recursivamente numerable* o también, según una denominación distinta, como un *sistema normal.*

Así pues, un sistema que formalice el comportamiento de los números enteros o de sus operaciones «genera» un conjunto recursivamente numerable de fórmulas, todas deducibles de los axiomas. Esta lista de fórmulas —y es éste el punto decisivo— *puede parecer sujeta al control pleno* de quien define los axiomas y las reglas de inferencia. ¿Quién es más «libre» —se diría en el espíritu de la primera conferencia parisiense de

Hilbert (1900)— de quien *plantea por sí mismo* un sistema de símbolos y las reglas para gobernarlo? El punto de vista que aquí se asume no es el que asume la existencia de un reino de números de los cuales se quieren descubrir las propiedades (lo que sería advertido *a priori* como una obligación condicionada por una realidad externa no asimilable). Para el «espíritu» la tarea es simplemente darse cuenta de lo que él mismo ha planteado. Ahora bien, la importancia de los resultados de Church reside precisamente en esto: en que no existe esa presunta soberanía del espíritu. Porque es cierto que se puede escribir una larga, interminable lista de las fórmulas deducibles de los axiomas (los teoremas), pero *no se puede*, dada a voluntad una fórmula, decidir si ésta es un teorema. Como se suele decir, el conjunto de sucesiones de símbolos del sistema no es *recursivo*: lo sería si fuera posible *enlistar* en otro conjunto recursivamente numerable las fórmulas que *no* corresponden a los teoremas del sistema. Entonces tendríamos *dos* conjuntos recursivamente numerables complementarios *A* y *B*, y cualquier fórmula sería efectivamente una fórmula de *A* o de *B*: sería en efecto suficiente *prolongar* la lista de *A* y de *B* hasta encontrar la fórmula preestablecida; éste sería un procedimiento de cálculo efectivo conforme al sentido que se quiere atribuir al término «decisión». Se dice entonces que un sistema formal (bastante amplio) para la aritmética es *indecidible*, y que la noción de *teorema*, dentro de ese sistema, no es *efectiva*. La noción de *efectividad* aquí se refiere, pues, a la distinción entre conjunto recursivamente numerable (cuyos elementos forman una lista calculable como los valores de una función recursiva) y conjunto recursivo (tal que los elementos que le pertenecen, y los que no le pertenecen, son «generables» en dos listas separadas, ambas recursivamente numerables). El descubrimiento de Church implica que existen conjuntos de enteros recursivamente numerables, pero no recursivos, y fija uno de estos conjuntos en las sucesiones de fórmulas generadas por una lógica lo bastante poderosa para imitar las leyes de la aritmética. En otras palabras, queda delineada como una zona de sombra, una clase de asertos sobre los que es imposible pronunciarse sólo con los medios de cálculo provistos por el sistema formal. Y un aspecto decisivo es que esos medios (de acuerdo con la célebre *tesis* enunciada por Church en 1936) parecen ser los únicos instrumentos a disposición, y tales que forman una lengua «común a todos» para expresar la noción intuitiva de calculabilidad efectiva,[1] aunque la eventualidad de un reconocimiento privado de la verdad, mediante procesos inconscientes, sueños o visiones incomunicables, sigue siendo pese a todo indiscutible.

No se trataba de que una forma de impotencia de la lógica simbólica fuera imprevisible bajo otros aspectos: la experiencia de interminables discusiones sobre el axioma de elección de Zermelo, sobre el axioma de reductibilidad o sobre la hipótesis del continuo debía, sin embargo, haber despertado la sospecha de una dificultad, si no es que de una imposibilidad de resolver determinadas cuestiones con los instrumentos del formalismo.[2] Pero esas cuestiones estaban suficientemente distantes del ámbito *elemental* (el de la aritmética del primer orden) en que se formulaba el teorema de indecibilidad de Alonzo Church. De este teorema se derivaba que el sistema completo de los números enteros, con sus propiedades más simples, estaba fuera del alcance de una absoluta posibilidad de previsión.

---

[1] *Cfr.* A. Church, «An Unsolvable Problem of Elementary Number Theory», en *American Journal of Mathematics*, 58, 1936, pp. 345-363. *Cfr.* también E. Post, «Recursively Enumerable Sets of Positive Integers and their Decision Problems», en *Bulletin of the American Mathematical Society*, 50, 1944, pp. 284-316.

[2] *Cfr.* por ejemplo E. Post, «Absolutely Unsolvable Problems and Relatively Undecidable Propositions, Account of an Anticipation», en *The Undecidable*, ed. M. Davis, Nueva York, 1965, p. 417.

En 1944 Emil Post, que desarrolló un trabajo muy notable de recapitulación y aclaración de los resultados de Church y de Gödel, pensó en extraer las debidas consecuencias: no se puede escapar a la verdad, concluyó, de que «*el pensamiento matemático es esencialmente creativo, y debe permanecer, esencialmente, creativo*. En la opinión de quien escribe, esta conclusión debe inevitablemente llevar a un cambio, al menos parcial, de toda la orientación axiomática de fines del siglo xix y principios del xx, con un regreso al significado y a la verdad como elementos intrínsecos a la matemática».[1] Ya Post había escrito algunos años antes que, desde el punto de vista del lógico formal, se trataba de un resultado iconoclasta porque quería decir que la lógica debe ser, no sólo en parte, sino en su naturaleza más intrínseca, una ciencia no formalizada: «Mejor aún podríamos escribir: el Procedimiento Lógico es Esencialmente Creativo. Esta conclusión, tan alineada con la *Évolution créatrice* de Bergson, no es tan opuesta al punto de vista de Russell (dado que éste no se pronuncia del todo) como al de C.I. Lewis, como está expresado en el sexto capítulo, tercera sección, de su *Survey of Symbolic Logic*. Ello hace del matemático mucho más que una suerte de astuta criatura que puede hacer velozmente lo que al fin y al cabo podría hacer una *máquina*. Vemos que una *máquina* jamás podría darnos una lógica completa; porque entonces cuanto la máquina está lista *nosotros* podríamos demostrar un teorema que ella no demuestra».[2]

Ahora bien, aunque no guste admitirlo, esta última observación no concede a la mente una ventaja real sobre la máquina. Y en *este* sentido el formalismo podría tomarse una

---

[1] E. Post, *Recursively Enumerable Sets of Positive Integers and their Decision Problems*, *óp. cit.*, p. 315.
[2] E. Post, «Absolutely Unsolvable Problems and Relatively Undecidable Propositions...», en *The Undecidable*, *óp. cit.*, p. 417.

especie de revancha. Es cierto, en efecto, que éste no logra describir *todas* las verdades matemáticas en un sistema; pero tampoco la mente lo logra, y ese peldaño de más por el que parece que puede subir la inteligencia también el formalismo, en un estadio oportuno, es capaz de alcanzarlo. Es así como la idea de simular las leyes de programación del cerebro con los instrumentos del formalismo ha podido pasar ilesa por los resultados de indecibilidad. Tanto más que el formalismo logra representar, por simple analogía o por algo más, ciertas funciones «superiores» que parecen única prerrogativa de la vida mental, de los conceptos a la conciencia.[1]

Para entender mejor este punto, piénsese ante todo en que, para el teorema de Church, las mismas capacidades *de la mente* sufren de una evidente limitación. Church plantea la existencia de un *programa* perfectamente definido, que cada uno es capaz de realizar, que es *constructivo*, pero no *efectivo*. Este programa «genera» mecánicamente una sucesión de símbolos que, al no ser recursiva, posee un cierto grado de imperfección. Pero esta imperfección, como luego observó acertadamente John Myhill, no deriva del carácter objetivo de la sucesión «generada» y mucho menos de la irrupción imprevista de factores ajenos. Proviene, en cambio, de una «limitación radical en el poder humano de imaginarse el resultado global de una serie de operaciones cuyo principio generativo es examinado con perfecta precisión». Aún más, «si el poder humano de reconocer algo como ya conocido con anticipación [*recognition*] se volviera conmensurable al poder de producción racional, ya sea por un incremento del primero o por una disminución del segundo, la posibilidad de una creación matemática cesaría inmediatamente. El peso del teorema de Church está en el hecho de que estos poderes son inconmensurables; es decir, nuestra

---

[1] *Cfr.* la tesis de D.R. Hofstadter *Gödel, Escher, Bach..., óp. cit.*

creatividad supera nuestra capacidad de anticipar el resultado de esta misma creatividad. Puesto que si las cosas no fueran así sería impropio hablar de creación, podríamos decir que el teorema reafirma la creatividad incluso al nivel prematemático de la lógica: esto es, al contrario de Wittgenstein, "en lógica hay sorpresas"».[1]

Así pues, la creación padece el límite de una anticipación imperfecta, no exhaustiva, de sus propios resultados. Es por ello que los resultados parecen delinearse por «sorpresa» esperados, quizá, pero no lo suficientemente previstos y por lo tanto rebeldes al poder mental que, no obstante, no termina de generarlos él solo. La creación debe por ello limitarse a un recorrido partido, dividido en series de experiencias que se encadenan poco a poco en nuevas síntesis o abstracciones. Y esto podría valer tanto en el sentido de un *acrecentamiento* como en el sentido de un incesante *desmembramiento* y redefinición de conceptos. La cita de la *Évolution créatrice* vale también para la analogía del desarrollo de la ciencia con el misterio de la vida, que Bergson comparaba con una cáscara que se rompe a pedazos que son igualmente cáscaras. La creatividad como actitud de «poner en el mundo» tal o cual concepto, como poder de imaginarse nuevas entidades mentales, había sido justamente exaltada por Cantor y por Dedekind. Pero ahora ese mismo poder se rediseñaba como fuerza esencialmente *generativa*, capaz de producir innovaciones geniales pero, pese a todo, destinada a someterse a un desarrollo crítico, imperfecto y dividido.

Esto explica algo sobre el «poder de crear» en sí, pero aún no defrauda la esperanza de establecer, desde el plano lógico y sintáctico, una clara inferioridad de la máquina. Una *máquina*,

---

[1] J.R. Myhill, «Some Philosophical Implications of Mathematical Logic», en *The Review of Metaphysics*, 6, 1952, p. 180.

escribe en efecto Post, que nunca puede darnos una lógica *completa* porque *nosotros* siempre somos capaces de demostrar un teorema que ella no demuestra. Esto es evidente por el teorema de Gödel: un sistema formal (conceptualmente asimilable a una máquina) genera cuanto puede de las verdades matemáticas que informalmente esperaríamos descubrir. Pero Gödel describe un mecanismo, aplicable a *cada* sistema formal (suficientemente poderoso) que genera una proposición verdadera (porque *nosotros* la reconocemos como tal) y, no obstante, indemostrable sólo con los axiomas y las reglas de inferencia del sistema. Así pues, se podría argüir que los teoremas de indecidibilidad y de incompletitud ponen en primer plano una *creatividad*, que supera cualquier poder imaginable de la máquina y afirma su propia primacía indiscutible.

Un argumento semejante presentó Lucas, en un discutido artículo de 1961,[1] para demostrar la imposibilidad de simular las leyes del cerebro con un programa implementable. Una conclusión de semejante magnitud no se obtiene, sin embargo, cual corolario ni siquiera de los profundos teoremas de Church y de Gödel. El único modo de extenderse resueltamente *más allá* de los poderes de la máquina sería formular mentalmente la proposición «crítica» (verdadera e indecidible) de Gödel para cualquier sistema formal en cuyo ámbito fuera realmente posible la aplicación recurrente de la técnica gödeliana. Pero la capacidad mental de desempeñar esta tarea tiene un límite preciso, debido esencialmente a dos razones: 1) no se ve cómo esta capacidad mental pueda expresarse de manera efectiva si no es en los términos que expresan, del modo más general, la idea intuitiva de «calculabilidad». Esta idea es justamente expresada, por la tesis de Church, en la noción de función recursiva. 2) No poseemos algún método de *cálculo* que aplique la técnica

---

[1] J.R. Lucas, «Minds, Machines and Gödel», en *Philosophy*, 36, 1961.

de Gödel para cada sistema formal. Esta impotencia *algorítmica* es forzosamente también una impotencia *mental*, a menos que no se reconozca como dominio de público acuerdo la intuición «mística» de lo que el cálculo no logra aferrar.[1]

Por otro lado, el mismo Post parece haber llegado a una conclusión que no podría ser favorable a Lucas; Post, en efecto, escribió (en 1941) que el género de la creatividad no está simplemente *presente*, sino que más bien consiste en la construcción de tipos lógicos de creciente complejidad. Estos tipos, agregó, son como ordinales transfinitos, y «la creatividad consiste en trascenderlos continuamente vislumbrando leyes, antes no vistas, que producen una secuencia de tales números. Parece, por lo tanto, que este ver "in toto" es un proceso complicado por lo general subconsciente. Pero éste no se da hasta que no se ha hecho completamente consciente. Pero entonces debería construirse de manera puramente mecánica».[2]

La alusión de Post al subconsciente no puede no recordar aquel problema ya suscitado por Freud, y comprobado por la experiencia matemática, de la existencia de una idea guía, previdente, que regula las imágenes sucesivas de un sueño o de una invención. Poincaré y Hadamard habían documentado la existencia de un trabajo onírico; Riemann había denunciado la importancia, y la dificultad, de ver *anticipadamente* el teorema antes de demostrarlo; Gauss decía conocer un resultado sin poseer aún su demostración. Y ya el *análisis* de los geómetras griegos había sido el recurso para demostrar una verdad, *preformulada*, por medio de una διαίρεσις, una escisión del enunciado en un conjunto de proposiciones equivalentes.

---

[1] Ésta es en sustancia la respuesta a Lucas de D.R. Hofstadter (*cfr. Gödel, Escher, Bach...*, óp. cit., p. 514). Véase también J. Webb, *Mechanism, Mentalism and Mathematics*, Dordrecht, 1980.

[2] E. Post, *Absolutely Unsolvable Problems...*, óp. cit., p. 423.

Ahora bien, es justo el reconocimiento de la calidad del trabajo matemático, sostenido por una fuerte evidencia experimental, lo que vuelve aún más vana cualquier fácil afirmación de supremacía sobre la máquina. Y esto no debería escandalizar a quien ame considerar semejante supremacía como obviedad manifiesta. Fue Gurdjieff quien sugirió a Uspenskij que todas las actividades humanas, bajo cierto perfil, son igualmente «mecánicas» y entonces puede no haber diferencia alguna entre fregar un suelo y escribir una poesía. La invención matemática descrita por Poincaré y Hadamard, unida a la invencible tentación de traducir sus contenidos en términos formalistas o «mecánicos», refuerza la sospecha de que ciertas capacidades introspectivas, a las que se suele atribuir un poder de control y un halo de evidente «superioridad», podrían ser epifenómenos relativamente marginales: creaciones admirables, pero no precisamente indispensables para *pensar*, de sinapsis y circuitos neuronales artificialmente reproducibles.

La parte más importante de nuestros pensamientos, se ha descubierto recientemente en el ejemplo de Freud, de Poincaré y de la psicología «cognitiva» experimental, es completamente inaccesible a la conciencia. El inconsciente piensa, entiende y distingue con una delicadeza que el yo consciente no posee. No hay espacio, entonces, para un «yo creativo» que escoge o dispone como quiere: esta entidad se reduce, más modestamente, a un rol de testimonio relativamente pasivo de lo que procesos inconscientes inventan y producen. Nadie, observa por ejemplo Daniel Dennett, quisiera identificarse con un puro autómata dotado de capacidades heurísticas y combinatorias; pero tampoco ninguna inteligencia quisiera coincidir con un simple testigo de lo que puede generar ese autómata. Cualquier análisis de la inteligencia, escribe asimismo Dennett, debe ser tal que ésta acabe por ser descompuesta en «partes tales que en ninguna de ellas haya inteligencia, y a este nivel de análisis no sobrevive, naturalmente, ningún "sí", con el cual queramos identificarnos».[1]

En la experiencia matemática el yo no tiene un acceso directo al *proceso* inventivo. Es más bien del *resultado* de ese proceso de lo que se tiene conciencia. Esta circunstancia tiene carácter «local», es decir, se refiere a la actividad de cada matemático como individuo pensante; pero también tiene relación con lo «general», con el crecimiento de la matemática en su complejo. Raramente ocurre que un arco entero de desarrollo de la disciplina sea el resultado de una intención consciente (individual o colectiva): se trata más bien de un movimiento en gran medida automático, un trabajo de recolección y de elecciones de combinaciones que sólo *al final* (un final siempre provisional) podrá compensar su miopía en una comprensión compendiosa y consciente. Sistemas individuales y metaindividuales funcionan del mismo modo, y lo que parece obvio para los segundos puede desenmascarar ciertas falsas presunciones de los primeros. Dennett ama citar la provocadora declaración de Karl Lashley: «ninguna actividad de la mente es nunca consciente».[2] En efecto, se pueden quizá distinguir las actividades psíquicas conscientes de las inconscientes, pero las primeras, de una manera no muy distinta a las segundas, podrían resumirse en la circunstancia de una simple accesibilidad de conjuntos de acontecimientos a subconjuntos neuronales especiales. Y esto daría la razón a una sustancial equivalencia, más allá de un grado distinto de *complejidad* organizativa y funcional de los dos tipos de fenómenos psíquicos.

El hecho es que ciertas prerrogativas que parecen distinguir tan claramente al hombre de la máquina no se demuestran

---

[1] D.C. Dennett, *Braisntorms*, Brighton, 1981, p. 89.
[2] Citado *ibíd.*, p. 165 y en D.R. Hofstadter, D.C. Dennett, *The Mind's I*, Nueva York, 1981, p. 13.

como instrumentos particularmente privilegiados o indispensables para pensar. Como ha escrito Garrett Birkhoff,[1] es verdad, por otra parte, que la habilidad *sintética* del matemático parece inaccesible a la máquina, superando también en gran medida, en el interés de la efectiva *conquista* de resultados *específicos*, las técnicas del «general problem solving». Para resolver un problema una calculadora debería generalmente cumplir millones de pasos inútiles, mientras que un matemático experto sabría ver brevemente, y de manera más clara, la solución. Pero ¿quién puede excluir que los *conceptos* usados por el matemático oculten una vertiginosa *complejidad* en términos de elementales deducciones formales y de símbolos primitivos? Una semejante, eventual «reductibilidad» quizá volvería plausible un «mecanismo pensante», con una contraparte *hardware* (por lo tanto, puramente física) para cada una de las configuraciones neuronales correspondientes a los conceptos complejos.

La difusión de máquinas «inteligentes», y no obstante carentes de existencia «mental», es singularmente coherente con los augurios del programa hilbertiano y, simultáneamente, con la misma primacía de un misterio de la inteligencia restituida por el fracaso de ese programa. Pero lo que más importa es que las partes «inanimadas» e «inteligentes», los «símbolos activos» en que parece descomponerse la inteligencia reproducen perfectamente esos fragmentos de matemática que se mueven en antagonismo a cada intención consciente, promoviendo la creatividad y sujetando la «libertad» a reglas extrínsecas y cambiantes. El automatismo del intelecto es el mismo automatismo del número que *parece* oponérsele como dato externo y no asimilable. Al menos bajo este perfil, y por una suerte de paradójico cambio, lo que aparece como un antagonismo

---

[1] G. Birkhoff, «Mathematics and Psychology», en *SIAM Review*, 11, 1969, pp. 429-469.

puede ser, en cambio, una asimilación recíproca y una final, perfecta identidad.

El reconocimiento de los límites del «poder de crear» (por un lado confirmados en lugar de ser atenuados por la confrontación con la máquina) debió de ofrecer, en cualquier caso, una notable contribución a la desdramatización de la «crisis de los fundamentos». Paradójicamente sólo un resultado «negativo» de ese alcance, que era también un epílogo de la tematización del misterio de la creatividad de fines del siglo XIX, podía, en efecto, hacer *olvidar* esa crisis. Si algunos vieron en los resultados de incompletitud un acontecimiento catastrófico, era no obstante relativamente claro, *desde ahora*, con qué «poder» era legítimo tratar al ser matemático. Que este poder fuera menor de lo que se esperaba era finalmente un hecho necesario e inevitable. Pero el reconocimiento de una *inevitabilidad* también puede favorecer, por contrapeso, una renovada conciencia de lo que se puede esperar de un trabajo como el del matemático: un trabajo que acaba por parecerse demasiado a los cánones generales de un conocimiento, o incluso de una existencia «humana» de la cual siempre se ha estado resignado a excluir ciertas supremacías. (Por lo demás, si realmente se debiera creer en el diablo, escribió Musil, se le podría imaginar como un entrenador que siempre empuja, precisamente, a nuevas supremacías).

Asimismo, Emil Post osó escribir que, con los resultados de Gödel y de Church, la lógica simbólica indica una «matemática hecha autoconsciente».[1] La técnica demostrativa de Gödel le da la razón, porque una peculiaridad suya es justamente la *autorreferencia*: un sistema formal para la aritmética es tal que se puede decir, con sus propias fórmulas, algo *de sí mismo*. Y no

---

[1] *Absolutely Unsolvable Problems...*, óp. cit., p. 345.

se trata de un mero recurso que sirve para una demostración. La autorreferencia aplicada por el teorema de Gödel es, *por sí misma*, un fragmento de matemática (o de lógica) de extremo interés psicológico, que simula lo que ha sido tomado, por otro lado, como un rasgo característico de la vida mental. Se trata, como redescubrió entre los primeros Marvin Minsky, de una *bipartición* fundamental de la psique:[1] una parte concerniente a la vida mecánica, física, geométrica; la otra a los significados, los valores morales o sociales, el libre albedrío u otra cosa. Pero una, dice Minsky, ofrece necesariamente un *modelo* de la otra: la parte concerniente a fenómenos llamados «voluntad» o «libre albedrío» no es otra cosa que un modo de describir, o de darse cuenta de la otra parte, aquélla más directamente implicada en la experiencia física o mecánica. Mientras ésta actúa, se mueve y responde a las preguntas más simples, más elementales («¿cuánto mides?», «¿estás sentado o de pie?», «¿estás detenido o te estás moviendo?»), la otra mitad de la psique elabora conceptos que dan razón de lo que está ocurriendo («estoy sentado porque *quiero* o *elijo* estar sentado»). El problema, escribe Minsky, está en el hecho de que fenómenos como la «voluntad», o el «libre albedrío» escapan a la aplicación de un aparato congruente de *reglas* (mientras que determinadas reglas, sean correctas o equivocadas, están disponibles para explicar la realidad física). En último análisis la parte del sí que *mira* a la otra parte moverse, actuar y nutrirse[2]

---

[1] M. Minsky, «Matter, Mind and Models», en *Semantic Information Processing*, ed. M. Minsky, Cambridge, Mass., 1968, pp. 425-432. El tema es retomado y ampliado por Hofstadter, en el sentido indicado por los resultados de Gödel, en *Gödel, Escher, Bach...*, *óp. cit.*

[2] De esta bifurcación del sí, observa R. Calasso en la *Rovina di Kasch*, Milán, 1983, p. 177; traducción al español, *La ruina de Kasch*, Barcelona, 1989, es imagen la pareja de pájaros de las *Upanisad*: sobre la misma rama del árbol cósmico uno come mientras el otro mira al que come.

(por más compleja y exhaustiva que ésta sea) se ha extendido, por decirlo así, a una zona de inexplicabilidad, que presumiblemente la primera parte no llegará nunca a asimilar del todo. La duplicidad es irresoluble, y quizá es una versión actualizada de la otra fundamental duplicidad, la de sujeto y objeto: si la psique no estuviera dividida así, querría decir que nada *externo* se impondría a la atención de su parte «superior». La misma necesidad de un *modelo* desaparecería del todo y todas las cosas serían simultáneamente externas e internas, mecanismo y conciencia: lo mecánico o físico ya no se volvería el *objeto* de una mirada externa irreductible al mecanismo observado. Esta irreductibilidad es prefigurada por el teorema de Gödel, que indica cómo una máquina que produce teoremas se contrapone a un acto mental que intuye una verdad que la máquina no puede demostrar. Pero dado que ese acto, a su vez, es simulado por una máquina, la verdadera escisión entre interior y exterior está más bien en lo problemático de una visión «in toto» que nunca se da «racionalmente» o «conscientemente», sino sólo *inconscientemente*. El «último» ordinal Ω o la nombrabilidad de los números ordinales infinitos son objetos inaprensibles, pero *indican* una disponibilidad a representarse algo que se contrapone incesantemente a las fórmulas que se esfuerzan por simularlo. Puede entonces parecer consecuente y hasta previsible que la observación del inconsciente dé lugar al reconocimiento de aspectos, como la simetría o la homogeneidad, atribuibles a un infinito incondicionado o «absoluto», según lo que ha demostrado e ilustrado ampliamente Ignacio Matte Blanco.[1] En esta homogeneidad tendría su origen una creatividad que no se explica en un recorrido rectilíneo y tranquilo, sino que se tropieza regularmente —y siempre *esencialmente* en el *finito*— con esas irregularidades que remiten de nuevo a

---

[1] I. Matte Blanco, *The Unconscious as Infinite Sets*, Londres, 1975.

la bipartición observada por Minsky. Como ha concluido perfectamente Rudy Rucker al margen de sus reconstrucciones de las paradojas de Berry y de Richard: «Hay dos modos distintos de la conciencia: el finito y el infinito»;[1] o incluso, en especial si se incluye en el pensamiento la prefiguración inconsciente de sus intuiciones «últimas», «ningún esquema finito puede captar la esencia de la forma en que se conectan lo real y lo ideal, lo físico y lo mental, el lenguaje y el pensamiento».[2]

Semejantes conclusiones replantean los temas del programa de Hilbert y el nudo central de la «crisis de los fundamentos»: la relación recíproca entre pensamiento y fórmulas. Pero cuando se ha establecido que esta relación es defectuosa e incompleta emerge naturalmente la idea de una reexaminación inspirada en criterios tradicionalmente excluidos. Si no se logra, con los medios sugeridos por la lógica, conectar lo real con lo ideal, ¿por qué no recordar la manera en que Aristóteles había llegado a la conclusión de que «el alma es en cierto sentido todas las cosas» (*De anima*, 431b: ἡ ψυχὴ τὰ ὄντα πώς ἐστι πάντα)? La idea aristotélica de una proximidad entre el alma y el ente se tradujo, en la era de la «crisis de los fundamentos», en el *Daisen* de Heidegger, en el Ser-ahí como estar enfrente, o en medio, del mundo objetivo. Pero el ostracismo que golpeó a Heidegger (por ejemplo, en la feroz polémica de Carnap) es signo emblemático de una decapitación, de un rechazo que termina luego por enclavar a la lógica en sus mismas extremas conclusiones, de las cuales no puede volver a emerger si no es perpetuándose en un trabajo rico en ideas, pero carente de orientaciones absolutas, ajeno al «gran estilo» que era de las visiones de Weyl o de Zermelo, de Hilberto o de Brouwer.

---

[1] R. Rucker, *Infinity and the Mind, óp. cit.*, p. 107.
[2] *Ibíd.*, p. 129.

Con sorpresa nos percatamos de cómo algún matemático[1] aún piense en Heidegger, y vuelva a proponer ahora una lógica inspirada en la experiencia (¿no había dicho Enriques que la matemática es justamente «racionalización de la experiencia»?) expresada por términos clave como *Daisen, Umsicht, Umgang, Umwelt* u otros. Pero es difícil olvidar que el reto más eficaz al dualismo sujeto/objeto ha venido de particulares y extraordinarias experiencias iniciáticas; por ejemplo, las compendiadas en los *koan* del budismo zen,[2] para el cual el mismo problema de la existencia externa e independiente de un objeto es sólo aparente, y tal, por lo tanto, que bastaría un instante de iluminación para disolverlo.

III. Digresión sobre el destino

El teorema de Church, interpretado por Post como prueba de una inevitable intromisión de la creatividad, remite al sentido de aquellas sentencias de Escoto Eriugena que inspiraron la «Especulación trascendente sobre el aparente diseño intencional en el destino del individuo» de Arthur Schopenhauer: «Est etiam alia species ignorantiae in Deo, quando ea, quae praescivit et praedestinavit, ignorare dicitur, dum adhuc in rerum factarum cursibus experimento non apparuerint». Y aún: «tertia species divinae ignorantiae est, per quam Deus dicitur ignorare ea, quae nondum experimento actionis et operationis in effectibus manifeste apparent; quorum tamen invisibiles rationes in seipso, a seipso creatas et sibi ipsi cognitas possidet».[3]

---

[1] Por ejemplo G.C. Rota, *The End of Objectivity*, Oxford, 1974.
[2] Véase por ejemplo el libro de T. Izutsu, *La filosofía del Buddismo Zen*, Roma, 1984.
[3] Citado en A. Schopenhauer, *Parerga e paralipomena*, vol.1, ed. G. Colli, Milán, 1981, p. 303.

La «crisis de los fundamentos» y los resultados de incompletitud e indecidibilidad tuvieron el efecto de *romper* la presunta unidad del conocimiento, reeligiendo la intuición y la empiria a principios de regulación del saber matemático. Pero si es verdad lo que decía Husserl, que el destino de las ciencias es inseparable de aquel del hombre, sería legítimo interpretar la «reanudación» de Escoto Eriugena como un reflejo de lo que le estaba ocurriendo a la ciencia. No es casual que las sentencias del *De divisione naturae* fueran asimiladas, después de Schopenahuer, por autores que tuvieron una percepción más o menos directa de la crisis moderna de la matemática; e indudablemente las mismas sentencias contribuyeron, al margen de esa crisis, a reforzar la imagen literaria de una existencia ignorante y dividida, de un destino que desde ahora sería más fragmentado y «experimental».

El contenido de la «Especulación trascendente» de Schopenhauer era, en resumen, el siguiente: los acontecimientos de los que está entretejida nuestra existencia tienen su raíz última «sólo en nuestra verdadera y secreta intimidad, dado que el *alfa* y el *omega* de toda existencia están encerrados en último análisis en nosotros mismos».[1] Pero la fuerza que realiza un destino es secreta e inexplicable. Ella, es cierto, guía los movimientos más intrincados de nuestra vida, atraviesa como un hilo invisible todo lo que hacemos; pero en su esencia se mantiene escondida, inefable, y actúa en consecuencia, muy a menudo, «contra nuestras intenciones momentáneas». En resumen, escribía Schopenhauer, se actúa de conformidad con un *doble* criterio: una intencionalidad (*Absicht*) local, una respuesta totalmente ignorante y miope a las preguntas de la vida, y, por otro lado, un proyecto recóndito, misteriosamente activo, que encierra, realiza y vuelve comprensible un arco entero de acontecimien-

[1] *Ibíd.*, p. 295.

tos. Este proyecto realiza también una profunda, en ocasiones inexplicable solidaridad entre *necesidad* y *contingencia*. Mezcla la casualidad y la necesidad como en una elaborada obra de arte. Y exactamente como ocurre en la escritura de una obra de arte, el trabajo no se manifiesta en toda su lógica salvo *al final*, cuando está terminado, mientras que apenas comenzado parece no tener ni plan ni meta. Es erróneo, decía entonces Schopenhauer, que creamos dominar nuestro destino. Se actúa como en estado de hipnosis, ignorantes del sentido de lo que ocurre, y siempre valdrá la sentencia de Jeremías: «El actuar del hombre no está en su poder, y nadie puede establecer su modo de vivir ni puede mover a voluntad sus pasos».

El mecanismo del destino le recordaba a Schopenhauer el del *sueño*, y esta semejanza contribuyó a reforzar la imagen de Schopenhauer como precursor de las modernas teorías del inconsciente. Así lo consideró Thomas Mann en su conferencia por el octogésimo cumpleaños de Freud, en 1936. La tesis de la «Especulación trascendente», comentaba Mann, era que el estado de vigilia se parece al del sueño: en el sueño la voluntad recita inconscientemente «la parte de un destino despiadadamente objetivo», y «así también en la vigilia [...] nuestros destinos podrían ser el producto de nuestra íntima voluntad»: el hombre es artífice, y simultáneamente ignorante, de todo lo que le ocurre.[1]

En algunas páginas de Freud, se toca lo que podría ser un nexo, y un principio de común desarrollo, entre *destino* y *creatividad*. (Esto quizá correspondería, incidentalmente, a la procedencia de una misma raíz [*dzaian, iaion*] que destino y creatividad tienen en las lenguas turco-mongolas).[2] Freud decía

[1] Th. Mann, «Freud und die Zukunft», en *Gesammelte Werke*, vol. ix, Oldenburg, 1960.

[2] *Cfr.* E. Zolla, *Le potenze dell'anima*, Milán, 1968, p. 74; y W. Schmidt, *Manuale di storia comparata delle religioni*, Brescia, 1949, p. 239.

precisamente que el asociacionismo clásico era insuficiente para descifrar un sueño y que era oportuno reconocer, más allá de un decurso arbitrario o casual de pensamientos, un «contenido latente» y un pensamiento *finalizado*. Él acuñó el término «representación finalizada» para indicar la *preexistencia* de una *meta*, la actividad de un pensamiento latente capaz de atraer y organizar un sistema entero de representaciones psíquicas de otra manera arbitrarias. Y en el séptimo capítulo de *La interpretación de los sueños*, en una nota de 1914, Freud alude a la posible transposición de esas conclusiones al pensamiento abstracto y a la creatividad artística: es el inconsciente, escribe, el que elige según los fines del interés; y lo que vale para la asociación de ideas del pensamiento abstracto, vale también para las representaciones de los sentidos, para las combinaciones artísticas y para las ocurrencias de espíritu.

Por medio de Schopenhauer y Mann, también Hermann Broch debió de conocer las afirmaciones de Escoto Eriugena. Y, en efecto, la experiencia literaria de Broch está en gran parte inspirada en la idea de una posible *unidad* idealista (o mística) de sujeto y objeto como se podría deducir de Freud o aún antes, justamente, de Schopenhauer. Rehaciéndose a esa unidad, Broch elaboraba su *teoría de los valores*: un sistema de valores, decía, tiende a imponer al mundo, o a *construir* el mundo según axiomas y verdades tautológicas preconcebidos por el sujeto; y es entonces como si el Yo, después de haber creado por sí mismo, en un perfecto solipsismo, sus valores y sus verdades, los reconociera en equivalentes, afines constelaciones de acontecimientos del mundo externo. Pero estas ampliaciones simbólicas del Yo, aun generadas por alguna sabiduría inconsciente, no responden a la idea de completitud y de absoluto que en ella están necesariamente prefigurados. De aquí la existencia del hombre como imperfecto vidente, como «sonámbulo». El hombre vive eligiendo por instinto entre las varias acciones posibles, advierte cuál puede ser la acción «justa», pero no obstante siempre está condenado a avanzar a tientas, paso a paso. Su existencia es *empírica* a su pesar: se mueve por la idea de absoluto y recorre las fases sucesivas de una existencia relativa y finita.

Justamente la matemática ofrecía a Broch el ejemplo más eficaz de una *experimentación* sustentada en una precognición de absoluto. Y, en efecto, el protagonista de *La incógnita* es un joven matemático, Richard Hieck, que se asoma al mundo de la investigación con una tesis de licenciatura sobre la teoría de los grupos, y es justamente inducido a conocer por la prefiguración de una totalidad, de una explicación final en que todo fenómeno esté comprendido en la infinita red de conexiones con el mundo circunstante. Aspiración inevitable, da a entender Broch, justamente porque toda acción que afirme un sistema de verdades-valores lo hace en la perspectiva de un punto hacia el infinito, dejando traslucir el carácter necesariamente ilimitado de toda voluntad ética. «Cuanto más comprendía Richard los fines en cuya realización debía consistir su vida, más le parecía evidente que su objetivo debía ser abarcar todos los fenómenos de la vida, abarcarlos de manera matemática, mensurable, porque gracias a la matemática y a la plena conciencia del mundo alcanzaría la totalidad de su propia vida».[1]

Pero precisamente aquí se introducía esa dificultad del infinito que condena al hombre a una suerte de sonambulismo perenne, de penoso titubeo y de radical ignorancia de su verdadero destino. Lo que seguía impresionando a Richard, escribía Broch, «era la desproporción entre el hecho y el hacer. Ríos de riqueza pasaban por su cerebro, se propagaban en los nervios y en las venas, volvían su sangre ligera y hacían que sus ojos interiormente contempladores pudieran mirar lejos; pero

---

[1] H. Broch, *Die unbekannte Grösse*, Berlín, 1933.

la conclusión de esta espléndida gala no era, en el mejor de los casos, más que un teorema científico de alcance limitado, o algo que se podía llamar un principio matemático y que apenas merecía la pena publicar».[1]

Los «sonámbulos» Pasenow, Esch o Huguenau, como Hieck o Zacarías, se mueven con un «oscuro sentimiento de la verdad», pero frente a la más amplia y compleja estrategia de la historia actúan con perfecta ignorancia y miopía. Su destino está truncado, miope justamente, y en ciertos casos prevalece sin duda, hasta como *valor* intencional, la utilidad inmanente y circunscrita de cada acción. Es entonces como si el fatal desmembramiento del absoluto en la más desorientada empiria hiciera de este último el *único* valor afirmable; y la apariencia de «racionalidad» que corresponde a la iniciativa individual suplantara a la más compleja e inescrutable estrategia de la casualidad y de la justicia.

Perfecta es la imagen de Huguenau, desertor, comerciante sin escrúpulos, verdadero ejecutor de la disgregación de los valores, que camina inerme por la campiña belga devastada por la guerra, demostrando «una perfecta indiferencia, como bajo una campana de vidrio, aislado por el mundo y sin embargo inmerso en él, sin preocuparse de nada».[2] Es por lo demás el propio Huguenau quien realiza inconscientemente el modelo de una «especulación en sí», de una disgregación de valores y de una política sin escrúpulos donde nadie «mira ni a diestra ni a siniestra», sino que sólo se concentra en su propio provecho personal. Él ve muy bien de *cerca*, por decirlo así, pero no sabe nada de lo que sucede *lejos*. Y en efecto, escribió Broch, las cosas son a la vez «demasiado cercanas y demasiado lejanas».[3]

---

[1] *Ibíd.*, p. 88.
[2] H. Broch, *Die Schlafwandler*, München-Zürich, 1931-1932.
[3] *Ibíd.*, p. 308.

De aquí la idea de que el destino debe tener *dos* caras, la de la proximidad, parcial e ilusoria, y la de la lejanía o de la trascendencia. Musil lo expresó de la manera más explícita: «Es como si en nosotros hubiera dos estratos de vida relativamente independientes, que por lo general se mantienen en equilibrio. Y ya que se habló del destino, también se podría decir que tenemos dos destinos: uno móvil y sin importancia, que se cumple, y otro inmóvil e importante, que nunca se conoce».[1] En *El hombre sin atributos* la existencia «experimental» no se mantiene, sin embargo, circunscrita en los valores que el experimento quiere imponer como sucedáneo de la imposibilidad de una norma ética. La existencia «experimental» es una estrategia de espera para descubrir el destino inmóvil, para hacer justicia a los recíprocos desequilibrios de la vida, y para realizar, en la ambigua lectura de las leyes de la *casualidad*, un ideal de santidad que se diría taoísta. Aun en la condición experimental, ya augurada por Nietzsche, Ulrich es, por lo tanto, el opuesto de Huguenau. Éste es, en efecto, el hombre impregnado de realismo, de una capacidad de cálculo y de racionalidad práctica, que sin embargo no sabe nada de la irracionalidad que es la esencia de su silencioso obrar, no sabe nada de la «irrupción desde lo bajo» a la que está expuesto, no comprende, en suma, las leyes ocultas con que opera la *casualidad*. En una ininterrumpida simbiosis de «racionalidad» y de «irracionalidad», de cálculo y de contingencia consiste, por lo demás, esa aparente contradicción, escribió Broch, que se resuelve sólo en lo más profundo del alma. Y, pensando en su *Muerte de Virgilio*, comentaba: «Toda vida humana está determinada por esta unidad [de "racional" y de "irracional"]: quienquiera que lance una mirada retrospectiva, a vuelo de pájaro, a su propia

---

[1] R. Musil, *Der Mann ohne Eigenschaften*, Berlín, 1931-1943; traducción al español, *El hombre sin atributos*, Barcelona, 2004.

vida la percibe como unidad ininterrumpida, y ello a pesar de los aparentes contrastes irresolubles que la han llenado».[1]

Las leyes de la casualidad inducen a Ulrich a una renuncia escéptica a la *decisión*, a la *voluntad* entendida en el sentido que le corresponde a la raíz *wel*: capacidad, precisamente, de decidir, orden, imposición que pretende como respuesta uniformidad y conformidad de actitud (de donde «vulgus»). La voluntad o la *intención* —en el sentido tomista de «actus voluntatis in finem» (*Summa Theol.*, ii, q. 12, 1)— es movimiento hacia un *objetivo*, hacia una realización estable y legisladora. Junto a las leyes estadísticas era entonces la misma crisis de la matemática la que sugería a Musil un «freno», una inhibición similar a la *epoché* ya teorizada por Husserl. Musil leyó la obra de Felix Kaufmann, en parte inspirada en Husserl, *Das Unendliche in der Mathematik und seine Ausschaltung* (1930), y sacó la conclusión de que los signos matemáticos que denotan el infinito únicamente pueden aludir, en la experiencia, a conjuntos abiertos e incompletos, por lo tanto a realidades inestables, imperfectas e inaprensibles, a cuya confrontación se está expuesto a un máximo de peligro, así como a una paradójica ocasión de salida y de liberación. El infinito que la matemática y la lógica no lograban *objetivar* era como un Leviatán que paraliza y, si no mata, aplaca y cura. Aquí un solo error en la disposición del «espíritu» era decisivo. Como escribía Schiller, en una página retomada en los *Diarios* de Musil, «nosotros los hombres estamos frente al universo como la hormiga frente a un... edificio... Un error en este punto es una injusticia contra el ser eterno, que quiere ser juzgado según el diseño infinito del mundo, no según cada fragmento por separado».[2]

---

[1] H. Broch, *Dichten und Erkennen*, ed. H. Arendt, Zürich, 1955.
[2] R. Musil, *Tagebücher*, Hamburgo, 1955; traducción al español, *Diarios*, Madird, 2004.

Si hay un tránsito del destino móvil, sin importancia, al inmóvil, que no conocemos, Schnitzler trató de seguirlo paso a paso, desde la sucesión de los microacontecimientos hasta la delineación del más amplio marco que los encierra. En el ininterrumpido monólogo, en el delirio obsesivo o en la previsión de muerte Schnitzler captó la formación y la expansión de esos átomos de verdad o de imaginación que inclinan paulatinamente los acontecimientos hacia una conclusión según una lógica férrea y oculta, la misma de la que hablaban Freud y Schopenhauer. De la precognición inconsciente (o subconsciente) de la que escriben en diferentes contextos Emil Post y Hermann Broch se sugiere un caso ejemplar en la página final de *Fuga en las tinieblas*. Robert sufre de un delirio obsesivo: supone que tiene que morir a manos de su hermano. Y la sucesión de los acontecimientos le da finalmente la razón. Sin embargo, Robert no es capaz, evidentemente, de prever el *modo* en que se habría alcanzado esa conclusión. De ella sólo tiene un presentimiento. Schnitzler concluye entonces que lo que llamamos obsesión y que a veces es, en realidad, un presentimiento no es más que un conjunto de «razonamientos en la esfera del inconsciente. La lógica de lo metafísico, quizá podría llamárseles».[1]

En *Fuga en las tinieblas*, así como en *Sterben* (*Morir*) o en *Fräulein Else* (*La señorita Elsa*) la muerte tiene precisamente el carácter de síntesis y de explicación retrospectiva del arco entero de acontecimientos y de pensamientos que la han precedido. Y el sentido del relato se revela, por lo tanto, en la confrontación entre intención momentánea y causa final, y en el problema de delinear conscientemente, *en medio*, un rasgo de explicación exhaustiva. Pero quien debe morir (y asimismo *sabe conscientemente* que debe morir, como Félix en *Sterben*) sufre el inevitable don de Prometeo: pierde conocimiento de

---

[1] A. Schnitzler, *Flucht in die Finsternis*, Berlín, 1931.

su propio destino de muerte. A menudo la causa es una miopía de la mirada, un estar pegado a lo que está más cercano, una incorregible propensión a la *proximidad*, exactamente como le ocurre, por otro lado, al *Osokin* de Uspenskij. En *Sterben* la compañera de Félix, María, se siente autorizada a decirle delicadamente: «Aún no estás completamente curado», o a observar: «¿Qué sabemos nosotros los mortales del futuro?», con lo que la muerte logra parecerse, día con día, a un fondo opaco e incomprensible, o bien a un cielo de un azul despejado y profundo, del que Félix no soporta la vista prefiriendo, dice, las nubes: «Las nubes aún nos pertenecen; por eso tengo la impresión de mirar algo familiar».

Pero cuando sólo el inconsciente advierte el fin, éste se vuelve el epílogo de una suerte de autorreproducción de la idea. En el monólogo de *Fräulein Else* la idea de la muerte se adensa poco a poco y recurre siempre con mayor frecuencia desde el instante en que apenas fue, inadvertidamente, concebida. Acontecimientos externos favorecen su propagación, hinchan su significado, la aprietan en una red de acontecimientos y de razones consecuenciales; y la idea de morir se intensifica sin tener que someterse a una explícita intención o voluntad: vive y crece *automáticamente*.

Fue Kleist, en su *Michael Kohlhaas*, quien dio una insuperable imagen artística de este automático «rodar» bajo los acontecimientos al impulso de un solo hecho insignificante. La historia encuentra por lo demás una correspondencia en el ensayo, del mismo Kleist, «Über die allmähliche Verfertigung der Gedanken beim Reden» («Sobre la constitución progresiva de pensamientos a través de la palabra»). Aquí Kleist examina las distintas situaciones en que la *idea* toma cuerpo *hablando de ella*: cuando en un primer momento no se logra encontrar la solución a un problema, a menudo es útil empezar simplemente a hablar de él; entonces una palabra, como se dice, atraerá a la otra, y se llevará a cabo un desarrollo de pensamientos que no se había sabido concebir antes de haber abierto la boca. La primera palabra es la materialización de un pensamiento que requiere un cumplimiento, es el primer acto de un proceso automático e ineluctable.[1]

De la misma ineluctabilidad hablan también pocas líneas de la *Maitrāyaṇīya Upaniṣad*: «También se ha dicho en otras partes: así como las oleadas en los grandes ríos, los actos ya realizados son irreversibles; al igual que la marea creciente del océano es su movimiento hacia la muerte».[2]

Pero uno se pregunta, en definitiva, ¿*de qué está hecho* el nexo que liga los acontecimientos en un destino? La construcción de Gödel, al decir que unas fórmulas pueden dar indicaciones sobre la naturaleza del sistema al que pertenecen, sugiere por analogía que quizá sean *los propios acontecimientos*, leídos de la *manera* en que se disponen, los que indiquen la ley que los gobierna. Desde cierto punto de vista (el «externo») el destino es el conjunto de los acontecimientos. Desde otro (el «interno») el destino es un δαίμων o una guía inmaterial.

Algo parecido había imaginado Fechner en el siglo pasado. En su *Zend-Avesta* (1851) se lee: «Se ha llegado a creer que la apariencia espiritual y la corpórea tienen en su raíz un ente común que aparece de manera distinta bajo el aspecto interno y bajo el externo, y que los respectivos procesos son, en el fondo, un mismo y único proceso que se presenta como diferenciado únicamente bajo el aspecto fenoménico».[3] El alma, pensaba Fechner, podría presentarse como vínculo invisible, como

---

[1] *Cfr.* J. Schlanger, «Kleist: "l'idée vient en parlant"», en *Littérature*, 51, octubre 1983. *Cfr.* también, de G. Gabetta, «La questione euristica in margine a un saggio sull'invenzione», en *Paradigmi*, 8, 1985, pp. 289-296.
[2] *Maitrāyaniya Upanisad*, IV, 2.
[3] G.T. Fechner, *Zend-Avesta*, Leipzig, 1851.

principio de descripción, a distintos niveles, de una realidad corpórea. Para ejemplificar la relación entre el interior y el exterior él comparaba al segundo con una sucesión de números como (a) 1, 2, 3, 4, 5, ..., o bien (b) 1, 2, 4, 7, 11, 16, 22, ..., y al primero con el carácter distintivo de esas sucesiones, que permite describirlas sin detallarlas término por término: (a) es una multiplicidad de miembros *visibles* que *invisiblemente* poseen la diferencia constante 1; (b) es un aglomerado análogo de entes visibles en que las diferencias entre entes sucesivos no son constantes como en (a), pero coinciden con los números 1, 2, 3, 4, 5, ..., es decir, coinciden con los miembros de la sucesión (a). Es como decir, por analogía, que un elemento espiritual es más simple o más complejo que otro, según sea más o menos simplemente referible a la realidad corpórea que lo sostiene. El alma de (a) es relativamente simple; el alma de (b) incluye la de (a) y es signo de una espiritualidad más alta y compleja. Así, los cuerpos de todos los organismos están hechos del mismo material, pero organizaciones más complejas y con estratos múltiples de vínculos descriptivos corresponden a espiritualidades superiores. Y nada impide extender estas consideraciones a organismos más complejos que el hombre. Trata de sentirte unido, aconsejaba Fechner, a la tierra y a todos los seres terrestres, no uno aquí y el otro allá con un vacío en medio, sino en «una conexión orgánica y viviente, sobre todo espiritual, con todos los que fueron antes de ti y serán después de ti» y piensa que «estás llamado a vivir la vida de un espíritu más elevado».[1]

En el fondo también Musil, en medio del chatamiento estadístico y de los aspectos decepcionantes de la *Zivilisation*, ponía una prudente esperanza de liberación. Las masas, decía, están reguladas por un destino, por una ley invisible que regula, a la

[1] *Ibíd.*, p. 121.

larga, excesos y defectos, proyectando en un «cosmos inundado de soñolienta dulzura»[1] los fragmentos en que se ha disuelto la unidad.

[1] R. Musil, *Der Mann dine Eigenschaften*, cit., p. 700; traducción al español, *El hombre sin atributos*, Barcelona, 2004.

CAPÍTULO SÉPTIMO

I. ORDEN Y REBELIÓN

Para quien aprecie los recursos del lenguaje simbólico y las ful-
míneas incursiones de la metáfora puede parecer muy seductor
que en la construcción de Gödel se haya visto algo del *arte*
lulliano. Fue Hermann Weyl quien sugirió que la paradoja de
la diagonal (descubierta por Cantor y utilizada por Gödel) se
asentaba en el viejo tentativo de recomponer el conocimiento
en la *unidad* de un sistema cerrado y exhaustivo de signos,
y que los resultados de Gödel eran quizá la más aguerrida
respuesta a la imaginación combinatoria de Ramón Llull, o
de Bacon, Leibniz o Swift. Pero se puede entonces despertar
la sospecha de que la incompletitud de la aritmética restituye
vigor a una asechanza ya combatida cuatro siglos antes: la que
nacía de la «constatación del carácter pluralista y "caótico" del
orbe intelectual, de la pobreza de las cogniciones humanas, de
la necesidad de un *singulare ac mirabile artificium* mediante el
cual fuera posible darse cuenta del orden del cosmos más allá
de un caos aparente».[1]

Bacon había visto en el universo una complejidad laberínti-
ca, y en el método lógico o en el *ars memorativa*, la solución a la

---

[1] P. Rossi, *Clavis universalis*, Milán-Nápoles, 1960, p. 60.

asechanza latente de un desbordamiento.[1] En el Medioevo y en el Renacimiento el orden que defendía de las fuerzas del caos se recogía en el simbolismo triádico, con base en la fundamental constatación de que todo par de contrarios siempre encuentra una conexión o una conciliación en la perenne confrontación entre *Pan* (el unificador) y *Proteo*;[2] y el *arte* lulliano era, por cuanto nos demuestra F.A.Yates,[3] un reflejo de la trinidad. En la segunda de las figuras basilares del *Ars Magna* (designada por la letra T), Lull define los tres principales triángulos de conexión entre los principios opuestos y su término medio: el igual es el nexo entre mayor y menor; la *concordantia* reúne la pluralidad generada por la *diferencia* y concede una pausa antes de la disolución de la *contrarietas*; el *medio* por antonomasia es el pasaje entre el principio y el término, el instrumento de conjunción de los entes distintos en la unidad o en el género mixto. «El medio es tan venerable como el principio», escribe Llull:[4] en concomitancia al principio es «principiante», en concomitancia al medio es «mediante». Y el tres era también el número de la lógica: Bernard de Lavinheta vinculaba el *medium* (el vértice de uno de los triángulos basilares de la figura T del *Ars Magna*) con el silogismo (el *medium coniunctionis*, escribía, es llamado así en tanto que «coniungit predicatum cum subiecto, ut patet in quod libet syllogismo»).[5]

Pero la asechanza contenida por el orden triádico podía obtener una considerable ventaja justamente del intento de dominarla. En su larga refutación de las ciencias astrológicas

[1] *Ibíd.*, p. 166.
[2] *Cfr.* E. Wind, *Pagan Mysteries in the Renaissance*, Harmondsworth, 1968; traducción al español, *Los misterios paganos del Renacimiento*, Barcelona, 1972.
[3] *The Art of Memory*, Londres, 1966; traducción al español, *El arte de la memoria*, Madird, 2005.
[4] R. Llull, *Ars magna, generalis et ultima*, Frankfurt, 1596, p. 8.
[5] B. de Lavinheta, *Explanatio compendiosaque applicatio artis Raymundi Lulli*, ed. E.W. Platzeck, Hildesheim, 1977, p. 58.

Pico alude a una posible influencia de demonios en abierta insubordinación a la intervención artificial de la magia.[1] En la *Jerusalén liberada* Tasso hace desencadenar toda suerte de fuerzas demoníacas contra quien quiere derrotarlas y reducirles su propio poder. ¿Qué otros ejemplos se podrían poner? Vale la pena recordar otros dos episodios, ambos centrados en el tema de la rebelión de los elementos: el pasaje de un poema alquímico escrito en el siglo XIX por Antonio Allegreti y el principio del tercer acto del *Rey Lear* de Shakespeare.

Allegretti atribuye el arte de los metales al más célebre don de Prometeo: el fuego. Pero la autoridad de Alberto Magno advierte enseguida que el arte es una pura ayuda a la obra de la Naturaleza, que sin embargo es siempre el agente principal, y que la Naturaleza compone las semillas de la generación de los metales en lugares recónditos y de difícil acceso. Ahora bien, el mito dice que Linceo llegó a vislumbrar cosas para otros inaccesibles, por estar demasiado lejanas o demasiado escondidas. Él llegaba a perforar con la mirada las más duras montañas y a ver hasta el fondo las profundas entrañas de la tierra, como a través del aire o del agua más transparente. Habiéndose percatado de sus poderes, Linceo quiso aprovecharlos, y partió a la conquista de lejanas regiones. Pero Tetis convocó a las diosas marinas: les advirtió que su secreta existencia estaba amenazada por un ojo indiscreto y mandó a una de ellas a avisar a Eolo, el rey de los vientos, cuyas apartadas espeluncas tampoco estaban ya seguras. Eolo desató entonces sus vientos, cielo y mar se confundieron, los elementos se rebelaron y una espantosa tempestad obligó a Linceo a refugiarse en los montes de Grecia, desde los cuales pudo finalmente contemplar,

---

[1] *Cfr. Disputationes adversus astrologiam divinatricem*, ed. E. Garin, Florencia, 1946, p. 172. Véase también E. Raimondi, *Poesia come retorica*, Florencia, 1980, p. 135.

dentro de los antros más cerrados e inaccesibles, los secretos de la creación natural de los metales.

También el rey Lear, al principio del tercer acto, es víctima de una rebelión de los elementos; antes bien, es él mismo quien invoca a la lluvia, al viento, al trueno y al rayo casi como demostración tangible de los ultrajes padecidos por sus hijas. Pero los elementos que así son evocados, cuales serviles ministros de las pérfidas Goneril y Regan, se rebelan en respuesta a una precisa y fatal iniciativa del rey, a ese acto inicial que da curso a los acontecimientos de la tragedia, y que consiste, en definitiva, en la repartición del poder y en la *división* del reino.

II. La división

A quien pretendiera buscar en la matemática una huella del mito se le presentarían innumerables ejemplos: de los mitos órficos a la leyenda germánica de la regencia usurpadora y «separadora» de Mithothy,[1] de las hazañas de Zeus y Prometeo al *Zohar*. Todo depende de asumir un ángulo visual que para algunos sería superfluo o intolerable, pero para otros confirmaría una sorprendente, y sin embargo previsible, analogía. ¿Acaso sería posible, por ejemplo, para un cabalista, escindir la naturaleza de cualquier actividad, aun específica y exclusiva como la matemática, del movimiento ejemplar de las *sefiroth*? A la duda terminaría en cualquier caso por responder la sentencia de Moisés de León: «Todo está vinculado con el todo, hasta el último de los eslabones de la cadena».[2] El solo hecho de que una de las primeras *sefiroth*, *Biná*, signifique simultáneamente

---

[1] *Cfr.* G. Isnardi Chiesa, «Le prove linguistiche di Georges Dumézil», en *Conoscenza Religiosa*, 1-2, 1972, p. 170.

[2] Citado en G. Scholem, *Major trends in Jewis Mysticism*, Jerusalén, 1941; traducción al español, *Las grandes tendencias de la mística judía*, Madrid, 1996.

«Inteligencia» y «lo que separa las cosas» o «diferenciación»,[1] ya se aviene con una ley que la matemática aplica sin tregua a sí misma.

En el caso del diálogo de *Proofs and Refutations* Lakatos hace decir a un alumno: «¿Y si Dios hubiera creado los poliedros de manera que todo aserto universalmente verdadero que a ellos se refiere —formulado en lenguaje humano— fuera infinitamente largo? ¿No es antropomorfismo blasfemo asumir que los teoremas verdaderos (de Dios) son de una duración finita?».[2] Un escepticismo semejante surge en una discusión avanzada, como el posible resultado del incontrolable número de contraejemplos que se oponen a la conjetura inicial: la existencia de una relación precisa, descubierta por Eulero, entre número de caras, aristas y vértices de un poliedro. Una solución se propone al surgir tales contraejemplos. Un contraejemplo (esto es, un ejemplo que falsifica una conjetura) puede no ser, se sugiere, la prueba concluyente de la falsedad de una tesis. La tesis no puede sino plantearse, inicialmente, como prefiguración del posible punto de arribo de una indagación; pero se trata de una posición generalmente provisional, que espera justamente el resultado de los contraejemplos ya no para ser suprimida, sino más bien perfeccionada, corregida, *científicamente* reinterpretada.

Cuando se afirma, *inicialmente*, que para todos los *poliedros* es válida determinada propiedad *P*, el acto mental que se configura un *poliedro* supone con razón, pero ingenuamente, ser *concluyente*. Diciendo «poliedro» se forja, más o menos explícitamente, una definición que se reconduce a una sucesión de

---

[1] *Ibíd.*, p. 299.
[2] I. Lakatos, «Proofs and Refutations», en *The British Journal for the Philosophy of Science*, 14, 1963-1964, p. 233; ed. reimpresa a cargo de J. Worrall y E. Zahar, Cambridge, 1976.

imágenes mentales generalmente conectadas con ese término, y la tesis es un producto del reconocimiento perspicuo de la propiedad *P* en las imágenes contempladas. Pero una vez declarada, la tesis puede no resistir la prueba de los hechos.

La imaginación se revela en realidad mucho más rica de lo que se podía suponer en la presentación clara, pero de alguna manera miope e imperfecta, de la conjetura. Alentada por una actitud *crítica*, la imaginación se desahoga en la ideación de las irregularidades, rarezas, auténticos «monstruos» geométricos que parecen demoler la armoniosa regularidad de la conjetura. Una estrategia de defensa, y de parcial recuperación de la verdad tan aparentemente comprometida, es entonces sugerida por un método ya experimentado por los griegos: el método de la διαίρεσις (división), del *análisis* o subdivisión de la tesis en proposiciones que conduzcan a verdades más conocidas o mejor reconocibles. En resumen, el método funcionaba así: 1) asumir la verdad de la tesis; 2) considerar lo que se puede conseguir de la verdad de la tesis, que se llamará, por lo tanto, una implicación; considerar luego las implicaciones de tal implicación y proceder así, de esta manera, hasta el eventual hallazgo de una aserción que tenga el aspecto de verdad indiscutible. Si toda implicación es válida también en sentido inverso (es decir, implica a su vez la aserción de la que ha derivado) se obtiene de esta manera una demostración de la tesis: basta en efecto recorrer a la inversa, remontándose desde la última aserción hasta la tesis, el recorrido recién hecho. Los griegos llamaban a esta última operación, frente al *análisis*, una *síntesis*, una concluyente recapitulación hacia atrás de las implicaciones que terminaban por ofrecer el argumento demostrativo. El método de «reducción al absurdo» era un caso especial del método de análisis y de síntesis.[1]

---

[1] Para ulteriores precisiones *cfr.* R. Robinson, «Analysis in Greek Geometry», en

Desde las primeras frases de *Proofs and Refutations* Lakatos demuestra cómo una división y una distribución del contenido de una conjetura en un conjunto de lemas, de conjeturas subordinadas, es el único medio para salvar la verdad. Este *divide et impera* protege a la tesis del riesgo de un rechazo total inducido por un exceso de rigidez o por un inconsciente deseo de esterilidad; desvía la atención hacia las fases intermedias de la demostración, revelando esas hipótesis escondidas que los contraejemplos falsifican. Los contraejemplos, en efecto, falsifican no tanto la *tesis*, en su globalidad, como más bien alguna de las asunciones implícitas, pero no siempre reconocidas durante el intento de demostrarla. Por ejemplo (el ejemplo de Lakatos), se puede empezar suponiendo, con base en los casos más conocidos —los patológicos no vienen enseguida a la mente—, que *para todo poliedro* es válida la fórmula $V - E + F = 2$, donde V, E, F son, respectivamente, el número de vértices, aristas y caras del poliedro. Una demostración de este aserto se introduce pronto al inicio del diálogo, y consiste en un «experimento mental» que a una primera mirada parece correcto. Sin embargo, una actitud más cautelosa identifica sucesivamente sus partes más dudosas, y surge la oportunidad de «desmontar» el teorema en un determinado número de lemas separados. Los contraejemplos se articulan, pues, en una larguísima e imprevisible lista: cada uno de ellos consiste en un «poliedro» extraño, fuera de la norma, por decirlo así, para el cual no se verifica la igualdad $V - E + F = 2$. Pero esto no implica, se sugiere, la necesidad de rechazar *in toto* la tesis. Lo que se puede hacer es *subdividir* la tesis en cuantos más lemas posibles, y reconocer cuál de estos lemas está falsificado, y cuál no, por el contraejemplo. El lema

---

Mind, 45, 1936, pp. 464-473. De particular importancia es el caso en que el análisis no es un verdadero proceso de *deducción*, sino más bien una actividad mental dirigida a *intuir* verdades que puedan implicar la proposición que se debe demostrar. En ese caso sólo el proceso inverso, *sintético*, sería una inferencia real.

falsificado (que puede ser también un lema «escondido», no inmediatamente reconocible y por lo tanto difícil de aclarar) puede entonces ser «incorporado» en la tesis como condición adicional para la validez del aserto. Ya no se habla entonces de «poliedros» *tout court*, sino de «poliedros» que satisfacen ulteriores condiciones extraídas de un atento análisis de la demostración, de un esfuerzo de formulación explícita y rigurosa de los lemas (más o menos escondidos) que la sostienen. Estas condiciones especifican, circunscriben el ámbito de los objetos examinados. Las condiciones impuestas por el tamiz crítico de la primera demostración y por los contraejemplos *limitan* y *restringen* la noción de poliedro. Pero es una restricción aparente. Más bien lo que resulta —por lo general a largo plazo— es una definición *científica* que sustituye a la anterior, vaga, imprecisa e inadecuada para la especificación de las propiedades que se quieren extraer de ella. Se trata pues de un enriquecimiento, no de una restricción, del mismo modo en que términos como «carga eléctrica», «corriente eléctrica» o «infección viral» expresan situaciones más claras y más ricas de experiencia (si bien más circunscritas) que términos ingenuos como «electricidad» o «contagio».

Así pues, los *conceptos*, las *definiciones*, los mismos principios utilizados para la conquista de verdades más complejas, mudan y cambian de aspecto al tamiz de la crítica y del «crecimiento del conocimiento». Aquí se trata otra vez de un motivo localizable en la dialéctica platónica: el del continuo sustraerse de las proposiciones definitorias a una toma segura y definitiva. Vuelve a la mente el episodio del *Eutifrón*, en el cual no se logra definir la «santidad», y se dice que las hipótesis escapan como estatuas de Dédalo. En el *Eutifrón* se intenta la misma solución de Lakatos: διαίρεσις, la *división*. Sócrates trata de usar la técnica de la división de los géneros en especie para engarzar la idea de santidad en un árbol clasificatorio definido por bifurcaciones sucesivas. Lakatos divide el razonamiento en «módulos» o «lemas» separados, cada uno potencialmente inscribible como condición adicional en el enunciado inicial, y por lo tanto cada uno capaz de cambiar las *premisas* del razonamiento, los términos mismos del discurso científico. El desplazamiento del concepto, su «crecimiento», ocurre hasta que existen lemas escondidos falsificados por contraejemplos; pero esto puede generar aquella falsa infinitud a la que se aludía al principio, un proceder sin meta ni objetivo, que no es capaz de postular la existencia de una meta final. En el *Eutifrón* los términos del problema, aunque semejantes, aparecen desplazados: la alusión al movimiento de fuga de los principios ocurre antes de la aplicación de la διαίρεσις; pero la διαίρεσις no conduce ella misma a alguna conclusión, porque la santidad se queda como un estado de ánimo indefinible, que contiene una infinidad abierta de definiciones circulares o imperfectas.

Sin duda las técnicas demostrativas de los geómetras y de los filósofos griegos debieron de sugerir a Lakatos, si no exactamente *el esquema* del crecimiento del conocimiento, al menos algunos de los elementos esenciales que lo forman: *división* e inestabilidad de las *hipótesis* y de las *definiciones*. En *Proofs and Refutations* no existe tampoco una respuesta final al problema para como éste se propone inicialmente. Los estadios sucesivos del descubrimiento, de la división de la tesis en lemas, al descubrimiento de los contraejemplos, a la incorporación de lemas explícitos o escondidos, «engullen» literalmente los ingenuos conceptos que la primera conjetura propone, y los «digieren» hasta extraerles algo completamente nuevo y distinto. «El viejo problema ha desaparecido», se reconoce hacia el final del diálogo. «Después de Colón no nos habría de maravillar si *no se resuelve el problema que nos habíamos propuesto resolver*».[1] «Así,

---

[1] I. Lakatos, *Proofs and Refutations*, óp. cit., p. 321.

la "teoría de los sólidos", el original "ingenuo" territorio de la conjetura de Eulero se disuelve», se confirma de rebote, «y la conjetura remodelada se representa en la geometría proyectiva si es demostrada por Gergonne, en la topología analítica si es demostrada por Cauchy, en la topología algebraica si es demostrada por Poincaré».[1] Éste es el sentido que podría asumir la afirmación de que la conjetura «ingenua» se ha transformado en «teorema».

Pero lo que es sorprendente, observa Lakatos, es que «respetables historiadores no entienden que los conceptos *crecen*, y crean por sí mismos un laberinto de problemas».[2] Y no sólo ello, sino que este crecimiento ocurre a menudo, curiosamente, *a escondidas*, y sufre de un frecuente desacuerdo entre la *intención* de quien piensa y las instancias de transformación conceptual que los pensamientos sorprendentemente llevan consigo. Pero de esta transformación a menudo nadie se percata: prevalece un esfuerzo por confirmar el *propio* sistema de referencia; la actividad consciente de formación de un concepto pierde terreno detrás de su involuntaria e imprevista *extensión*, y todos caen presa de la desilusión heurística de que el muro de los contraejemplos *restrinja* indebidamente los conceptos.[3]

La naturaleza esencialmente *conjetural* de la matemática que sale de los diálogos de *Proofs and Refutations* ofrece, a su vez, una clave de lectura de la «crisis de los fundamentos». Lakatos sugiere que esta crisis fue la crisis de lo que él llama «programa euclidiano»: la puntualización de un sistema deductivo que prevea la existencia de verdades axiomáticas y de posteriores inferencias de verdades periféricas, todas convalidadas por una certeza, por decirlo así, inyectada «desde arriba». Un programa semejante

[1] *Loc. cit.*
[2] *Ibíd.*, p. 318.
[3] *Ibíd.*, p. 316.

se delineó, a fines del siglo XIX y principios del XX, primero mediante la aritmetización del análisis y la reconducción de la coherencia de la geometría a la coherencia de la teoría de los números (Hilbert). Luego a través de la abdicación de la intuición *aritmética* en favor de la *conjuntista* y *lógica* (Dedekind, Frege, Russell) y la asignación de la certeza matemática a pocas intuiciones aparentemente «banales». Pero la «banalidad» de los principios se transformó en la dificultad de una especulación matemática y de un sofisticado aparato de técnicas utilizadas por la investigación de los fundamentos. La crítica de Kreisel al programa de Hilbert demuestra, entre otras cosas, cuánto transformaron estas complicaciones imprevistas la orientación de aquel programa desplazando con los años sus finalidades y objetivos. La intención de *fundar* la matemática, a juicio de Kreisel, pierde actualidad frente a los *desarrollos* matemáticos (y lógicos) que los instrumentos aplicados por el diseño fundacionalista terminan por provocar. La idea de la fundación lógica se transforma entonces en matemática *aplicada*, y todo procede exactamente como *no* se había previsto, y no se podía prever, que procediera. Pero esta imprevisibilidad y este desplazamiento indefinido de los objetivos no deben degenerar, dice Lakatos, en el cinismo escéptico que sería natural esperarse. Y la fórmula para evitar la trampa del cinismo sería sugerida por la propia *historia* de los conceptos, por la puesta en escena del drama de su invisible transformación.

La fórmula —y esto es lo que puede desconcertar—, derriba literalmente los augurios del diseño fundacionalista de fines del siglo XIX, dando de él una versión marcada por la más completa *naivety*: «La banalidad y la certeza», escribe Lakatos, «son *Kinderkrankheiten* [enfermedades infantiles] del conocimiento».[1]

---

[1] I. Lakatos, «Infinite Regress and Foundations of Mathematics», en *Mathematics, Science and Epistemology, óp. cit.*, p. 22.

251

Pero una vez admitida como «enfermedad infantil» la certeza del fundamento, cambia también radicalmente la valoración de los resultados que terminan por minar esta certeza. Weyl los había juzgado catastróficos. Lakatos los trata como prueba del carácter conjetural de la matemática. Incidentalmente, este cambio de perspectivas atribuye implícitamente a la matemática entera aquella perfecta *elasticidad*, aquella naturaleza de *cuerpo gomoso*, que Lakatos detecta en el programa euclidiano. Este programa, dice, resiste los golpes más mortales difiriendo oportunamente sus propias demandas epistemológicas. Después de Gödel la intrusión del transfinito en la demostración de coherencia de la aritmética de Gentzen es juzgada por muchos soportable. La semántica de Tarski, por otro lado, parece ofrecer una imagen positiva de la metamatemática como instrumento para la definición de la verdad. Es cierto que los resultados a los que llega Tarski se aproximan a los de Gödel, revelando la inadecuación de un sistema formal a la definición de la verdad de sus asertos sin recurrir a un metasistema que lo considere como objeto. *Pero* una posibilidad de definir la verdad de las proposiciones de un lenguaje formal, *en cualquier caso*, dice Tarski, subsiste: para un lenguaje formalizado se puede construir una definición adecuada de «aserción verdadera» en el ámbito de un metalenguaje. Y aun si esta técnica remite al reconocimiento de una especie de «incompletitud semántica», Traski plantea su sentido predominantemente positivo: «En conclusión, se puede afirmar que la definición de la verdad y, más en general, la instauración de la semántica [la idea es demostrar la coherencia con base en la susodicha definición de verdad] nos permite contrabalancear algunos resultados negativos importantes, obtenidos en la metodología de las ciencias deductivas, con resultados paralelamente *positivos*, y por lo tanto llenar, en cierta medida, el vacío creado por ello en el método deductivo y en el propio edificio del conocimiento deductivo».[1]

Sin embargo, para la superación de la «crisis de los fundamentos» tuvo mucha más validez un completo cambio de perspectiva y de posición de valores que una parcial recuperación de lo que Lakatos llama «programa euclidiano». Lakatos acabó por proponer una imagen de la matemática como ciencia cuasiempírica: una ciencia esencialmente conjetural y falsificable, cuyos falsificadores no son, sin embargo, solas verdades fácticas (espacio-temporales), sino contraejemplos *matemáticos*. Esta conclusión es menos evidente cuando se estiman (tal como parecen) completamente incontrovertibles muchos teoremas o construcciones abstractas del álgebra y del análisis. Pero cuando surge la oportunidad de una indagación *ab initio* de conceptos nunca antes analizados, o cuando está en juego la definición de una idea aún demasiado *atrasada* respecto a la praxis matemática, los argumentos de Lakatos parecen invencibles. Está justificada, entonces, la impresión de que los principales instrumentos concebidos para la definición de la idea de «conjunto» o de «infinito», o de «número», o de «casualidad» tienen un valor esencialmente *conjetural*, y es plausible la lectura de la «crisis de los fundamentos» como reconsideración *crítica* de la *naivety* falsificada por las paradojas. Lo que está considerado superfluo es únicamente la implícita *posición de valor* que *pone* la conjetura. Y esto en homenaje a una imagen de la ciencia como dato *externo* y *objetivo*, del cual sólo queda por decidir si puede entenderse como verdad eterna o como concepto cambiante. La circunstancia de que estuviera en juego la posibilidad de una *definitiva* coherencia lógica del infinito se volvió un aspecto irrelevante de la entera cuestión

---

[1] A. Tarski, «The Concept of Truth in Formalized Languages», en *Logic, Semantics, Metamathematics*, Oxford, 1956, pp. 276-277.

de los fundamentos. Del augurio de una existencia lógica del infinito en acto no quedó nada, salvo la constatación de que los conceptos utilizados para definirlo *deben cambiar* en función del tiempo y de la experiencia científica. El valor que sustituye al infinito es éste: el reconocimiento implícito de que el *crecimiento* del concepto corresponde a un *efectivo* progreso del conocimiento objetivo. Paradójicamente se trata de la coronación de un concepto *negativo*, de una idea de apertura indefinida e imperfecta. Pero, resumiendo, se requiere hacer de necesidad virtud: escribe Lakatos que es necesario defender la dignidad de una ciencia falsificable del escepticismo cínico, y aprender a vivir, de la mejor manera posible, sin fundamentos.

Los argumentos de Lakatos encuentran, por otro lado, apoyo en la nunca amenazada supervivencia de una certeza inspirada por el *instinto*, por la *experiencia* o (si bien con alguna reserva) por la *inducción*. También para Russelll la inducción se volvió muy pronto el argumento de defensa de la verdad científica, porque, según decía ya en 1906, la credibilidad de los axiomas estaba en gran parte fundada en la verosimilitud de las consecuencias. En 1927 Fraenkel expresaba la misma confianza en la inducción, y comparaba las imperfecciones de la teoría de los conjuntos con las ya experimentadas, en el pasado, por el cálculo de los infinitesimales. Por último, se apelaba al consejo de D'Alembert: «Allez en avant, et la foi vous viendra».[1] En 1958 Carnap insistía, pues, en el reconocimiento de una analogía entre matemática y física: la misma «imposibilidad de absoluta certeza».[2]

También en el trabajo de Hilbert la referencia a esta analogía tuvo que actuar, clandestinamente, en favor de la victoria final

---

[1] Citado en I. Lakatos, «A Renaissance of Empiricism in the Recent Philosophy of Mathematics», en *Mathematics, Science, and Epistemology, óp. cit.*, p. 25.
[2] *Loc. cit.*

de una visión empírica. ¿Podía Hilbert, con su experiencia e inteligencia matemática, desconocer una base empírica del razonamiento? Si acaso su único error fue no profetizar el desmembramiento de su propio programa, su transfiguración en verdad, proyectos y conjeturas que habrían desplazado su orientación. Pero, a su vez, la idea de formalizar la matemática ¿no fue una gran contribución al crecimiento de los conceptos, precisamente, matemáticos? La polémica de Lakatos casi parece olvidar que su blanco (el formalismo) está él mismo sometido a crítica y división y que, por lo tanto, basta esperar. No hay antítesis sino aparente: dado como *valor* el crecimiento científico de los conceptos (por lo demás siempre silenciosamente operante), cada atisbo de programa euclidiano podría plantearse, aunque indirectamente y a largo plazo, como útil estímulo heurístico.

La orientación empírica atraviesa como una vena subterránea todo el periodo de la llamada «crisis de los fundamentos»: surge en la escuela de Borel; no falta en la gran escuela de Göttingen; se afirma en la escuela italiana de Enriques y Capelli; tampoco es ajena, como bien observó Natucci, a la matemática de Cantor y de Dedekind. La llamada a la empiria suena obviamente muy distinta en los diversos casos, pero siempre se trata no obstante de una vasta, multiforme afluencia a las tesis finales de Lakatos y Kalmár,[1] a la conciencia dramática del lugar de proveniencia, si no de la verdad, de la información que utilizamos en el intento de aferrarla. En este sentido, un fundamento es posible sólo *desde abajo*; establecido que el inductivismo, en sí y por sí, se debe ver con sospecha. «Los hechos», dice Lakatos, «no sugieren conjeturas»,[2] sino que más

---

[1] *Cfr.* L. Kalmár, «Foundations of Mathematics. Whiter Now?», en *Problems in the Philosophy of Mathematics*, ed. I. Lakatos, *óp. cit.*, pp. 187-194.
[2] *Proofs and Refutations*, *óp. cit.*, p. 303.

bien producen falsificaciones que orientan la actitud crítica que desmonta y divide la demostración, solicitando indirectamente el crecimiento (clandestino) del concepto. Ya Popper, en *Logik der Forschung* (1934), había refutado la doctrina ampliamente difundida de un conocimiento fundado en la inducción, y también había indicado la dificultad de formular un *método* para el descubrimiento de auténticas novedades conceptuales: «En cualquier caso, mi manera de ver la cosa —por lo que vale— es que no existe ningún método lógico para tener nuevas ideas, y ninguna reconstrucción lógica de este proceso. Mi punto de vista se puede expresar diciendo que todo descubrimiento contiene un "elemento irracional" o "una intuición creativa" en el sentido de Bergson. De manera similar, Einstein habla de la "investigación de aquellas leyes altamente universales [...] de las cuales podemos obtener una imagen del mundo gracias a la pura deducción. No existe alguna vía lógica, dice, que conduzca a estas [...] leyes. Éstas se pueden alcanzar sólo por medio de la intuición, basada en algo que podemos llamar identificación [*Einfühlung*] con los objetos de experiencia"».[1]

La aproximación de la matemática a la física, aun realizado con el *trait d'union* de la axiomática (Hilbert), produce *en cualquier caso* una especie de solidaridad, un recíproco pactar para alcanzar, al menos en ausencia del fundamento, la «unidad del conocimiento».[2] Y, por singular coincidencia, un ejemplo propuesto por Hilbert, el de asumir como axioma la hipótesis de Riemann, es el mismo ejemplo adoptado recientemente por Chaitin para apoyar un papel primordial de la empiria. La

---

[1] K.R. Popper, *Logik der Forschung*, Wien, 1934; traducción al español, *La lógica de la investigación científica*, Barcelona, 1985.

[2] La «unidad del conocimiento», como consecuencia de una armonía preestablecida entre matemática y física, era teorizada por Hilbert en *Axiomatisches Denken*, óp. cit.

orientación de Hilbert es verificar la coherencia del sistema, la de Chaitin es sólo enriquecer por intentos sus contenidos. Pero ambos formulan axiomas cuya presencia o revocabilidad pueden parecerse incluso demasiado a las del postulado de una ciencia empírica.

También Bourbaki, frente a posibles falsas apariencias, ofrece su propio testimonio en favor de la tesis de Lakatos. La exposición de su programa en el artículo «L'architecture des mathématiques» (1948) es una crítica indirecta al formalismo y lleva una clara distinción entre éste y el método axiomático. «La axiomática», escribe Bourbaki, «siempre está más próxima al método experimental»,[1] y tomando, como hace este método, a la escuela cartesiana, «divide las dificultades para resolverlas mejor». Esta nueva versión de la διαίρεσις prevé en efecto *disociar*, al interior de una teoría, algunas leyes esenciales para luego considerarlas, aisladamente, como principios o axiomas de un nuevo desarrollo. Se tratará de un desarrollo necesariamente más abstracto que la teoría de la que se han extraído los principios, porque ahora se combinan (según esos principios) símbolos que han perdido una referencia directa a los objetos de la teoría inicial, y que además podrán referirse a otros casos concretos estructuralmente parecidos a esa teoría. Así, por ejemplo, de las propiedades de las operaciones aritméticas entre números o matrices se pueden extraer los axiomas abstractos de un grupo, es decir, se pueden estudiar *por sí mismas* las consecuencias de esas propiedades sin referirlas necesariamente a números o a matrices. Cuanto más que estos mismos axiomas representan también los principios esenciales del comportamiento de *otros* objetos matemáticos, como desplazamientos de figuras geométricas en el espacio, operaciones

---

[1] N. Bourbaki, «L'architecture des mathématiques», en *Les grands courants de la pensée mathématique, óp. cit.*, p. 38.

entre «clases resto módulo un entero», o permutaciones. Diversos ámbitos teóricos pueden revelar semejanzas de estructura, y es esta fase de *extracción* de los principios comunes la que determina la posibilidad de estudiar esta estructura sin una referencia directa a sus modelos.

Pero la investigación de *estructuras*, de aquellos aspectos que la realidad *experimental*, matemática o física, sugiere «sin que se sepa bien por qué»,[1] no requiere necesariamente, escribe Bourbaki, de la intrusión del formalismo. Siempre es necesario repetir que «el matemático no trabaja maquinalmente, como el trabajador en la cadena productiva; nunca será demasiado insistir en el papel fundamental desempeñado, en sus investigaciones, por una *intuición* particular, que no coincide con la intuición sensible ordinaria, sino más bien con una suerte de adivinación directa (anterior a todo razonamiento) del comportamiento lógico que al parecer se debe esperar por parte de entes matemáticos que un prolongado contacto los ha vuelto tan familiares como los entes del mundo real».[2]

Así, Lakatos cita de buen grado una página de Bourbaki donde se desdramatiza el descubrimiento de las paradojas; o mejor, se atribuyen las posibles contradicciones a un accidente superable en lugar de a la crisis del sistema entero. No existe una demarcación clara, escribe Bourbaki, entre las contradicciones a menudo emergentes en el *daily work* del matemático, resultado de errores más o menos evidentes, y las más importantes paradojas estudiadas durante mucho tiempo por los lógicos. «La ausencia de contradicción, en la matemática en su complejo o en cualquier rama suya, parece por lo tanto un hecho empírico más que un principio metafísico».[3] Tampoco es necesario fundar

---

[1] *Ibíd.*, p. 46.
[2] *Ibíd.*, p. 42.
[3] N. Bourbaki, «Foundations of Mathematics for the Working Mathematician», en *Journal of Symbolic Logic*, 14, 1949, p. 3.

la matemática con el apoyo de una metamatemática según los augurios de Hilbert. ¿Acaso la metamatemática no se apoya, junto con ese núcleo finitista que se pensaba libre de errores, en una *intuición*? Bourbaki da a entender que el último test para la verificación de la verdad matemática es en el fondo un convencimiento intuitivo. Y entonces, sostiene Lakatos, ¿por qué se acepta la intuición como última prueba únicamente en la metamatemática o en la lógica? Es tan válido admitirla también en la matemática, y hacerla el polo alternativo (el único que históricamente ha funcionado) a una imposible demostración de no contradicción.

Lakatos vio en el fondo de la «crisis de los fundamentos» una fatal διαίρεσις, una redistribución de las conjeturas iniciales en una cantidad innumerable de subconjeturas, teoremas, resultados parciales y sugerencias para ulteriores desarrollos. Y los hechos que le dan la razón podrían llenar una larga lista. La augurada formalización del cuerpo entero de verdades matemáticas se divide en formalizaciones locales, más o menos vastos «fragmentos» de matemática «decidible». Los mismos instrumentos utilizados para formalizar teorías circunscritas pueden, pues, revelarse interesantes para el estudio de *otros* problemas, y «viven» entonces, principalmente, por su imprevisible virtualidad.[1] El abstracto y «oscuro» fundacionalismo *filosófico* de Brouwer se traslada al estudio de las lógicas de orden superior, y de aquí a la relación entre estas lógicas y la «calculabilidad». El estudio de Gödel sobre la completitud del cálculo de los predicados se abre paso sobre un resultado de teoría de los modelos afín al teorema de compactabilidad

---

[1] Recuérdese el ejemplo ofrecido por Kreisel (cap. III): los desarrollos de las técnicas utilizadas por Sturm y por Tarski con intención fundacionalista se volvieron «un importante instrumento científico» desde que Artin descubrió su relación con el 17º problema de Hilbert.

de Mal'cev (1936); y de aquí se inspira una teoría *matemática* (el análisis no estándar) cuyas finalidades superan toda voluntad fundacionalista. El operador ε ideado por Hilbert para legitimar el uso del infinito (implícito en los operadores existenciales y universales) encuentra vastas aplicaciones en la aritmética y en la teoría de los conjuntos; y Carnap le inventa también una aplicación a la formulación de teorías de la ciencia empírica.[1]

En definitiva, lo que es aún más importante, la gran premisa del fundacionalismo de fines del siglo XIX, es decir, la persuasión de que el análisis podía ser «aritmetizado» *en principio*, se volvió la premisa natural del enorme, reciente desarrollo de la matemática numérica, es decir, del estudio de *algoritmos numéricos eficientes*, prudentemente, para resolver de manera aproximada problemas definidos en el continuo.[2] Inútil agregar que los recientes desarrollos de la informática ofrecieron la más amplia contribución a esta especie de cambio de perspectiva.

El consejo cartesiano de desmontar un problema en sus partes más simples, de pensar *distintamente* (*Règle XIII*), tiene como última consecuencia el desmantelamiento de la tesis, su fragmentación. Y si de esto deriva, como auguraba Descartes, un acrecentado poder del espíritu, se trata en cualquier caso de algo distinto al poder demiúrgico contemplado por Dedekind. Éste consideraba que podía *crear* un ente matemático sin la hipoteca de un valor conjetural, asumiendo tácitamente que decir «agregado», «número real» o «clase» era inmune a contradicciones: «Una cosa es completamente determinada por todo

[1] R. Carnap, «On the Use of Hilbert's ε-Operator in Scientific Theories», en *Essays on the Foundations of Mathematics*, ed. Y. Bar-Hillel, E.I.J. Poznanski, M.O. Rabin, A. Robinson, Amsterdam, 1962, pp. 156-164.
[2] *Cfr.* G. Birkhoff, «Solving Elliptic Problems: 1930-1980», en *Elliptic Problem Solvers*, ed. M.H. Schultz, Nueva York, 1981, pp. 17-38.

lo que se puede afirmar o pensar de ella». Pero la grandeza de Dedekind está también en la probada potencialidad de desarrollo de sus ideas entendidas justo como conjeturas, o como primeros núcleos de más amplias y diferenciadas teorías. De la misma manera en que Cantor, después del desarrollo y la final obliteración de la crisis que siguieron sus teorías «ingenuas», fue celebrado por su genio heurístico e innovador.

Pero este *divide et impera* al que alude Lakatos corresponde a una idea que se puede dilatar excesivamente, aun conservando esos rasgos que le confieren toda la eficacia que le corresponde en el mundo matemático. No están lejos de posibilidades de referencias matemáticas las estrategias de la división descritas por Plutarco, Platón, Esquilo o Sexto Empírico. En la *Vida de Numa* (§ 17), por ejemplo, Plutarco relata los artificios realizados para pacificar a las estirpes de Fazio y de Rómulo: «Numa reflexionó sobre cómo también las sustancias por naturaleza rígidas y difíciles de mezclarse se pueden amalgamar partiéndolas y desmenuzándolas; entonces, gracias a las pequeñas dimensiones de los fragmentos obtenidos de esta manera, aquéllas se unen mejor entre ellas; de la misma manera decidió dividir en más partes a la población entera, e introdujo nuevas diferencias, para hacer desaparecer esa diversidad original y grande, dispersa entre las menores».[1]

El «romper en pedacitos pequeños» la verdad geométrica era, por lo demás, un consejo que Proclo daba en su *Comentario al primer libro de los Elementos de Euclides* (211, 212). Y hasta hoy este artificio de la división en partes más pequeñas se realiza en la demostración preliminar de *lemas*, de verdades y resultados parciales de los que se compone la verdad más compleja y articulada de un *teorema*. Breves lemas distintos

---

[1] Plutarco, *Le vite di Licurgo e di Numa*, ed. M. Manfredini y L. Piccirilli, Milán, 1980, p. 171.

se verifican y se confrontan recíprocamente mucho mejor que cuando están fusionados e incorporados en una demostración amplia, difícil y minada por una ἀπορία o por un contraejemplo. Aunque luego lo que es el *trabajo* del matemático se reduzca, en cualquier caso, a la inteligencia de una estrategia compleja y metaindividual. El modo más eficaz de verificar, rodeándolos y desvitalizándolos, los grandes temas de la investigación sobre los fundamentos se reveló en la oportunidad de su desmembramiento y sacrificio.[1]

En este punto la historia de la «crisis de los fundamentos» no puede no coincidir con el mito. La observación de Lakatos de que la conjetura es literalmente *engullida* y *digerida*[2] por la crítica (κρίνω quiere decir, no casualmente, *divido*) tiene una confirmación literal en el mito órfico que asigna a Zeus funciones de demiurgo. Zeus *engulle* un principio «intuido», Metis o Fanes, y metabólicamente hace salir de él lo creado: «el dios intuido fue devorado por el creador de todas las cosas [...]. Zeus, en efecto, que es el primero de los tres Cronidas, es el creador de todas las cosas. Y después de haber devorado a Fanes, las formas de todas las cosas se manifestaron en él».[3]

Este fragmento de teología órfica, tomado del *Comentario al Timeo de Platón* de Proclo, se inscribiría en cualquier caso, por sí mismo, en el gran esquema triádico que Proclo ponía como fundamento de la geometría y del universo y que estaba hecho de «estabilidad», de «progresión» y de «reconversión». El «oculto orden cósmico» generado por el demiurgo, decía Orfeo, debe moverse en círculo («la inmensidad en círculo se arrastraba

---

[1] Para este aspecto, *cfr.* el libro de R. Calasso, *La rovina di Kasch, óp. cit.*, sobre todo pp. 177 ss; traducción al español, *La ruina de Kasch*, Barcelona, 1989.
[2] I. Lakatos, *Proofs and Refutations, óp. cit.*, p. 321; traducción al español, *Pruebas y refutaciones: la lógica del descubrimiento matemático*, Madrid, 1986.
[3] *Procli in Platonis Timaeum Commentaria*, ed. E. Diehl, Leipzig, 1903, vol. I, pp. 324-325.

incansablemente») y el círculo era para Proclo el signo de un «centro distanciado»,[1] de una reconversión de tendencia de lo ilimitado al límite, de la disipación a la concentración. Ahora bien, las observaciones de Lakatos, agregadas a la geometría de Proclo, suenan en apariencia como una progresión sin retorno: los conceptos crecen y se transforman al tamiz de la crítica, y todo parece concluirse en un solo desplazamiento hacia adelante.

Pero por un lado los conceptos científicos de Lakatos se comportan como las criaturas del Universo de Proclo: éstas giran, en su conjunto, alrededor de un centro conjetural, haciendo, por decirlo así, de su mismo agotamiento una razón de crecimiento y de desarrollo. El «engullimiento» (χατάποσις) es precisamente este estar en torno, este constante envoltorio que se alimenta sin descanso de sus propios fragmentos. Lo que induce casi a reconocer como «reconversión» la simple (y quizá decepcionante) circunstancia de que el centro da muestras de disolverse en una periferia que está coronada ella misma a auténtica y exclusiva *verdad científica*. Concluyendo en extrema síntesis la analogía con el mito, se puede asimismo pensar que la «libertad mágica» que Ferge le recriminaba a Cantor como abuso de poder y de arbitrio, tenía por fuerza que objetivarse, multiplicarse y «materializarse», renovando así el efecto de su ejemplar arquetipo: la fuerza mágica o la *śakti* de la filosofía de los *Vedānta* (*māyā* quiere decir precisamente, advierte Giuseppe Tucci, «libertad mágica»). No es casual que el mundo de Proclo, del que era partícipe una geometría que llegó a inspirar a Lakatos, asemejara a un *mandala* circular. La matemática de fines del siglo XIX, al menos aquella «libre de fuerzas externas» y reflejada en sus propios principios y fundamentos, estaba justamente en la condición de dar impulso a

---

[1] Proclo, *Commento al primo libro degli Elementi di Euclide*, ed. M. Timpanaro Cardini, Pisa, 1978, p. 138.

una fuerza disipadora y centrífuga, y a la vez de producir esas *formas* y esos significados intermedios que son capaces de llenar las zonas aún oscuras, medianas o periféricas, de un complejo y laberíntico diagrama cósmico.

El estar en vilo entre el límite y lo ilimitado, entre un poder conferido por la estrategia de una división y la pura disipación y rebelión de la criatura está resumido en el mito de Prometeo. Prometeo es llamado ποικίλος; por Hesíodo (*Teogonía*, 511), y el término alude a la astucia como corolario de una idea de *complejidad*, de enredo laberíntico. El otro término usado por Hesíodo (*Teogonía*, 546) es αγκυλομήτης, que alude en cambio al retorcimiento de una cuerda, de un lazo envolvente que puede amarrar al mismo dios que decida usarlo. Y en efecto, cuando Hesíodo dice que Zeus *amarró* con cuerdas inextricables al *astuto* Prometeo (*Teogonía*, 521), entre la astucia y la atadura se instaura una solidaridad definitiva. Zeus y Prometeo son ambos maestros en el arte de dividir: en el *Prometeo encadenado* Esquilo dice que Zeus, apenas sentado en el asiento que era de su padre, asignó a cada uno de los demonios sus propias prerrogativas y distinguió así los poderes de cada uno (διεστοιχίζετο, 230). Prometeo, además de distribuir los poderes a los dioses (διώρισεν), *distingue* los modos del arte profético (*Prometeo encadenado*, 484), *divide* en partes (para los hombres y para los dioses) al buey sacrificial (Hesíodo, *Teogonía*, 537), controla la distribución de las facultades a los seres vivientes.[1] Pero la división de Prometeo está como desequilibrada: se inclina siempre de la parte del hombre, de la criatura finita, provocando así aquella ofensa a

---

[1] *Cfr.* Platón, *Protagora*, 320d-321e. *Cfr.* también J.-P. Vernant, *Mythe et pensée chez les Grecs*, París, 1965; traducción al español, *Mito y pensamiento en la Grecia antigua*, Barcelona, 1983.

la δίκη que le atribuye Efesto. El engaño del que se vale para favorecer a los mortales desplaza inevitablemente el peso del ejemplo a la copia, del dios a su imagen en el templo, una imagen virtualmente reproductible, inmanente, capaz de atraer y seducir, como decía Plotino, a su original: por ello Prometeo continúa amarrado en las cuerdas, y el epílogo de la tragedia de Esquilo lo ve precipitar en el Tártaro, en el lugar de la absoluta desorientación. El rayo de Zeus contra Prometeo es, en efecto, la imagen del desorden cósmico, de la rebelión de los elementos que estigmatiza el cambio de perspectiva de la esencia del padre a la existencia separada de la criatura. Pero, trasladando a la visión órfica, es como si el engullimiento de Metis (o de Fanes) trasladara el principio paterno manteniéndolo al *interior* del cosmos generado por éste, evitando así una verdadera *separación*. Las conjeturas «engullidas» y «digeridas» por el crecimiento del conocimiento no crean, en efecto, una realidad «separada» de los principios; o mejor, éstos retroceden hasta tal punto que parecen inexistentes frente a un pensamiento que *es*, simplemente, un desarrollo por *trial and error*. La astucia de Metis tiene manera de manifestarse justo por su asimilación en el vientre de Zeus. En este punto el mundo vive de inteligencia ambigua, múltiple, ondeante y *conjetural*,[1] una inteligencia que *ata* al universo en una red inextricable e infinitamente flexible, que se pone como única alternativa al *otro* ligamiento: aquel total e incondicional del Tártaro. La lapidación de los Titanes por obra de los Briareo asegura finalmente una vida legítima a la *multiplicidad*, en oposición a las fuerzas titánicas que se azotan contra toda existencia dividida y articulada. Zeus *libera* esta multiplicidad ordenándola en la μῆτις, y Prometeo la ayuda,

---

[1] *Cfr.* M. Detienne y J.-P Vernant, *Les ruses de l'intelligence - La métis des Grecs*, París, 1974 ; traducción al español, *Las artimañas de la inteligencia: la «metis» en la Grecia antigua*, Madrid, 1988.

facilitando el parto de Atenea o dando vida, como Dédalo, a la materia inerte.[1] Sería también Russell, después de Prometeo, Dédalo o Asclepio, quien haría mover (metafóricamente) estas estatuas.

El tránsito de las intuiciones de Cantor o de Dedekind al descubrimiento de su precariedad, y finalmente de su valor conjetural, se cumple forzosamente en detrimento de algo que, en vez de cumplirse, se *diversifica* en tareas subordinadas, y por lo tanto se vuelve lo que al principio quería trascender secretamente: un mero hecho científico. En el fondo, las palabras concluyentes de Lakatos de su artículo «Infinite Regress and Foundations of Mathematics» (1962) irradian como una decepción, una elección deliberada de inexorabilidad y de coerción: no es necesario ilusionarse por reparar la laceración provocada por la imposibilidad de un fundamento; pero se necesita, con todo, defender la dignidad de la ciencia sometiéndose a las demandas de su naturaleza conjetural. Esta nota de fría inexorabilidad no es puramente accesoria; corresponde, por otra parte, a esa «diabólica» e involuntaria irradiación de negatividad y de censura que Musil tomaba irónicamente, como sospechoso ruido de fondo, en la búsqueda de verdades del hombre de ciencia. Quizá tampoco sea casual que Rilke viera la rebelión del ángel como consecuencia de una pelea entre las manos de Dios. El *Zohar* veía justamente, en la mano izquierda, el origen de la severidad del juicio, y la primera trasgresión era como el reflejo de un crecimiento independiente e hipertrófico de esa severidad.

Tampoco es necesario pensar que el mito nunca se reconoce *explícitamente*. Holton alude a ello a propósito de la clásica distinción entre análisis y síntesis, entre diferenciación e integración. El caso más simple y más cargado de poder de la diferenciación, observa, es la *dicotomía* (la división en dos, la

---

[1] *Ibíd.*, p. 69.

bifurcación recurrente) y agrega: «Es también el más peligroso».[1] Las fórmulas dicotómicas que quisieran comprobar un problema («o/o bien», «el uno/el otro», etc.) no hacen tampoco suficiente justicia, en ocasiones, a su complejidad: en vez de resolverlo sirven para definir un *nuevo* problema, constriñendo, además, la atención hacia *dos* frentes. Pero es justo esto lo que favorece el «progreso». La ontogenia o la filogenia de las ideas (o ambas), el conocimiento, el lenguaje, llevan regularmente la marca de la dicotomía, que promueve como ninguna otra cosa su crecimiento y su propagación. Dicha circunstancia, no puede dejar de observar Holton, recuerda los mitos cosmogónicos de la antigüedad, el primero de los cuales la creación del mundo en los primeros treinta y un párrafos del *Génesis*. Allí el mundo se forma, por sucesivas dicotomías, durante los seis días fatídicos: cielo/tierra, luz/tinieblas, cielo/aguas, tierra/mar, animales terrestres/animales acuáticos, luz mayor del día/luz menor de la noche, animales terrestres/hombre. Transmitido al hombre, el poder de la división da un nuevo impulso a la invención y a la creatividad, pero la sospecha de que la dicotomía también puede favorecer el crecimiento de una semilla de ruina nos viene de una observación que Holton retoma del físico Wolfgang Pauli, que en efecto consideraba las dicotomías de nuestro *habitus mentis*, en particular las que nos hemos impuesto heredar de la lógica de Aristóteles, como «un atributo del demonio».

Es fácil percatarse de que una buena defensa de la matemática conjetural exige un cambio de perspectiva en *su interior*. Para entender la evolución de los conceptos es necesario «estar dentro», seguir el curso impuesto por los hechos y por la

---

[1] G. Holton, «Analysis and Synthesis as Methodological Themata», en *Methodology and Science*, 10, 1977, pp. 3-33; reimpreso en G. Holton, *The Scientific Imagination: Case Studies*, Cambridge, 1978, pp. 111-151.

crítica y olvidarse, en buena medida, de lo que se quería decir «al inicio». Esto lo expresa también Ladrière cuando recuerda que el ente matemático se abre a la comprensión sólo en el esfuerzo de *delimitación* que proviene del intento de definirlo: «la *definición* no es un discurso *sobre el* objeto, sino la propia acta de nacimiento del objeto». Y esta acta de nacimiento no es una consecuencia de principios, sino de un incesante trabajo de observación y de crítica. También aquí se reconoce la ambigua figura de Prometeo: a su lado está Epimeteo, cuyo nombre, nos recuerda Kerényi, quiere decir literalmente «aquel que aprende sólo después». La ambigüedad de Prometeo está justamente en la suspensión entre un προ-(primero) y un ἐπι-(después), ambos prefijos de μανϑάνω (aprendo); pero el desequilibrio que favorece a los mortales plantea la prevalencia de un aprendizaje *a posteriori*, y una indefectible, univalente atención dirigida a los resultados del «crecimiento científico».

Los resultados de incompletitud y de indecidibilidad, además de llevar la crisis al acmé, sugirieron implícitamente su «solución, y fue por otro lado Gödel quien desdramatizó, entre los primeros, el significado. Los teoremas de Gödel y de Church, las jerarquías de Kleene, los análisis de Post, la ausencia de un procedimiento recursivo para «nombrar» los números ordinales, son todas claras indicaciones de la imposibilidad de una visión total y de la necesidad de *romper en partes* el proceso de aprendizaje. Y si esto denota una impotencia (además de una supremacía) de la creatividad, por contrapeso puede indicar el *modo* en que es legítimo usar la inteligencia: ἀπορία parece sugerir por sí sola el πόρος, la solución a sí misma. Una astucia puede hacernos creer que la indicación «en positivo» de esta solución es lo mejor que se podía esperar; el resultado «más realistamente» deseable: todo el resto es sueño o ilusión. Aún más, la ironía quiere que el drama de la división, de la bipartición mental descrita por Minsky e indirectamente confirmada por

Gödel, sea una constricción, a su manera, saludable. El *esprit* del que se hablaba a fines del siglo XIX era a menudo *demasiado* «libre», *demasiado* separado del *exterior*, y peligrosamente ponderado en el mundo indiviso anhelado por su voluntad de abstracción y por la fe en una creatividad cuasiomnipotente. El dolor de la división lleva consigo un acto de realismo o de estabilidad, una caída no carente de compensación. Lo había comprendido perfectamente Hoffmann, relatando la locura de su Serapio: «¡Pobre Serapio! [...]. ¿En qué consistía tu locura, si no en el hecho de que alguna estrella infausta te había quitado esa noción de ambivalencia que es condición primera de nuestra esencia terrenal? [...]. Hay un modo interior y hay una facultad espiritual capaz de percibirlo, aun a plena luz, en la perfecta evidencia de la vida más intensa y activa; pero nuestra herencia terrenal quiere que el eje motriz de esa facultad sea justo el mundo exterior en el que estamos insertos. Las visiones interiores surgen dentro del círculo creado alrededor de nosotros por las visiones exteriores, círculo que sólo el espíritu puede pasar por alto, mediante oscuros y misteriosos presagios, nunca consolidados en imágenes distintas, precisas. Pero tú, mi ermitaño, no admitías la existencia de algún mundo exterior, no advertías el motor escondido, la fuerza agente en tu interioridad. Y cuando sostenías, con tan desconcertante perspicacia, que sólo el espíritu ve, oye, siente, sólo el espíritu se entera de los hechos y los acontecimientos y, por lo tanto, cuanto él percibe ocurre de verdad, olvidabas que el mundo exterior obliga, a su voluntad, al espíritu prisionero del cuerpo a realizar esas funciones perceptivas. Tu vida, querido anacoreta, fue un sueño continuo, del cual te habrás, sin duda, despertado sin dolor en el más allá».[1]

[1] E.T.A. Hoffmann, *Die Serapionsbrüder*, Berlín, 1819-1821 ; traducción al español, *Los hermanos de San Serapión*, Madrid, 1988.

Pero la sensación de satisfacción con que se puede constatar que la matemática ahora está vuelta hacia el exterior, la empiria y la aplicación puede también obedecer, por demasiada fuerza de gravedad, a un criterio de exasperada renuncia. Viene entonces a la mente que la división puede también generar, por reacción o contrapeso, un deseo de transmutación, el sueño de una redención y de una conciliación final entre interior y exterior. Así sentía William Butler Yeats, para quien la experiencia mental de la bipartición, vivida en toda contemplación estética, acababa por ser el incentivo para una apasionada empresa alquímica: «Todas esas formas: esa Virgen con su meditabunda pureza, esos espirituales rostros felices a la luz de la mañana, esas divinidades de bronce con su impasible dignidad, esas figuras salvajes que se precipitaban de desesperación en desesperación, pertenecían a un mundo divino del que yo estaba excluido; y toda experiencia, por profunda que fuera, toda percepción, por exquisita que fuera, me habría provocado el amargo sueño de una energía infinita que nunca habría podido conocer, y aun en mi momento más perfecto habría sido dividido, y uno de mis dos Yoes habría mirado con ojo grave el momento de alegría del otro. Yo había amontonado a mi alrededor el oro nacido en los crisoles de los otros; pero la realización del sueño supremo del alquimista, la transmutación del corazón cansado en espíritu incansable, aún estaba lejana para mí, como lo había estado, ciertamente, para él».[1]

III. MATEMÁTICA SIN FUNDAMENTOS

No sería necesario recordar que la división griega no alcanzaba nuestros grados de especialización. Ya Schiller, hacia fines del

---

[1] W.B. Yeats, *The secret rose*, Londres, 1897; traducción al español, *La rosa secreta*, Madird, 2003.

siglo XVIII, observaba cómo el griego descomponía la naturaleza humana «y la desplegaba engrandecida en su espléndido círculo de dioses, pero no fragmentándola, sino mezclándola diversamente, ya que cada dios contenía en sí a la humanidad entera».[1] Al contrario, escribía Schiller, las fuerzas del ánimo moderno están tan separadas, en su propia experiencia, como el psicólogo las distingue y cataloga en su teoría. El mito delinea, en cambio, sabiamente el arquetipo de la división, para luego componer sus pedazos en una variedad armónica, asimilando al Tártaro la desorientación de una fragmentación total e indiscriminada.

Sin embargo, la fragmentación, precisaba Schiller, afecta, es cierto, al individuo, pero beneficia a la especie. Las principales divisiones, entre naturaleza e intelecto, entre arte y doctrina, entre imaginación poética y abstracción lógica, rompen la integridad individual, pero concentran, potenciándolas, las virtudes heurísticas y promueven el llamado «progreso». Aquel enorme mecanismo que se forma así del amontonamiento de partes infinitamente numerosas e inanimadas representa una maldición para el individuo, que parece siempre tener que olvidarse de sí mismo por otro objetivo. La división es a menudo un acto de sumisión a una estrategia más alta y tiránica.

La «crisis de los fundamentos» fue también, por un no irrelevante aspecto, el encuentro y luego la forzada separación de principios contrapuestos: el frío juicio científico, por un lado, y la especulación metafísica, o incluso la imprecisa y pasional «naturaleza volitiva», por el otro. Un pacto entre estas fuerzas se había perfilado en Francia a fines del siglo XIX, primero en las profecías de Ravaisson, luego en el *positivisme nouveau*, en la filosofía de Le Roy y de Bergson, en las especulaciones de

---

[1] F. Schiller, *Über die ästetische Erziehung des Menschen*, en *Sämtliche Werke*, vol.V, Munich, 1959; traducción al español, *Escritos sobre estética*, Madrid, 1991.

Tannery y de Poincaré. La fuerza de atracción de una *integridad* de pensamiento se había entrometido en las creaciones de Cantor, y más tarde en el estudio apasionado de Hermann Weyl, o entre las líneas de las proclamas de Brouwer. Whitehead había llegado incluso a escribir que la base de toda experiencia es emocional, por el hecho de fijarse en la simpatía «afectiva» suscitada por cualquier objeto de atención.[1] Pero la contribución de la filosofía francesa había servido a la matemática tan poco como superfluas se habían demostrado las premisas o los corolarios especulativos de la *tradición crítica*. Para apoyar las precauciones extraordinarias que quería aplicar al razonamiento, Weyl citaba la metafísica de Platón o de Fichte, de Cusa o de los *Vedas*. Pero el *repêchage* de esa sabiduría era puro adorno de un pensamiento que necesitaba de muchas otras cosas para reafirmar su propia fuerza. Muchos asimilaron tácitamente la llamada a esas antiguas fuentes del saber a una estéril *emotividad*, y poco a poco se circunscribió a un simple episodio especulativo.

Pero ¿cómo progresa, pues, la matemática tan exasperadamente «dividida»? La especialización, escribió recientemente Saunders MacLane, no siempre produce resultados esperados. Muchos sectores, incluso de gran interés, alcanzan los objetivos inicialmente propuestos, pero luego siguen desarrollándose en recorridos laterales que desembocan en resultados inútiles o remotos, en conceptos oscuros o en ideas de una deprimente abstracción. Un inconveniente proviene asimismo de la exagerada aplicación de un criterio de dudosa legitimidad: se dice a menudo que la ciencia no consiste tanto en soluciones satisfactorias como en problemas reconocidos como «difíciles». Semejante criterio, especialmente si se

---

[1] A.N. Whitehead, «Objects and Subjects», en *The Philosophical Review*, 41, 1932, p. 130.

asume indiscriminadamente, tiende a producir problemas de predominante interés combinatorio en vez de conceptual, moviéndose también, se diría, en la línea de una «severidad» exasperada afín a sí misma. Y la «especialización» agrega de sí un principio de permanencia o de inercia: es más difícil cambiar campo de investigación que seguir trabajando sin objetivo ni perspectivas en direcciones trazadas por problemas artificiales o insignificantes. El efecto, sostiene MacLane, es particularmente marcado en la lógica matemática. Esta disciplina ha empezado a ocuparse de los fundamentos de la matemática, pero sus estudiosos pronto han sido afectados por el ostracismo. La matemática ha favorecido y promovido así su aislamiento. Más adelante, a pesar de una serie de brillantes resultados, el aislamiento se acentuaría, *y la lógica matemática perdería casi por completo el rastro de su original relación con la cuestión de los fundamentos*. «Algunos de sus estudiosos se ocupan menos de los conceptos que de demostrar ser capaces, también ellos, de resolver problemas difíciles».[1] Por ejemplo: una vez probado que la hipótesis del continuo es independiente de los axiomas de la teoría de los conjuntos, se quiere demostrar la independencia de toda clase de nociones combinatorias. O bien, dada la introducción, en los teoremas de incompletitud de Gödel, de las funciones recursivas, y dada su disposición en una jerarquía de grados cada vez más elevados, se decide analizar todo tipo de dificultades técnicas que surgen en la estructura más elaborada y refinada de esta jerarquía.

«Ahora bien», continúa MacLane, «en cada uno de estos ejemplos ilustrativos de desarrollo salvaje de la matemática, el especialista bien podría perseguir una finalidad que se me

[1] S. MacLane, «The Health of Mathematics», en *The Mathematical Intelligencer*, 5, 1983, p. 54.

escapa. Pero aún soy de la idea de que hay un número ampliamente exorbitante de casos de elaboración no iluminados, y que éste es el precio de la persistente especialización».[1]

Por último, ¿cómo procede la matemática? Hoy es necesario decir, responde MacLane, que «procede bien», pero también, al mismo tiempo, que «procede mal».

Esta diagnosis ambigua siempre podría ser desmentida, sin embargo, por la fuerza de los hechos. A la acreditada opinión de MacLane se respondió en efecto, acertadamente, que es terriblemente difícil juzgar sobre el significado y sobre la utilidad de las ideas. Para responder a MacLane, Morris W. Hirsch[2] recurre al testimonio de un matemático como Émile Borel y a su autoridad de denodado empirista. Y Borel decía precisamente esto: que la aparente superfluidad, esterilidad o hasta nocividad de ciertas nuevas ideaciones con el tiempo pueden transformarse en resultados y teorías de interés primordial.

En un artículo[3] de 1967, con el emblemático título de «Mathematics without Foundations», Hilary Putnam llega a darnos la imagen de una matemática que puede sobrevivir, sin ninguna pérdida irreparable, como ciencia infundada. El argumento demostrativo es variado y articulado; pero vuelve siempre, constante, la llamada a una semejanza del método matemático con el método empírico de otras ciencias afines, por ejemplo la física (con la que llegaría incluso a compartir una suerte de principio de complementariedad). Lo que *se puede* o *no se puede* hacer en matemática, escribe Putnam, encuentra analogía en el mundo físico, y los resultados de indecidibilidad no deberían tomarse de manera muy diferente a la existencia de aserciones físicas de

---

[1] *Ibíd.*, p. 55.
[2] M.W. Hirsch, «The Health of Mathematics - A Second Opinion», en *The Mathematical Intelligencer*, 6, 1984, pp. 61-62.
[3] H. Putnam, «Mathematics without Foundations», en *Journal of Philosophy*, 64, 1967, pp. 5-22.

hecho incomprobables. Por ejemplo, si se dice que hay, en todo el tiempo-espacio, infinitas estrellas binarias, difícilmente se podrá pensar que se puede comprobar una aserción semejante.

Lo que de ello se podría deducir es, entonces, una sorprendente univocidad de respuesta a la trillada cuestión: ¿la matemática es creación o descubrimiento? Cuanto más se dice que la matemática se parece a la física el dilema tiende más a resolverse, evidentemente, en favor del descubrimiento. Putnam no llega a esta conclusión, pero la roza cuando dice que una aserción matemática no debería perder su valor-verdad en el caso de que no se lograra descubrir. Pretender semejante dependencia del valor-verdad de nuestra capacidad de calcularlo sería, escribe Putnam, *metafísica idealista*. El *solo* hecho de que podríamos no saber nunca si la hipótesis del continuo es verdadera o falsa no puede justificar *por sí solo* la conclusión de que esa hipótesis no posee un valor «verdadero» o «falso». Tampoco debe inspirarse semejante consideración en motivos «platonistas»: Putnam no demuestra creer en objetos definidos *ab aeterno* que poseen una cualidad o estructura aun cuando el matemático no es efectivamente capaz de descubrirla.

La clásica cuestión de la «crisis de los fundamentos», es decir, la relación entre «actual» e «ideal», entre realidad y ficción, había sido en parte codificada en el concepto de función recursiva y en la distinción entre «decidibilidad» e «indecidibilidad». Pero la sola «decidibilidad» ya puede engañar a la imaginación. «Decidibilidad» alude evidentemente al «poder hacer», «poder calcular»; pero por lo general el término se aplica también a proposiciones que, aunque requieran de un tiempo *finito* para su verificación, nunca podrían ser comprobadas por el excesivo número de operaciones o de unidades de tiempo que esta comprobación requeriría. Todos están dispuestos a creer que «$10^{100} + 1$ es un número primo» es una proposición con un valor-verdad («verdadero» o «falso»), porque es decidible en tiempo finito. Pero la dificultad *física* de descubrir si 10^{100} + 1 es un número primo debería hacer reflexionar. «Decidible» e «indecidible», intenta decir Putnam, en realidad no parecen ser capaces de definir los casos en que se pueda razonablemente concluir sobre la presencia o ausencia de un valor-verdad de una aserción matemática. La conclusión plausible parecería entonces aquélla a la que aluden Kino y Goodman:[1] como línea de demarcación entre la existencia actual y la existencia ideal no asumir tanto la diferencia entre finito e infinito como la diferencia entre lo que *se puede* y lo que *no se puede* hacer.

Esto no obliga obviamente al matemático a renunciar a sus estructuras o a sus entes *ideales*; pero proyecta sobre el uso de estos entes una actitud «práctica», una costumbre a considerarlos instrumentos útiles para *hacer*, precisamente, algo, para crear ocasiones y tentativos útiles para el «progreso» de las ideas, sin otras implicaciones metafísicas. Existen teorías, como el análisis no estándar, que deciden (con provecho) ignorar lo problemático de postulados excluidos (o redimensionados) de la tradición crítica. En estos casos puede naturalmente interponerse una justificación formalista, que permita «jugar» con el infinito en la hipótesis (nunca verificada completamente) de una coherencia del uso formal de los signos que lo denotan. Pero la auténtica aceptación de la empresa se funda menos en las premisas filosóficas, o en la pura contemplación idealista-estética, que en un criterio general de factibilidad empírica o de utilidad heurística. El axioma de elección, en el cual se apoyan el teorema lógico de compactabilidad y el análisis no estándar, se puede usar o rechazar de acuerdo con lo que se desea obtener, y con la utilidad global de los resultados que derivan de él. No debía de encontrar demasiados obstáculos

---

[1] *Cfr.* N.D. Goodman, *Reflections on Bishop's Philosophy of Mathematics, óp. cit.*, pp. 66-67.

Von Neumann[1] al declarar legítimo el *uso* de nociones matemáticas no perfectamente filtradas por la crítica.

Se diría, en cualquier caso, que la llamada a la mera factibilidad física es un recurso extremo para evitar el riesgo, presente o futuro, de cualquier prueba ontológica. La mínima transgresión a la pura demostrabilidad física puede en efecto arrastrarse detrás de algo intolerable: un atisbo de creatividad idealista, de pura contemplación de las consecuencias incalculables. Lo demuestra sucintamente un ejemplo de Borges: «Cierro los ojos y veo una bandada de pájaros. La visión dura un segundo o quizá menos; no sé cuántos pájaros he visto. ¿Su número era definido o indefinido? El problema implica el de la existencia de Dios. Si Dios existe, el número es definido, porque Dios sabe cuántos fueron los pájaros. Si Dios no existe, el número es indefinido, porque nadie pudo contarlos. En tal caso, he visto menos de diez pájaros (por ejemplo) y más de uno, pero no he visto nueve, ni ocho, ni siete, ni seis, ni cinco, ni cuatro, ni tres, ni dos. He visto un número de pájaros que está entre el diez y el uno, y que no es nueve, ni ocho, ni siete, ni seis, ni cinco, etc. Ese número es inconcebible; *ergo*, Dios existe».[2]

Naturalmente, no es necesario excluir que una matemática que se pretende similar a una ciencia empírica tenga muchas y difíciles pretensiones. La ausencia de una demostración de no contradicción no cuenta pues mucho, escribe Putnam; es a lo sumo un fragmento de matemática menos. Lo que importa es que la ciencia requiere mucho más, de una teoría matemática, que su no contradicción: lo demostrarían, por ejemplo, las distintas geometrías. Dicho esto, es evidente, como aclara Putnam desde el principio, que la matemática *no* tiene una crisis de los

---

[1] J. von Neumann, *Collected Works*, ed. A.H. Taub, Nueva York, 1963, vol. VI, pp. 480-481.
[2] J.L. Borges, *El hacedor*, Buenos Aires, 1960.

fundamentos, y más aún, no tiene siquiera *necesidad* de un fundamento. Frente a la fragilidad de una certeza empírica, ya denunciada por Frege, esto puede parecer tanto un refinado como saludable *escamotage*. Habría que preguntarse, en cualquier caso, como ya había hecho Nietzsche en sus *Consideraciones inactuales*, a qué favorece una ciencia «concitada y sin aliento» que parece «no tener tiempo» para las silenciosas exigencias de una cultura «condenada a esperar la hora de su nacimiento y de su liberación».[1] Las conjeturas se mueven como «estatuas de Dédalo», y no se sueña siquiera en utilizarlas, como aconsejaba Platón, como simples *apoyos* para liberarse de las ilusiones de la caverna. Ni se sueña más, asimismo, en inscribir las verdades matemáticas en el aura de una introspección y de un auténtico *pathos* filosófico, a la manera de Weyl, de Brouwer o de Poincaré. Tras haber hecho de coadyuvante, en la mejor de las hipótesis, al puro talento matemático, la motivación filosófica puede, en efecto, exacerbarse en «método» y en «autoridad inhibidora». Mejor entonces el agnosticismo, el espíritu escéptico, la intolerancia hacia la autoridad; porque paradójicamente la inventiva a menudo es favorecida por la ignorancia, por la *elementalidad* de una iniciativa emancipada del peso de la tradición.[2] Pero también esto va en favor de la utilidad de la búsqueda prejuiciosa de un fundamento, liberando por añadidura del peso de un fracaso o de una reconocida imposibilidad.

Una tesis como la defendida por Errett Bishop[3] (en 1975), para quien la matemática contemporánea está en crisis por el

---

[1] F. Nietzsche, *La nascita della tragedia - Considerazioni inattuali, I-III*, en *Opere*, ed. cit., vol. III, tomo 1, p. 215; traducción al español, *El nacimiento de la tragedia*, Madrid, 2000; *Consideraciones inactuales*, Madrid, 2000.

[2] Véase, por ejemplo, el artículo de G. Holton, "Do Scientists Need a Philosophy?", en *The Times Literary Supplement*, 2 de noviembre de 1984.

[3] E. Bishop, «The Crisis in Contemporary Mathematics», en *Historia Mathematica*, 2, 1975, pp. 507-517.

hecho de que pasa por alto problemas de naturaleza filosófica, no puede atraer suficiente atención: es demasiado floja y demasiado poco arriesgada para el progreso de las ideas como para suscitar una impostergable alarma. Dieudonné tiene suficiente buen juego para responderle perentoriamente: «No hay crisis en la matemática. La matemática nunca ha estado tan floreciente como lo ha estado en los últimos diez años».[1]

En una conferencia de 1918 sobre la *Ciencia como profesión y vocación*, Max Weber advertía, asimismo, del drama de esta incipiente *especialización* y separación del científico del sabio y del filósofo. El hecho de que la ciencia ya no pudiera responder los interrogantes últimos, y que siempre fuera un profeta (hoy inexistente) el único autorizado para la revelación, era para Weber casi una señal «sagrada» de los tiempos, para no transgredir. Es peor, decía, cuando un científico se vuelve líder carismático y se pone un traje profético que no le corresponde. Es entonces preferible esperar y no dejar de interrogar, como aconseja el guardia idumeo de Isaías: «Una voz llama desde Seir en Edom: ¡Centinela!, ¿cuánto durará aún la noche? Y el centinela responde: vendrá la mañana, pero aún es noche. Si queréis preguntar, regresad otra vez».[2] Hoy parece delinearse otra, indefinible esperanza que relega ese pesimismo del intelecto, metafísico a su manera, a la época de la crisis en Alemania, cuando los fastos de la Escuela matemática de Göttingen se acompañaban a las proclamas del fin de una civilización. Tal esperanza podría ser por lo menos confiada al propio agotamiento intrínseco de un «progreso» que terminaría por fundirse, en sus extremas ramificaciones, con una fuerza complementaria y opuesta. Esto lo había intuido perfectamente

---

[1] *Ibíd.*, p. 516.
[2] Citado en M. Weber, *Wissenschaft als Beruf*, Munich, 1919; traducción al español, *El trabajo intelectual como profesión*, Barcelona, 1983.

Yeats en la simbología del doble cono, y en cualquier caso está en consonancia con el misterio del recorrido mandálico que no regresa al centro con una inversión intencional de ruta, sino, paradójicamente, continuando *hacia adelante*. Flaubert, recordaba Yeats,[1] hubiera querido escribir la historia de un hombre que sueña las visiones más espléndidas conforme su vida se vuelve más infeliz; el naufragio de un amor «real» habría, finalmente, coincidido con «su matrimonio con una princesa de ensueño».

[1] W.B. Yeats, *A vision*, Londres, 1925; traducción al español, *Una visión*, Madrid, 1991.